GW00599286

Jesús Fernández Santos

Los bravos

Jesús
Fernández Santos

Los bravos

Ediciones Destino
Colección
Áncora y Delfín
Volumen 174

Provença, 260. 08008 Barcelona
www.edestino.es
Primera edición: 1954
Segunda edición: enero 1960
Tercera edición: octubre 1969
Cuarta edición: octubre 1973
Quinta edición: noviembre 1994
Sexta edición: mayo 2001
ISBN: 84-233-0802-2
Depósito legal: B. 25.172-2001
Impreso por Romanyà Valls, S.A.
Verdaguer, 1. Capellades (Barcelona)
Impreso en España - Printed in Spain

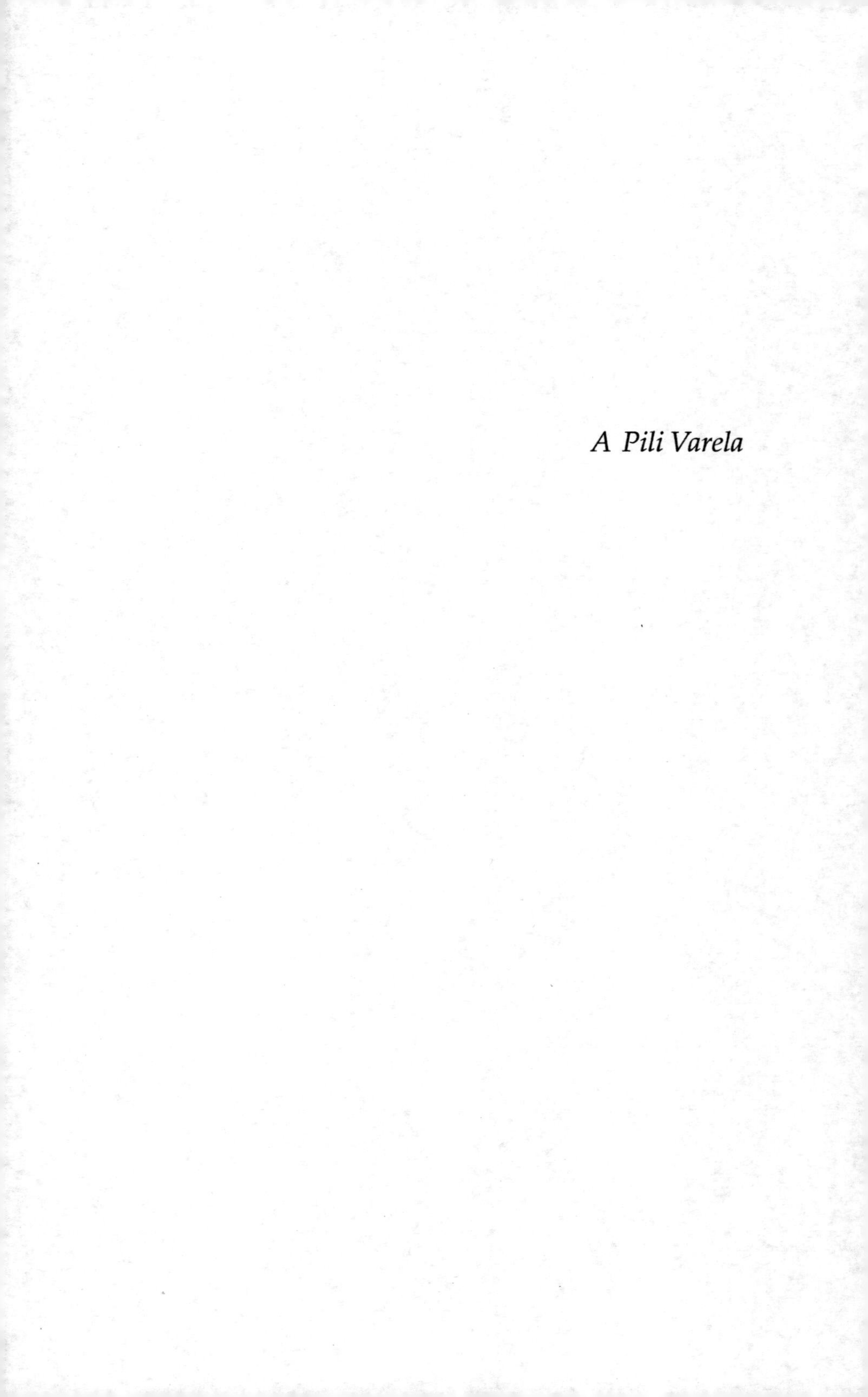

A Pili Varela

El destino de un pueblo es como el destino de un hombre. Su carácter es un destino.

J. WASSERMAN

El caballo se detuvo ante la puerta; el más viejo de los que le montaban se apeó, y luego de atarle entró hasta la cocina, allí no encontró a nadie, y sólo volviendo, en el pasillo, halló a Manolo preguntándole qué deseaba.

Manolo es el dueño de la cantina; vende género, alquila habitaciones y reparte el suministro. Le preguntó al viejo:

—¿Qué buscas?

—Al médico. ¿Está?

—No, pero vendrá en seguida.

El viejo puso gesto de disgusto y pareció meditar. Salió a mirar al chico sobre el caballo, inmóvil en el porche, y el chico le devolvió la mirada, interrogándole a su vez. Manolo salió a la luz y vio la mano ensangrentada.

—¿Qué le pasó?

—Se cortó. Estábamos podando. Hay que curarle en seguida porque se está desangrando —le mostró la mano del muchacho envuelta en trapos manchados de sangre.

El chico no decía nada, pero sufría mucho, mirando constantemente el camino por donde había de llegar el médico. Súbitamente volvió la vista hacia su mano roja y comenzó a palidecer. El viejo dijo entonces que ya se había mareado tres veces por el dolor y la sangre, por el miedo que le daba verla.

—¿Por qué no le baja? Que se siente y descanse un poco.

—¿Me quiere echar una mano? Aunque es pequeño, pesa lo suyo.

Entre los dos le bajaron y fue a sentarse dentro. Le hicieron tomar una copa de aguardiente y se reanimó un poco; la mano herida descansaba sobre la mesa y Manolo tuvo que hacer un rodeo para no tocarla cuando con un paño fue limpiando las marcas de los vasos.

Al cabo de diez minutos llegó, con gran estrépito, el coche del correo. Trajo dos viajeros del tren, encargos y certificados. Manolo salió de nuevo y ayudó a su hermano Pepe a descargar, colocando los envíos sobre el mostrador en espera de que los destinatarios se presentasen. Un cajón de botellas, sogas, lías, tres hojas de guadaña, piedras de afilar, las raciones del tabaco y doscientas mil unidades de penicilina fueron entregados; en tanto, su hermano, en la estafeta, repartía la correspondencia con el mínimo interés de los que nunca han esperado una carta.

Eran casi las dos cuando apareció el médico. Venía luchando con la cuesta, respirando hondamente, fatigado. Se detuvo en la ventana y preguntó:

—¿Tengo algo?

Pepe negó con la cabeza. Fue Manolo quien le contestó señalando al viejo y al muchacho:

—Aquí le esperan hace un rato.

Entró en la cantina y lanzó una ojeada a ambos, cogió la mano que sangraba con ademán profesional, sin evitar un ligero gesto de desagrado, y murmuró:

—Vamos, vengan.

Los otros le siguieron hasta su cuarto por un pasillo de paredes combas que olía fuertemente a pino y arena del río, y el más joven preguntó al viejo, mientras trepaban los escalones finales:

—¿Qué? —pero el viejo no contestó; por el contrario, le hizo ademán de que callara.

Comprendió el médico que no les inspiraba mucha confianza. Su juventud y la exigua y vieja cartera donde ahora estaban fijas sus miradas, no debían hablarles ni de una larga práctica, ni de su sabiduría en el oficio. Era lo de siempre desde su llegada allí, pero no por conocido le molestó menos. El muchacho le observaba atentamente; vio con recelo aparecer el instrumental en sus manos, miró de nuevo al otro y, aunque mudo, su cara era tan expresiva como si el miedo quisiera liberarse por la vista. Podía haberle hablado una palabra, un ademán amable, pero se abstuvo de romper aquel metálico silencio de pequeños roces de respiraciones y suspiros, y fue desenvolviendo los trapos en tanto llegaba de fuera el trepidar del coche de Pepe entrando en el garaje.

El dedo no tenía remedio. Se hallaba cercenado casi por completo, mostrando entre la carnicería el blanco hueso al aire. Había que terminarlo y se lo dijo al chico, que de nuevo comenzó a desmayarse, y mientras el viejo traía más coñac, siguió levantando el vendaje y lo apartó para quemarlo.

La punta del bisturí iba haciendo surgir el dolor de la carne. El médico percibía a través de sus manos los estremecimientos del chico, los agudos tirones del dedo roto que pugnaba por librarse; veía su frente húmeda, brillante, en la penumbra de la habitación, bajo la lámpara. Una mosca inició un breve vuelo en torno a la sangre, pero el viejo la espantó en tanto el chico se agitaba sollozando como un pequeño animal cuya voluntad fuera ajena al deseo de curarse.

Bebió un vaso de agua y le secaron el sudor de la frente.

—¿Acabó ya?

—Ya.

Eran casi las cuatro. El viejo le miraba mientras se lavaba las manos. Seguramente pensaba cuánto iría a cobrarle; para ellos el dolor no guardaba relación alguna con su dinero; de todos modos, el precio les iba a parecer injusto; era fácil recordar de otras veces las acostumbradas lamentaciones. Pagaron sin decir palabra, y mientras les acompañaba hasta la puerta, pensó el médico en el tiempo que llevaba sin comer y sintió hambre.

En tanto comía, el dedo descansó en un vasar de la cocina, envuelto en un papel.

—¿Le importa que lo mire?

Manolo lo estuvo examinando con cuidado por todos lados y hasta se le ocurrió compararlo con uno propio. Su mujer gruñó:

—¡Entiérralo de una vez, es una porquería! —y le obligó a dejarlo donde estaba.

—¿Qué se sentirá cuando cortan un dedo?

—No se siente nada, sólo le duele a uno.

El pueblo estaba vacío. Las casas, el río, los puentes y la carretera parecían desiertos de siempre, como si su único fin consistiera en existir por sí mismos, sin servir de morada o tránsito. El vacío se tornaba visible y oloroso en torno a las ruinas ennegrecidas de la iglesia, al margen mismo del pueblo, hueca, al aire sus afiladas ventanas, hundida por el odio y la metralla que la guerra volcó sobre ella, olvidada al fin. El reloj aparecía inmóvil, falto de sus saetas, en una hora inverosí-

[illegible] echonchas y amarillas, co-
[illegible] lluvia, vueltas a edificar
[illegible] l incendio que las devasta-
[illegible] silvestres crecían entre las
[illegible] a se enredaba en la reja del
[illegible] ollín de las hogueras, y la
[illegible] en la espadaña para sólo
sonar en los incendios o llamando a concejo. Los dos puentes, la fragua, el camino, solitarios siempre. No eran nada los niños buscando nidos de codorniz entre el centeno, sobre las tierras altas, ni el pastor con las ovejas del pueblo, volviendo desde el pasto a la hora del crepúsculo, ni el soplo de luz que iluminaba las ventanas de las cocinas a la hora de la cena; todo era tan ajeno a la vida, a aquella tierra y a aquel río, como los frisos ornados que mostraba la iglesia o el escudo que Manolo mandó colocar entre las dos ventanas de la cantina nueva, resto del último castillo de la Raya.

Alguna vez, cuando su hermano tardaba, solía esperarle fuera, y contemplando la talla de la piedra dejaba transcurrir el tiempo. No comprendía el significado de las cartelas, pero admiraba el buen trabajo del que las había esculpido. La leyenda decía: «Siempre fiel»; y él, que sabía lo que la fidelidad significaba, no acababa de entender a quién aquella fidelidad había ido dedicada. Era un pequeño pueblo sin iglesia, sin cura y sin riqueza.

El médico salió al huerto tras la casa, y mientras de dos azadonazos cavaba una pequeña sepultura para el dedo, vio a Pepe a la puerta del garaje, afanándose en desmontar el motor del coche. Dejó la azada, y apartando el alambre de espino de la cerca fue hacia allí.

—¿Qué le pasa?

Pepe alzó la cabeza, contestando que no sabía, pero que seguramente tenía el motor lleno de carbonilla, porque llevaba unos días sonándole como si llevara a todos los demonios dentro. El médico se prestó a ayudarle y entre ambos quitaron las culatas, dejando al descubierto los cilindros negros.

—¡Dios, cómo está esto!

Empezaron a limpiarlos uno por uno, con cuidado, poblando a poco la manta, extendida en el suelo, de las piezas que fueron desmontando. El sol caldeaba el acero hasta hacerlo intocable. Sólo pequeñas ráfagas de brisa aliviaban el ambiente caluroso y pesado, levantando tenues vapores de polvo que flotaban sobre los prados o la superficie del río para desaparecer camino abajo. La grasa cubríase de una película gris de tierra y suciedad que hacía maldecir a Pepe en voz baja.

Antón Gómez, representante del secretario del Ayuntamiento para el pueblo, se incorporó en la cama donde dormía la siesta con su mujer, y sentándose a los pies, sobre la colcha, se frotó los ojos y respiró ruidosamente. Trató de peinarse con los dedos y miró su escuálida cara en el espejo. Con las alpargatas en la mano entró en la cocina, intentando encontrar entre los platos sucios, en el cajón del pan, la lista del médico. Como no la encontró, pensó despertar a su mujer, pero siguió buscando.

Había llegado la orden mensual de pago al médico y era preciso cobrar aquella misma tarde, a cada vecino, su cuota correspondiente.

Al fin la encontró. Lanzó una ojeada a los nombres, aunque los conocía de memoria, y ya por la carretera fue remetiéndose la camisa, según se acercaba a casa de don Prudencio. Pasando junto a la cochera de la fonda vio al médico y pensó que el anterior no tenía aquellas costumbres, al tiempo que preguntaba:

—¿Qué, no marcha?

Los dos hombres, en mangas de camisa, le contestaron:

—¡... este calor!

Y siguieron atornillando en el suelo.

Al otro lado del río, entre los sauces, un pequeño borrico revolcándose en el polvo le trajo a la memoria la imagen de su mujer sudando entre las sábanas.

Se dijo: «Éste no suda...» y siguió andando; luego añadió: «don Prudencio».

El pequeño borrico se levantaba, corría un corto trecho circular y volvía a revolcarse en su lecho de polvo, repitiendo la maniobra hasta tres veces antes de que el ayudante le perdiera de vista. Se cruzó con una niña sucia y rubia, descalza, con un botijo en la mano, que le miró un instante y se alejó canturreando. Le vio meter las manos bajo el chorro de la fuente y refrescarse.

Siguió caminando, como si su somnolencia le condujese a casa de don Prudencio, en el corral apartó dos reses, tan indiferentes y dormidas como él mismo, y llamó en la portalada:

—¡Don Prudencio, don Prudencio!

No hubo respuesta y sólo un silencio hueco. Volvió a llamar:

—¡Don Prudencio!, ¿está? —y la cabeza brillante del viejo orlado de mechones grises en las sienes apareció en el ventanillo, sobre la puerta. Se volvió hacia el interior:

—Abre, Socorro, es Antón.

Le abrió Socorro, con su cara de siempre, entre grave y aburrida.

—¿Qué querías?

—Es por lo de la lista del médico…

Don Prudencio le esperaba en el rellano de la escalera. Le reconoció en la penumbra, embutido en su traje de pana de siempre, con la camisa pulcramente abotonada en el cuello.

Socorro les llevó a la cocina. Le estaban preguntando:

—¿Qué tal tu mujer?

Y Antón respondía:

—¡Vaya!

En las ventanas entornadas un puñado de moscas revoloteó susurrando.

El viejo continuó:

—Como salgo tan poco tengo que enterarme de lo que pasa en el pueblo por los que vienen a verme.

—Claro, usted, ya, para descansar.

—Socorro, saca un poco de ese café que trajeron ayer.

—¿Le trajeron café?

—Sí, de Portugal; a menudo precio: a cien pesetas kilo.

Cogió la lista y buscó su nombre. Desapareció y vino con una pequeña caja de metal bajo el brazo. A medida que contaba el dinero le iba preguntando por todos los vecinos, y Antón, entre el sueño que le invadía, luchaba por contestarle.

—No salgo nada, o casi nada, todo lo más un paseo por la tarde. Socorro me hace todo. ¿Para qué me voy a molestar? Yo ya necesito poca cosa.

Antón veía a Socorro calentando agua en la hornilla y se preguntaba si verdaderamente don Prudencio necesitaría tan poco. La muchacha se volvió y encontró su mirada fija en ella, pero no hizo el menor ademán, la más pequeña muestra de haberlo notado; siguió inmóvil sobre la lumbre, y alguien más despierto que el secretario hubiera hallado un agudo contraste entre la jovialidad y complacencia un poco absurda del viejo y la monotonía de la muchacha.

—Y Amparo, ¿cómo le va a Amparo?

—Pues con su madre, como siempre. Ésa, también, poca suerte tiene.

Las últimas palabras le habían costado un gran trabajo pronunciarlas y el tono fue casi malhumorado. El viejo respetó su silencio, consintiendo que se sumergiese en el sueño de su cigarro recién encendido. Sólo añadió, conmiserativo, en tanto se ajustaba la boina sobre la frente:

—Dile de mi parte que se mejore su madre.

La muchacha, en pie junto a la ventana entornada, parecía evaporarse a intervalos, como si en la habitación, a ambos lados de los cigarros humeantes, sólo los dos hombres existiesen. Cuando ella se movía, Antón la miraba; luego entornaba los ojos y volvía a sus sueños, oyendo cómo el viejo suspiraba entre pregunta y pregunta.

Hirvió el café y fue servido en dos tazas nacaradas de color naranja. El ayudante sorbió hasta la última gota y tras desperezarse se despidió:

—Pues hasta la próxima, don Prudencio.

—Hasta cuando quieras —introdujo ambas manos en los bolsillos de la chaqueta.

Socorro bajaba tras él para cerrar la puerta. El viejo se había justificado:

—No se puede dejar nada abierto en este tiempo; se llena todo de polvo, sobre todo el piso de abajo —le había dado en la espalda un golpe amistoso—. Y luego el calor…

—Adiós, Socorro.

Los labios de la muchacha se habían entreabierto para responderle; la puerta se cerró a sus espaldas y, tras ella, los pasos desaparecieron, lentos, hacia arriba. De haber hecho menos calor, el ayudante se hubiera tomado el trabajo de pensar sobre los acontecimientos que dejaba tras sí, acerca de don Prudencio y la inmóvil atracción de Socorro, pero en el corral sintió el sol sobre su cara, sobre el cuello, quemándole, y todo se le borró de su mente, excepto la idea del sudor que pronto le correría por la espalda.

El médico se lavaba las manos en el río. A su lado, Pepe, también de rodillas, se las restregaba con arena del fondo.

—A veces me pregunto por qué la gente ve tan mal a don Prudencio.

—Sí; pocas simpatías tiene.

—¿Por qué?

Pepe miraba el agua en tanto se frotaba pensativo las telillas de entre los dedos.

—No lo sé —sacudió las manos—, a veces cree uno que es por el dinero que tiene, pero los hay más ricos que él, y se les puede pasar. Puede que sea porque en la vida le hemos visto trabajar en nada.

—¿En nada?

—En nada.

—Mira, ahora sale.

Estaba en el balcón. Desde allí les mandó un saludo imperceptible, sobre el río, que el médico contestó del mismo modo. Pepe miró al fondo del agua.

—Él siempre anda preguntando por todos y saludando a todo el mundo; pues nadie le puede ver.

—¿No será por la vida que lleva?

—¿Lo de la chica? No. Cualquiera haría igual si pudiese.

—A mí me parece que cuando aquí alguien quiere mal a otra persona, al final siempre acaba acordándose de don Prudencio.

Pepe respondió:

—Sí, algo así —se secó las manos en los faldones de la camisa, y levantándose, continuó—: Aquí hay que acordarse de él más a menudo de lo que parece. En estos últimos años, con las cosechas que vienen, hubo quien se empeñó con él en más de mil duros.

—Pues ésa ya es buena razón.

—Cuando la guerra, si no anda listo, le dan dos tiros el primer día, cuando bajaron los asturianos. Le denunciaron...

—¿Gente de aquí?

Pepe asintió.

—Cuando las cosas se normalizaron, ¿qué cree que hizo? ¿Cree que los denunció? Y eso que sabía bien quién se los había echado a casa —iban andando en dirección a la fonda—. Nada, no hizo nada —miró por última vez el balcón cerrado ahora—, y ahora le quieren menos todavía.

Seguramente —concluyó el médico—, ahora le querrán menos por eso.

Estaba aflojando el sol. Pepe tenía que bajar aquella misma tarde a la estación.

—Me trajeron un bidón de gasolina esta mañana, pero no lo pude subir por culpa de los viajeros.

—¿Vinieron muchos?

—No, es que tienen miedo. Ellos dicen que es por el olor, pero lo que pasa es que tienen miedo, creen que les va a estallar por el camino.

—¿Bajas ahora?

—Sí, véngase [illegible] r de horas estamos de vuelta. ¿Ti [illegible] hora?

Llenaron el d [illegible] con veinte latas vacías, y ellos sub [illegible] dio vuelta a la manivela, poniend [illegible].

—No sé cómo [illegible] en este pueblo —comentó, mientra [illegible] — sin ver a nadie en todo el día — [illegible] mino abajo—. No ve en todo el día [illegible] Yo no podría vivir así ni un mes.

—Lo mismo da un modo que otro.

—No sé; usted tendrá sus razones, pero lo que es yo, como pudiera, poco tiempo iba a parar aquí.

—¿Ni con el coche?

—Ni con veinte coches más. ¡Ca!, esto para quien le guste. Aquí juntan cuatro cuartos y creen que ya tienen un capital. Ya los ve, trabajando toda la vida para nada. No; si yo alguna vez gano dinero, quiero disfrutarlo. ¿Qué cree que hacen aquí cuando tienen reunido algo? Pues comprar más tierras para trabajar más; eso es lo que hacen.

—Y si todos pensasen como tú, ¿quién iba a quedar aquí?

—Eso es cuenta suya. Además, todos no pueden marcharse. Sólo los que tienen allí familia o dinero para establecerse, que va siendo cada día más difícil según se ponen las cosas. Fíjese la gasolina, ya me cuesta a duro el litro.

—Yo creí que la gente siempre acababa echando de menos la tierra.

Sería antes; de los que yo conozco que viven en la capital no hay ni uno que quiera volverse al pueblo.

—Pero vienen cuando las fiestas.

—Sí, eso sí; a todo el mundo le gusta venir con un traje nuevo y una buena corbata de seda a comer a lo grande un par de días; pero eso es distinto; eso es sólo por presumir, como de turistas. Mi hermana, la que se casó en la capital, también viene por las fiestas. Está bien juntarse la familia una vez al año.

Saliendo de la última línea de montañas, el coche corrió hacia una llanura abierta, donde el río se hacía más ancho y oscuro. Avistaron la línea del ferrocarril, que les surgió a la izquierda, comenzando a prolongarse hacia delante, paralela a la carretera. En el horizonte, nuevas montañas, lejanas, azules, borradas por una densa niebla. Una doble hilera de castaños bordeaba la carretera. Los campos y huertas parecían mucho más ricos y mejor cuidados.

—Mire qué distinto es esto.

—Ya lo veo

—Un metro de tierra aquí vale por cinco de los nuestros.

—También lo trabajan mejor.

—Ya lo creo; como que no hay casi piedra. En cambio, a nosotros nos sale en cuanto metemos la reja cien metros más arriba del río.

—Pocas rejas meterás tú.

—Ninguna, no me quejo —lanzó una mirada sobre el motor—. Aquí viven bien, pueden meter máquinas.

—¿Tractores?

Pepe se echó a reír.

—No tanto; limpiadoras solamente.

Vieron viñedos. La tierra se había vuelto roja. Un pequeño tren surgió un momento, quedando a poco atrás.

—¿De dónde viene?

—De Bilbao. Es el Vasco.

Aquél era un buen pueblo: una iglesia nueva, una ermita, juzgado, dos bailes, fonda y farmacia. Se apearon en la estación y de la fonda salió un hombre con mono de peto que saludó a Pepe y al médico.

—Aquí también hay médico, pero es más viejo.

Bajaron las latas y fueron llenándolas de un bidón que trajo rodando el del mono. Éste empezó a quejarse de que Pepe no trajera un bidón grande y tuvieran que llenar todas las semanas las veinte latas pequeñas.

—Debías vender este trasto y comprar una camioneta.

—¿Y qué hago con los viajeros?

—¿Tanto trabajo te cuesta hacer unos bancos? Con la carga ibas a sacar el doble.

Cuando la gasolina estuvo en el coche, buscaron un nuevo pretexto para seguir charlando y fueron a tomar unos blancos a la fonda, invitando al médico. Era una buena fonda, y al cabo de tres rondas el tiempo transcurrió rápidamente. Pepe miró el reloj.

—Se nos va a hacer de noche en el camino, y tengo la batería a medias; nos vamos.

El del mono dijo que lo sentía y dio la mano al médico añadiendo:

—Vuelva por aquí cuando quiera.

De vuelta tuvieron que ir más despacio. El motor parecía arrastrarse en las cunetas, humeando como si fuera a arder, y como no pudieron fumar en todo el camino, se les hizo doblemente largo. Las viñas estaban negras y las montañas lejanas, cuando se adentraron en los desfiladeros, de vuelta a casa.

Pepe encendía los faros un instante en los pasos difíciles.

—Entre tanta peña oscurece antes.

El paso se abrió un trecho para cerrarse más aún. En el espacio que quedó libre, a la luz de los faros, un rebaño de cabras desapareció entre el polvo. El pastor les hizo una seña con la cachava.

—Ése es Agustín.

—¿Quién?

—Agustín.

Apareció una estrella sobre ellos y el camino se abrió en un valle angosto con montañas abiertas a los cuatro vientos.

—Menos mal —dijo Pepe—, llegamos con el tiempo justo.

Estaban de nuevo en casa. Bajo la luz de la fonda el coche se detuvo, y la gasolina, tras ellos, batió las paredes de los bidones.

Amparo se volvió hacia su madre:

—¿Por qué tiene que meterse en lo que hacen los demás? Que se calle, que tiene por qué.

—Mujer —insistía la madre—, sólo dijo que me mejore.

—Es que no quiero ni oír hablar de él. Más vale que piense usted lo que está haciendo con esa pobre chica.

—¿Qué chica? ¿Socorro?

—¿Quién va a ser, si no?

Antón se espabiló un poco, ya que ahora le tocaba mediar a él; pero antes que dijera nada vino de nuevo la voz de la vieja:

—Pero, mujer; tú ¿qué sabes?

—¿Que yo qué sé? —se volvió hacia la alcoba—. Usted sí que no sabe, porque hace ya no sé cuánto que no se levanta de esa cama; si se levantara y saliera, vería lo que yo veo y ve todo el mundo.

Intervino Antón:

—¿Y qué ve todo el mundo?

—¡Qué tontos sois los hombres, y tú el más tonto de todos! Tanto hablar de él, tanto ponerle verde a sus espaldas y cuando vais a su casa, con dos palabras y un cigarro os engatusa y ¡se acabó!, como si le debierais la vida.

Parecía que el discurso hubiese terminado. Se acercó a la ventana, donde oscurecía ya, y guardó silencio. La madre, desde la cama, preguntó:

—Amparo, hija, ¿se ven venir las ovejas? —pero no hubo contestación, y la vieja siguió en un lamento—: ¡Quiera Dios que no haya pasado nada!

Se oyó en la alcoba un suspiro. Fuera, sobre los campos, venía rápidamente la noche.

—¡Si yo fuera secretario de este Ayuntamiento le echaba del pueblo! Nada más que eso. ¡Pobre Socorro!

En la alcoba los muelles del somier crujieron, pero la madre no habló. Sólo Antón respondió:

—¡Pero si ella no se queja...!

—Ya vendrá el día en que se queje.

Sacó el dinero para pagar su cuota. Contó sobre la mesa un puñado de billetes pequeños, que fue recogiendo el ayudante, apresuradamente. Cuando la suma estuvo lista, éste se despidió; el asunto no le interesaba, y quería estar fuera antes de que comenzara la nueva racha, porque si no acababa de cobrar la lista aquella noche perdería la siesta del día siguiente. Salió, tropezando en las banquetas del portal, delante de Amparo, que intentaba alumbrarle con un carburo.

—Espera, hombre, que no ves...

—Sí, sí veo; hay buena luna.

Desapareció, y a los pocos segundos estaba llamando en los cristales de la ventana.

—¿Qué pasa?

—Ya están ahí las ovejas.

La madre respondió:

Gracias, Antón... —y de nuevo vino su voz envuelta en el sonido de los muelles.

Amparo también dijo «gracias», y cerró la ventana

—Amparo, hija...

—¿Qué quiere?

—Encierra los chivos y no te olvides de buscar la oveja.

—¿Qué oveja?

—La que se nos escapa todas las noches al corral de Amador.

—Bueno, ya iré.

Entró en la alcoba y de la cama quitó un mantón que se echó sobre los hombros. A la luz de la lámpara surgió la madre en la cama, los brazos blancos y huesudos sobre las sábanas.

—Amparo...

—¿Qué quiere?

—¿Por qué te pones así?

—¿Cómo quiere que me ponga?

—¿Qué te importa a ti lo que hagan los demás? ¿No ves que no adelantas nada con quemarte la sangre?

—¡Y qué que me la queme! No puedo callarme, como usted. Cuando veo a esa chica en el balcón, con la cara que se le está quedando, y al otro detrás, me sube una cosa a la cabeza que no me deja ni pensar en lo que digo. Y fuera puede que me calle, aunque mi trabajo me cuesta, pero lo que es en mi casa, digo lo que quiero y lo va a tener que oír el lucero del alba que entre por esa puerta.

—Calla, calla.

—Y como se le ocurra pisar por aquí, va a oír cosas que no le han dicho nunca.

—Si nadie se lo dice —gimió la madre—, ¿por qué has de ser tú la que quedes mal?

—Ya sé que nadie se lo dice. Y ¿sabe por qué? Porque los hombres tienen tan poca vergüenza como él, y si no hacen otro tanto es porque no pueden.

Cerró la puerta tras sí, y la casa quedó en tinieblas, alumbrada la cocina tan sólo por el resplandor de la hornilla. Más allá, en la alcoba, la cama de vez en cuando crujía, y por la voz susurrante que comenzaba a alzarse en la habitación se podía deducir que la vieja rezaba.

Amparo

Apareció un resplandor tenue sobre la montaña, a espaldas de las casas. El cielo se aclaraba rápidamente, borrando sus estrellas, hendido por el arco creciente de la luna que recortaba sobre la cumbre el perfil de los piornos y avellanos. Siluetas negras, retorcidas, nimbadas un instante de un halo amarillento, como presas de un incendio lejano. El globo siguió ascendiendo, cada vez más pequeño a medida que ganaba altura, hasta quedar colgado, inmóvil en lo alto.

La hija de Alfredo miró la luna y dijo a su padre:

—Está muy clara la noche.

Alfredo dejó las redes un instante y miró a su vez por la ventana.

—A ver si oscurece un poco, a ver si oscurece —repitió, porque en aquellas palabras iba todo su deseo.

La hija menor, cocinando en el fogón entre el humo y el olor del pescado que se freía, se volvió a su vez:

—Yo no le digo nada. Va a acabar haciendo lo que quiera…

—Mire que hace mucho que no sube el guarda. Esta noche le va a pillar a usted. Ya puede andar con tiento.

Alfredo callaba y seguía zurciendo la red, y miraba de cuando en cuando a la luna.

—Se va a nublar…

—¿Qué mes surte hoy?

—Abril.

—¿Qué tal hizo por abril el otro año?

La pequeña apartó la vista de la sartén y contestó:

—Llovió —y siguió friendo.

—Mira, ya se está nublando —hablaba de nuevo Alfredo—; dentro de un rato estará oscuro del todo.

Se terció la cesta a la espalda, y metiendo la red bajo la chaqueta salió al corral con el farol en la mano. Una racha de aire inclinó la llama.

—¿A qué hora va a venir? ¿Va a subir muy arriba?

—No.

—No suba mucho.

—No, no.

—Según está el agua de madrugada tiene usted que ir a meterse en ella. No sé como no le da miedo…

—Más fría está en invierno.

—¡Si se le perdiera la red y no volviera a encontrarla!

La espalda del hombre desapareció en las tinieblas, dejando a la muchacha con el farol en la mano. Las sombras se alargaban en el suelo del corral, a partir de sus pies, hasta donde el resplandor concluía. La nube que cubría la luna desapareció, y de nuevo el pueblo, la montaña y el río se tornaron blancos.

El río bajaba crecido, recorriendo en sus innumerables laberintos los pequeños caminos de las lávanas y los cantos rodados. Clamaba. Un flujo constante iba depositando entre los cañaverales rosarios de lucientes burbujas. Alfredo sintió tras sí los pasos de su hija:

—Mire, viene crecido —dijo, apagando el farol—, vuélvase.

Él miró el agua turbia, terrosa, pensando que había llovido mucho arriba.

—Habrá habido tormenta en el puerto y esta noche lloverá aquí. ¡Por todos los santos!, acabe pronto y vuelva, no nos tenga en vilo toda la noche.

—Idos a la cama.

Comenzó a caminar remontando la corriente. Aún alcanzó a oír tras sí, más allá de la voz del río: «¡Tenga cuidado!». El cielo se encapotaba ahora por completo.

El guarda del río paró su bicicleta, y empujando el botón de la dinamo apagó el farol; luego siguió pedaleando hasta entrar en el pueblo. No obstante, los perros que oyeron crujir la grava en la carretera le ladraron furiosamente, haciendo salir a Manolo de la fonda.

Reconoció la silueta por la carabina terciada y contestó a su mujer:

—Es el guarda.

La mujer acunaba a un niño con el brazo izquierdo, en tanto iba enjugando vasos con la mano libre.

—¿Qué andará haciendo por aquí a estas horas?

—¿No ves cómo viene el río? ¿Qué quieres que haga?

—Llovería.

—Seguro. ¿Dónde está Pepe?

—Subió a acostarse hace un rato. Por lo menos, eso dijo.

Manolo entró en la bodega, y mirando tras la puerta vio la red, el butrón, los anzuelos y la cesta de

Pepe colgados. Respiró. Al volver ya estaba el guarda bebiendo un vaso de cazalla. Decía:

—Alguien lo va a pagar.

Manolo le preguntó qué iban a pagar. Notó su mal humor en cuanto empezó a contestarle.

—Vengo poco por este pueblo y la gente me toma por tonto. Anoche, sin ir más lejos, tiraron un cartucho en el pontón y mataron toda la cría.

—Aquí no hemos oído nada.

—Puede que lo tiraran la otra noche —tenía el vaso entre las manos y se entretenía jugando con él sobre el mostrador—. ¡Toda la cría reventada! —descolgó la carabina del hombro y la sostuvo entre las piernas, al tiempo que se sentaba—. Luego, que si uno no sirve más que para hacer daño a los demás.

De pronto preguntó por Pepe.

—Está ya en la cama.

—¿Sabéis cuántas denuncias mandaron este año al Patronato?

Manolo fue a la bodega a sacar vino, pero dejó la puerta abierta de modo que el otro pudiera seguir hablándole.

—¿Cómo se acuesta tan temprano?

—¿Quién?

Soltó el chorro del pellejo con un suspiro.

—Tu hermano. ¿Quién va a ser?

—Tiene que madrugar, el coche sale a las ocho. Quedaron en silencio. El guarda seguía repitiendo en voz queda: «¡Que uno es malo...!» El niño rompió a llorar. La madre lo meció y desapareció con él en brazos, escaleras arriba. Aún se oyeron los llantos durante un tiempo; luego Manolo, de bruces sobre el mostrador, descabezó un sueño, del que lo sacó el guarda al marcharse.

Quedó bostezando a la puerta de la fonda. Aún le quedaba por velar una buena parte de la noche, porque la noche era para su negocio más importante que el día y si su mujer tenía sueño, a él le tocaba quedar tras el mostrador. Intentó espabilarse un poco y fue a la cocina a hacer café cuando le vio bajar.

—¿No te vas a la cama?

—Todavía no. ¿Vino alguien?

—Ni un alma.

—¿Quién dijo que iba a pagar lo del cartucho?

—El que pille esta noche. ¿Estará Alfredo?

—No me extrañaría.

—¿Y no habría manera de avisarle?

—Despierta a Pepe a ver si quiere ir.

—No va a querer.

—¡Ojalá no haya salido esta noche!

Volvió a apoyarse de bruces en la mesa. Pensaba en Alfredo. La mujer descabezaba un sueño sentada en el escaño, despertando a veces, cuando la cabeza se le derrumbaba. Abrió los ojos y sacando la mecha al candil preguntó:

—¿Te dijo si vio a los guardias?

—No me ha dicho nada.

—Pero ¿se lo preguntaste?

Antón contestó:

—No me acuerdo —y a poco estaba dormido. La mujer, despertándose, se inclinó sobre la ventana y apartando el visillo miró fuera. A la salida del pueblo el guarda, a pie, apoyado en la bicicleta, miraba cuidadosamente el río. Se ocultó la luna y ya no le vio más, aunque sabía que continuaba allí acechando. Entonces salió a la puerta y escuchó a su vez. Una ráfaga de viento trajo gotas de lluvia hasta su cara y el rumor de los avellanos meciéndose en la montaña. El guarda se alejaba; oyó sus pasos perderse y el crujir de la grava bajo las llantas.

En el pozo, la corriente, cayendo de la altura, se revolvía, girando sobre sí en un gran estruendo. El agua era negra por la profundidad y el cieno, y una nube de líquido polvo bañaba las paredes de roca en torno a ella.

La carretera quedaba arriba, invisible. Alfredo aguantó la red en la derecha y dejando la chaqueta y la cesta en la orilla entró en el río por la suave rampa de la arena. Según avanzaba, a medida que el agua le subía de las rodillas al vientre, hasta el pecho, el estruendo le ensordecía. Iba tentando el fondo antes de dar un paso; el frío le agarrotaba el cuerpo. Cuando el agua le llegó a los hombros impidiéndole adelantar más, lanzó la red en la oscuridad ante sí, oyendo cómo se hundía hasta tocar fondo, poco a poco; entonces fue retrocediendo, arrastrándola tras él.

Mientras desprendía los peces para meterlos en la cesta, la humedad de la ropa le hizo toser. Como una respuesta, vino la voz nítida, insegura, del guarda desde la carretera:

—¿Quién anda ahí?

Oyó montar la carabina, al tiempo que le repetía la pregunta, pero no se movió, temiendo que el tiro le acertara. Quedó quieto, pegado al suelo, sin poder hacer otra cosa que esperar. Pensó en la multa que le caería si se entregaba, en las hijas esperando en casa, dormidas sobre la mesa con el farol ante sí, en la luna, que podría delatarle en cuanto las nubes se abrieran. Estuvo tentado de huir, pero el miedo le detuvo. Aun a costa de perder la red y la cesta lo hubiera intentado, pero el sonido del cerrojo le mantuvo inmóvil. No temía al hombre ni a la voz que desde arriba le conminaba, sino al ojo del arma que desde la oscuridad sabía le estaba acechando. La soledad, el rumor del pozo abajo le llenaron de angustia; pensó que a poco que le acertara iría al agua sin remedio.

En un instante apareció la luna y las dos detonaciones sonaron en la carretera. Oyó un silbido junto a su cabeza y el choque de algo duro en la roca, a sus pies; luego, casi al mismo tiempo, un dolor ardiente le paralizó la pierna.

Ahora era mucho más penoso mantenerse quieto y vencer el deseo de tocarse la herida. No pudo evitar un pequeño grito cuando la bala le hirió, pero el guarda no le oyó o no quiso arriesgarse a bajar; al parecer prefería convencerse de que allí no había nadie. El cielo se cerró de nuevo y la linterna, luciendo sobre la llanta de la rueda, se fue alejando paulatinamente hasta perderse.

Al cabo de unos minutos la luna volvió a salir y ya anduvo ocultándose y luciendo hasta la madrugada. Mirando las nubes que velozmente la cruzaban, acostado entre los juncos, Alfredo se remangó el pantalón intentando contener la hemorragia con la boina. El agua le había teñido de rojo la pierna hasta el muslo, y el dolor que sentía no le asustaba tanto como la negra gota que desde la carne iba a disolverse rápidamente en la humedad del suelo. Olía a pescado, al aroma dulzón de la sangre. Empezó a temblar; se dijo que si dejaba que la ropa se le secara encima, pronto tendría fiebre, e hizo un esfuerzo por desprenderse de la camisa, pero el dolor le detuvo y un golpe de tos dio con él en tierra extenuado. Gritó procurando no levantar la voz demasiado.

De la carretera vino ruido de cascos. Consiguió sentarse y llamar de nuevo. Los que cabalgaban preguntaron:

—¿Hay alguien ahí?

Pero no respondió; sintió un gran frío en torno a las piernas y perdió el conocimiento.

Los otros dos bajaron con cuidado, prendiendo una cerilla. El primero preguntó:

—¿Está muerto? —y el rostro que surgió al resplandor de la llama entreabrió los labios para responder:

—Debe llevar un buen rato aquí.

Fue recogida la red, y al hombre lo terciaron con su cesta sobre una de las caballerías.

—¡Cuánta sangre!

La pernera del pantalón había vuelto a bajarse, y el de la cerilla, alzándola para ver la herida, llamó a su compañero.

—¿Has visto esto?

Manolo miró al herido, en tanto su mujer subía a avisar al médico.

—Ya os puede estar agradecido; si llegáis a encontraros con los guardias os cae buena esta noche.

Los dos hombres se lavaban las manos en el chorro de la bomba; venían de Asturias sobre sus caballos pequeños y castaños a cargar harina.

—¿Hace mucho que no suben?

—Dos semanas.

—¿Cómo tanto?

—Ahora se mueven poco.

Alfredo se quejó sobre la mesa en que descansaba esperando al médico. Se interrumpieron, mirando al herido.

—¡Ya hace falta tener mala sangre para hacer una cosa así! ¿Serían los guardias?

—No, eso lo hizo el del río.

—¡Menudo pájaro!

—Al principio creímos que se había caído desde la carretera o desde la boca del tajo al echar la red, pero luego vimos la herida y…

El más joven de los asturianos, el que hablaba, calló viendo entrar al médico. Traía el maletín en la mano y un montón de vendas y gasa; cortó el pantalón, y al ver la herida también enmudeció.

—¿Qué va usted a hacer?

La pregunta quedó en el aire, como si en ella hubiesen cristalizado las dudas de todos los presentes. Hasta Alfredo abrió los ojos un instante para asentir. El médico no supo qué contestar; sólo dijo, por salir del paso:

—Por lo pronto, curarle —y siguió limpiando la sangre.

Pepe apareció, en mangas de camisa, con los ojos cargados de sueño, y tras preguntar qué había pasado maldijo al guarda varias veces, antes de que el olor del alcohol y la vista de la sangre le despertaran por completo. Ya estaba la pierna vendada, cuando Manolo empezó de nuevo:

—¿Lo va a…? —pero su mujer le hizo seña de que ya había hablado bastante, y no le dejó terminar.

Alfredo se reanimó:

—¿Y mis chicas?

Manolo se ofreció para ir a tranquilizarlas, pero fue Pepe quien marchó.

—¿Adónde va?

—Estáte quieto, bastante hiciste el tonto esta noche —la mujer de Manolo parecía reñir a un niño pequeño—. Tú no tienes más que estarte quieto.

Se dirigió al médico:

—¿Cuánto tardará en andar?

—Una semana.

—Se van a asustar si les dice que estoy así.

—Calla, ya les dirá algo.

—Debía ir yo.

—Calla.

Los asturianos estaban cargando ya en el patio.

—Si era yo, como hay Dios que le tiraba al río la primera vez que lo encontrase...

—Apura...

—¡Qué mala sangre!

Los caballos separaban las patas, afirmando los cascos en la tierra a medida que recibían la carga: dos pesados costales de harina cada uno. Cuando todo quedó perfectamente atado, los dos hombres tornaron a entrar en la cantina. El más joven se acercó a Alfredo.

—¿Qué, pasó el susto?

—Vaya.

—A mí me dieron también un tiro una vez —el hijo de Manolo volvió a llorar arriba, y la mujer desapareció en la escalera—, en la guerra, en Oviedo, aquí en el hombro. Se siente como si le quemaran a uno, ¿no es verdad?

—Sí.

Alfredo seguía las palabras del asturiano como una cortesía o un agradecimiento. No sentía el menor deseo de pensar, ni de mover los labios que le quemaban. El otro, por el contrario, a medida que el tiempo transcurría iba volviéndose más locuaz; pidió un vaso y, apurándolo, pidió un segundo, y cada vez que el vino le caldeaba el estómago exclamaba:

—¡Qué mala sangre!

El más bajo de los dos, menos locuaz, se limitaba a asentir cada vez que el otro le dirigía la palabra, hasta que pareció cansarse y cogiéndole del brazo intentó llevarlo hasta la puerta.

—Ya está bien, vamos —mandó a Manolo que no le sirviera un vaso más—. Con tus tragos se nos va a hacer de día antes de llegar al puerto.

—No hay prisa, no hay prisa.

Seguía contando lo que le sucediera en la guerra antes y después de recibir el tiro. El médico miraba a Manolo por encima de los dos compadres, preguntándose cómo iría a acabar aquello, cuando ambos, como de común acuerdo, salieron al corral y se pusieron a discutir a media voz. Uno de ellos estalló en denuestos; el eco trajo palabras sueltas:

—¡Qué puerto ni qué...!

Manolo miró el reloj y salió a advertirles.

—Dentro de una hora amanece —dijo, y ellos entraron a pagar, arrearon a los caballos y se fueron.

—Siempre hacen igual.

La mujer había vuelto a bajar, trayendo el niño consigo y hablaba al médico:

—Es inútil cerrar tratos con ellos. Cuando bajan, bajan bien, pero el vino de aquí se les sube en seguida a la cabeza y cuando vuelven, ya ve.

—¿Va a denunciarlo?

El médico tardó en decidirse:

—Me callaré si es que nadie ha oído el tiro.

—Le haría usted a Alfredo un daño sin provecho alguno.

El aludido asintió, tratando de agradecer con la mirada.

—Lo habrán oído, pero nadie dirá nada; no saldrá del pueblo la cosa.

La mujer detuvo su mecer un instante:

—Tú, Alfredo, lo que tienes que hacer es no asomar por ahí; di que te has puesto malo y que no te vean. Si alguien te pregunta, no enseñes la pierna.

—A usted —miró al médico— no le dirán nada.

—Menos mal que los guardias no andan por aquí.

El médico se lavó las manos y cerrando el maletín dijo que se iba a la cama.

—Duerma todo el tiempo que quiera; yo le avisaré si vienen a buscarle.

Cuando empujó la puerta, la voz de Alfredo decía a sus espaldas: «gracias», y tuvo que volverse para contestar, prometiendo visitarle al día siguiente.

Pepe había vuelto. Entre él y su hermano ayudaron a Alfredo a llegar a su casa. Isabel, que había venido al saber el accidente, les seguía sosteniendo una manta sobre los hombros de su padre. Cruzaron el río y a la luz del amanecer, cuidando no ser vistos, caminaron hasta encontrar a la hermana pequeña, llorosa, que encendía la lumbre de nuevo.

—¿Qué haces?

—Calentando leche.

—Deja en paz la leche ahora y vamos a acostar a tu padre, que descanse de una vez.

La chica rompió a llorar, pero acompañó a los hombres hasta la alcoba. Allí Alfredo estalló en denuestos cuando le metieron bajo las sábanas, porque el dolor de la pierna le trajo a la memoria la cosecha sin recoger.

—No es más que una semana, hombre, no te apures; sería la primera vez que alguien perdiera la cosecha en este pueblo por estar malo.

Manolo marchó a su casa y Pepe quedó en la cocina, sorbiendo un vaso de vino que le sacó Isabel. Eran las frías horas del alba, tiñendo de un gris opaco los cristales de la ventana, haciendo revelar como en un sueño los objetos difusos sobre las paredes recién encaladas.

—¡Isabel!

El padre pidió agua y hubo de subírsela.

La hermana, desde la cama, preguntó:

—¿Se han ido ya?

Isabel le hizo seña de que callara.

—Duérmete —le dijo—, duérmete.

Abajo, Pepe sacó una brasa del fogón para encender el cigarro, y mirando al cielo que se tornaba rojo, esperó a que bajara la muchacha. Se dijo que no valía la pena acostarse ya; pronto hubiera podido contar uno por uno todos sus huesos, pero olvidó el sueño y el frío cuando Isabel bajó de nuevo y sentándose frente a la ventana dejó que la luz recortase sus hombros y la maraña del pelo sobre el abrigo, sobre la tibia carne que escapaba al camisón.

El primer rayo de sol iluminó el monte entre los abedules, y Pilar, que vio su mancha amarilla en la pared de su alcoba, no pudo dormir más. Aquel reflejo entrando en su cuarto significaba las siete de la mañana. Las horas de la noche sin dormir no podría recuperarlas y el fin de sus días se iba acercando, porque había oído decir de los insomnes que mueren temprano. Los específicos que había mandado subir a Pepe últimamente no la habían ayudado en nada, y por más que se esforzaba ensayando nuevos métodos, no conseguía conciliar el sueño más de tres o cuatro horas cada noche, y siempre acababa despertando antes del amanecer, condenada bien a su pesar a contemplar el naciente día y aquella mancha amarilla que desde el muro la condenaba.

Su mayor gozo hubiera sido despertar a las diez de la mañana, el cuarto bañado en luz, caliente, vencida ya la parte más aburrida de la jornada. Pensando en ello volvió a cerrar los ojos, y resignándose se preguntó cómo sería el médico nuevo. La criada dormía cuando bajó a despertarla; siempre procuraba estar en cama lo más posible, a veces lo conseguía. Eso la exasperaba. Verla caer inmóvil a la noche, hasta cualquier hora del día, por avanzada que fuese, sin que pudieran despertarla ni la luz ni los ruidos de fuera. No la reñía por el trabajo a medio hacer, o la casa sucia; lo que la hacía detestarla era su capacidad para dormir las horas que le dejasen.

La apostrofó en la alcoba y como no se decidía a levantarse, le corrió las mantas hasta los pies, dejándola indefensa sobre el colchón, injuriándose mutuamente. La criada se quejó:

—¡Usted siempre fastidiando! —y comenzó a vestirse—. Dichoso pueblo este, donde ni dormir puede una.

—Son las nueve ya.

—¿Y qué? Para lo que tiene usted que hacer, no sé cómo madrugamos tanto. Como si yo tuviera la culpa de que usted no pueda dormir. El mejor día me marcho y no me ven más por aquí.

—Pues no sé a qué esperas.

—¿Que qué espero? Todavía va a creerse que estoy aquí por mi gusto. Pero ¡si en mi vida he visto un pueblo más aburrido!

—Anda, anda; vístete de una vez.

La criada terminó de meterse la ropa, y desperezándose salió al corral. Estaba partiendo leña y murmuraba:

—¡Quién me mandaría a mí venir aquí! El mejor día agarro y me marcho a Asturias.

—¡Qué os darán en Asturias!

—Por lo menos, allí se divierten.

—Y comer, ¿qué?

—Nadie se muere de hambre.

—No sabes lo que dices; enciende de una vez la lumbre.

Hubo un silencio.

En tanto la criada soplaba en la boca de la hornilla; luego, continuó, incorporándose:

—Y, a propósito: no sé qué se traerían anoche por la carretera, pero estuvo pasando gente hasta ser casi de día.

—¿Y qué?

—¿Cómo que y qué? Pues que no me dejaron los perros pegar un ojo en toda la noche. Yo creo que hasta oí un tiro…

—¿Un tiro? Estarías soñando.

—No soñaba, no; lo que me parece es que usted duerme más de lo que dice —quedó pensativa—, o no sé qué estaría haciendo, si no lo oyó.

Pilar miró por la ventana y vio a Pepe, al otro lado del río, echando agua al coche. Estaba en mangas de camisa y la mujer de Manolo le pasaba los cubos. El cielo se había vuelto color de bronce.

—¡Buen calor va a hacer hoy!

—Como ayer; nos asaremos de día, y luego, por la noche, un frío como en enero.

Al otro lado apareció Manolo y estuvo hablando unas palabras con su hermano. Pilar creyó ver a otro hombre en la puerta, pero sólo un instante, porque la criada le preguntaba qué tenía que hacer de desayuno y tuvo que volverse.

—¿Dónde andará el médico?

—En mi pueblo, los domingos, hacemos una merienda y subimos al puerto con música y hacemos baile. Allí sí que se divierte una...

Pilar seguía con toda su atención fija al otro lado del río. La muchacha se impacientó:

—¿Me escucha?

—Sí...

—¿Quiere decirme de una vez qué almuerzo pongo?

—¿Hay chocolate?

—Unas dos libras.

—Pues haz chocolate.

—En mi pueblo, el día del santo, se arma una fiesta que se funden los plomos.

—Ten cuidado no te fundas tú.

—Sí; ríase, ríase, que aquí ni iglesia tienen.

—Los asturianos estáis todos locos.

—En cambio, aquí están todos muertos. Hasta las mujeres... ¡Sí que se habrá divertido usted mucho en su vida!

—Puede que más que tú.

—Fíjese; me lo tenían que jurar y no lo creería.

—Escucha bien esto —replicó Pilar, colmada su paciencia—. Si yo no me he divertido más ha sido porque no he querido —cogió a la criada por el brazo y la zarandeó—, y si no me casé no fue por falta de ocasiones, que tenerlas las he tenido, como la que más, en este pueblo.

—¡Pero si yo no he dicho nada!

—Y te voy a decir otra cosa: con que yo quisiera, ahora, sé de más de uno...

La muchacha se soltó un poco asustada y fue a avivar el fuego, pero no encontró el soplillo y estuvo soplando con toda la fuerza de sus pulmones hasta que se le congestionó la garganta y tuvo que salir a respirar fuera. Pilar pareció serenarse, y la criada volvió del corral más calmada.

—Pues a mí no me gustaría dormir sola toda la vida, la verdad. No digo que los hombres sean una alhaja, pero sabiéndoles llevar la corriente… ¿Me escucha?

—Sí…

—Es que me parece que maldito el caso que me está haciendo.

—Déjame en paz, mujer, no empecemos otra vez.

La voz se había dulcificado un poco. Ahora, Pilar parecía cansada y triste, de modo que la criada añadió:

—Bueno, entonces me callo.

No hubo respuesta; continuó rallando la onza de chocolate hasta reducirla a polvo, pensando en el súbito arrebato del ama. De vez en cuando alzaba la cabeza, para espantar las greñas de su cara, y la veía ensimismada melancólicamente, tratando de velar sus pensamientos. Gozaba con su deseo repentino de conocer al médico nuevo, y lo que más la divertía era que tratara de ocultárselo a ella precisamente, que conocía todos sus apetitos, desde el más bajo al más alto. Aquel día nacía uno nuevo y se prometió sacar el mayor partido posible del acontecimiento. Ahora tendría algo en que entretener sus ocios y eso la alegró, como antes el pensar que, por mucho que se esforzara Pilar, probablemente seguiría sola toda su vida. Ésta, mientras desayunaba, se quejó del insomnio.

—Pues me extraña que no oyera lo de anoche.

—Estos sellos ya no me hacen nada.

—¿Por qué?

—Porque ya se me acostumbró el cuerpo a ellos.

—Pues que la receten otros nuevos...

Vio que la segunda parte de la tormenta se avecinaba, pero esta vez no la pilló desprevenida, y siguió sorbiendo el chocolate de la jícara cuando la otra la apuntó con el dedo.

—Oye..., ¿no sabes que cuando tú vas, ya vuelvo yo? Cuando quiera llamar al médico ya lo haré, no necesito consejo de nadie.

—Pero si yo... —y adoptó una expresión de estúpida inocencia.

—Tú mejor harías no hablando tanto por ahí fuera. ¿O crees que no sé lo que dijiste de mí, en casa de Alfredo? En este dichoso pueblo se saben las cosas antes que salgan de la boca.

—Madre santa, qué mentira.

—Ni madre santa, ni nada; te lo digo para que no me tomes por tonta. —Se detuvo, y recortando rebanadas de la hogaza las fue tomando bien embadurnadas de chocolate—. No tienes tú la culpa, sino quien te llena la cabeza de esas historias.

La criada no levantaba la vista de la mesa, sólo cuando se oyó arrancar el coche de Pepe miró a la carretera, evitando encontrarse con los ojos de la otra. De nuevo estaban en calma cuando el coche cruzó hacia abajo.

—Ya se va el correo.

—¿Echaste la carta?

—Sí.

Cuando el auto cruzó ante la casa, al otro lado del río, la criada respondió al saludo de Pepe agitando la mano varias veces; luego, volviendo la cabeza, vio a Isabel asomada también a su ventana y comprendió que no era a ella a quien el hombre saludó; aquello la amargó nuevamente. Pilar preguntó a su espalda:

—¿No vas a escoger las lentejas?

—Sí, ya voy. —Hizo un vago gesto—. ¿Quién se pone a escoger lentejas ahora?

—Anda, deja de perder el tiempo y haz algo de una vez. ¡Cierra la ventana!

Quedaron ambas en silencio. Por la carretera cruzó Blanca pausadamente, hinchada, los brazos colgando, como ramas muertas, a lo largo de las caderas, perdida bajo el enorme sombrero de paja, deslizándose como una aparición. Un asturiano la sacó encinta por la primavera, negándose a casarse con ella. La criada recuperó el habla:

—¿Sabe quién va ahí?

Pero Pilar, en vez de contestarla, se acercó a mirar también.

—¡Pobrecilla! Cómo está…

—¿No dijo nada?

—No; pasó sin saludar. ¡Qué mala cara tiene!

Quedaban las dos, frente a la ventana, recordando el espectro de la otra. La criada parecía haber olvidado sus rencillas; junto al ama compadecía a Blanca. Suspiró:

—¡Qué hombres! —Y luego, volviendo del arca con un tazón de lentejas—. Y… no quiere decir quién fue.

—¿Para qué lo va a decir, si él tampoco quiere casarse? Bastante hizo el padre de ella, que fue al pueblo del otro a rogarle.

—Hay quien nace con el santo de espaldas. Tan buena chica, y ya ve…

—Pues lo siento yo más por su padre.

La criada dejó un instante correr las lentejas entre sus dedos y miró a Pilar.

—¡Qué cosas tiene usted!

—¿Que qué cosas tengo? Se conoce que no le viste cuando volvió de ver al otro; parecía que le hubiesen echado veinte años encima. Después de todo, ella hizo su gusto, ahora que aguante las consecuencias; pero el padre, ¿qué saco?

En el fogón ardía el fuego. Un sutil hilo de humo iba tiñendo de acre olor la atmósfera de la cocina. La muchacha miraba pensativa el agua puesta a calentar; de vez en cuando volvía la cabeza para mirar y asentir a lo que Pilar decía. Pilar, sentada en el escaño seguía platicando, dejándose tibiamente acariciar por el sol, que pasaba ya a través de los cristales.

—Aunque ella no quiera decir quién fue, hay en este pueblo más de uno que le conoce.

—Dicen que fue un asturiano.

Pilar no contestó, y la criada sintió agudizar su curiosidad:

—Usted lo sabe; digámelo.

Pilar adoptó el aire misterioso que convenía a su secreto y dejó que le rogasen un poco más aún.

—Yo, con no salir de aquí, me entero de muchas más cosas que tú zascandileando por todo el pueblo.

Hizo otro silencio, pasándose los dedos por el pelo, a modo de peine, al tiempo que se miraba en el cristal. La criada había adoptado un tono tierno y filial, olvidadas las duras palabras de antes.

—No sea usted así, dígamelo, cuénteme cómo fue.

—Es un chico que viene todos los años con manzanas...

—¿Lo conozco yo?

Pilar se encogió de hombros.

—Aquí vino dos veces. Me acuerdo como si lo estuviera viendo. Ahí —señaló la portalada— estuvo sentado la última vez, fumando un cigarro. Le saqué un vaso de vino.

—¿Y cómo es?

—Buen mozo él: moreno.

El agua hervía sobre el fuego, pero la criada no pensaba en ello. Preguntó de nuevo:

—¿No vino más que dos veces?

—Mujer, aquí, a esta casa, nada más; pero a la suya, vete a saber —se interrumpió como si la molestara hablar de aquello—. En fin, allá ellos…

Pareció dar por terminada la conversación. Se levantó y fue trabajosamente hasta la puerta, no sin antes recomendar a la criada que tuviera cuidado con las lentejas, pero ésta la siguió, sin pensar en la comida.

—Mire si seré tonta que no me acuerdo.

—¿De qué no te acuerdas?

—De él…

—Anda, echa la cebolla.

Ahora se arrepentía de haberle contado aquello, porque, conociéndola, sabía que ya no haría nada a derechas en todo el día. A pesar de ello, respondió:

—No le verías, mujer.

Pero la otra seguía obsesionada con la idea.

—¡Cómo no le voy a haber visto si dice que estuvo aquí! —Miró al fuego, como si de allí fuera a surgir la respuesta—. ¿Y dice que vino por la primavera?

—Pues claro que vino, y estuvo con ella. El primer domingo de marzo, por más señas. ¿No ves que faltó el padre tres días por entonces?

La criada había enmudecido; miraba a Pilar, por si su rostro podía añadir algún dato a sus palabras.

—Sé yo quién estuvo aquella noche escuchando en la ventana.

—¡Jesús! ¿En la cocina?

—Pues claro que en la cocina…

La criada enrojeció, y enjugándose las manos desvió la mirada otra vez hacia el fuego. Musitó de nuevo:

—¡Jesús!

—Allí se estuvieron toda la noche con besos y abrazos.

—¡Calle, calle! —probó a sentarse, pero a poco estaba en pie de nuevo. Se le fue el color de las mejillas—. ¡Es usted el demonio! —e intentó sonreír, pero su boca quedó en una desgarbada mueca.

—Acaba de una vez con la comida.

Intentó atender a lo que hacía. Su imaginación volaba tras las palabras del ama. Como el agua en el fuego, sobre el fogón, hervían los recuerdos en su cabeza.

Manolo, desde su puerta, fue el primero en ver al forastero. Vestía una chaqueta negra y un viejo y gastado pantalón, pero lo que más llamó su atención fueron los zapatos. Miró tras él, por ver si alguien más le seguía e inconscientemente volvió, por segunda vez, sus ojos hacia los zapatos negros, sucios y partidos.

El forastero, en cambio, no vio a Manolo o no quiso dar muestras de haberlo visto y, deteniéndose a la entrada del pueblo, se apoyó en el pretil del puente y miró al río. Traía una cartera negra, casi tan vieja como los zapatos, y la depositó a sus pies.

Antón cruzó por allí y lo estaba observando, cuando el forastero se volvió:

—¿Hay mucha trucha en este río?

—Regular…

Cogió de nuevo la cartera y anduvo unos pasos, ensimismándose, otra vez, en la contemplación de la corriente. Se secó el sudor que le corría por el cuello.

—¿Qué profundidad tendrá aquí?

Antón se acercó al pretil, como si fuera a medirla con la mirada.

—Unos dos o tres metros; puede que más; puede que cuatro.

Ahora estaba junto a él, y podía examinarle de cerca a su gusto. Una cara carnosa, enrojecida por el sol, cribada de profundos poros, sobre la que los aros de alambre de unos lentes dejaban marcada una huella cruda, blanquecina.

—¿Cuál es la casa del presidente?

Antón se la mostró, esperando que el otro le explicara el motivo de su presencia en el pueblo. En vista de su silencio se decidió a preguntarle:

—¿Viene de muy abajo?

—Sí.

El calor empezaba a marcar una huella de sudor en la espalda de los dos hombres. Antón intentó evadirse del sopor que le envolvía.

—¿De dónde?

El forastero no se movió, pero dijo el nombre del pueblo más próximo. El tono de su voz no invitaba a más preguntas.

—¿Ése fue el último pueblo donde paró?

—El último.

Inclinó la cabeza asintiendo y cruzó el puente pausadamente, seguido de Antón, que se secaba la primera gota de sudor que aquel día bañaba su nuca.

—¿Cuántos vecinos tiene este pueblo?

—Doce.

—¿Doce sólo? ¿Y habitantes?

—Sesenta o setenta.

—¿Con niños y mujeres…?

—Con niños y mujeres. No tiene más que contar

las casas; a casa por vecino, eche la cuenta. Doce casas, doce vecinos.

El forastero se alejó, y Antón quedó pensando en sus pies, prensados dentro de la piel quemada de los zapatos. Se inclinó el ala del sombrero sobre los ojos y fue a la sombra del portal de Manolo.

—¿Quién será?

—Será algún tratante...

—¡Como yo...!

—¿No hablaste tú con él?

—Me preguntó por el presidente.

—Entonces, ellos sabrán lo que se traen entre manos. Si es que Amador le conoce.

—¿Cómo no vendría en el coche? Debe traer los pies fritos dentro de esos zapatos.

—Sí; mal calzado para este tiempo. No querrá gastar.

—¡Vaya calor!

—Sí, vaya día.

La negra y enjuta figura desapareció en el callejón de don Prudencio; los dos hombres quedaron en silencio, y al cabo de un rato entraron en la fonda. La mujer de Manolo les preguntó quién era y salió a ver si la ventana del médico estaba ya abierta. Manolo desde el mostrador, le preguntó:

—¿Duerme aún?

Ella asintió con la cabeza.

—Le voy a despertar.

El sol se hallaba ahora en lo más alto del cielo. La carretera, reseca, brillaba de un polvo blanco y fino, y los puentes, sin sombra, se achataban descoloridos sobre las dos riberas. En el monte, las reses sesteaban a la sombra de los abedules; a veces, un añojo, intentando espantar el enjambre de moscas que le asediaban, estremecía su cuerpo entre las ramas bajas de los enebros o emprendía un corto galope sobre el pasto, repartiendo a los cuatro vientos el son cadencioso de su esquila. Un momento quedaba el eco en el valle, y el dueño de la res, reconociendo aquel sonido, alzaba la cabeza y, sin verla, pensaba en ella.

El médico se levantó y, en tanto se vestía, oyó la voz de la mujer de Manolo que le llamaba:

—¿Se levanta usted?

—Sí, ya voy, gracias.

—Le iba yo a llamar ahora.

Cuando abrió la ventana las moscas volaron a su alrededor, y él las fue espantando hasta verlas a todas en el balcón de al lado. Odiaba a las moscas, no por higiene, sino por un íntimo instinto que le impedía vivir tranquilo, sintiendo su bordoneo en rededor. Le repelían, como el ratón al gato. Cuando vio libres los cristales y en calma la habitación, recordó que tenía pendiente una visita en casa de Amador y se prometió hacerla en el poco tiempo que aún le restaba antes de comer.

Bajó a la cocina y pidió el desayuno, a pesar de lo avanzado de la hora; aunque no sentía el menor deseo de comer o beber; sólo por ordenar un poco las horas y empezar el día de un modo normal.

Antón le saludó desde fuera y él respondió jovialmente. Antón hizo una mueca y siguió hablando con Manolo. La mujer se acercó con el café, y, en tanto le servía, le preguntó si pensaba pasarse por casa de Alfredo.

—Si tengo tiempo, sí.

—¿Cree que le quedará algo en la pierna?

—No, la cicatriz sólo.

La mujer pareció alegrarse.

—¡No sabe cuánto se lo va a agradecer! ¿Va a ir ahora?

—No, voy a ver al chico de Amador.

—¿Con este calor?

—No hace tanto.

—¿Que no hace tanto? Aquí nadie se movería por una cosa así a esta hora.

Entraron Manolo y Antón. El ayudante del secretario se arrimó al mostrador, en tanto el otro pasaba al otro lado a servirle un blanco.

—Ese chico lleva mucho tiempo enfermo —era Antón el que hablaba—; todos los médicos que pasaron por aquí le han visto y ninguno le ha entendido.

—Le mandaron baños; hace mucho que no se levanta de la cama. ¡El dinero que llevan gastado con él!

—¡Dichoso su padre que lo tiene! —replicó Manolo a su mujer.

—Tampoco tiene tanto.

—¿No es el presidente? —preguntó el médico.

—Sí.

—¿Desde hace mucho?

—De la guerra para acá. Él y don Prudencio son los únicos que tienen algo en este pueblo. Los demás lo perdimos todo en la guerra.

—¿Y él?

—Él se repuso en seguida —Antón hizo un gesto ambiguo con la mano y terminó el vino del vaso, añadiendo—: Si va allí, ya verá qué pena de chico.

El médico se levantó y vio cómo el otro seguía tras él.

—Le acompaño un poco —dijo a modo de justificación, poniéndose a su lado.

El médico descolgó la chaqueta y se la puso. De buena gana la hubiera dejado en la fonda, pero para ejercer allí sabía que le era tan imprescindible como la cartera del instrumental y, a pesar del sol que veía caer fuera, salió con ella. Cruzaron el puente, en el pueblo deslumbrante de sol, silencioso.

—A mi mujer le dan ahogos… —Antón hablaba sin volver la cabeza, como meditando, sumergido bajo las anchas alas de su sombrero—. Sobre todo en verano. El otro me dijo que no era cosa grave.

—¿Qué otro?

—El otro médico. Dijo que era de lo gorda que estaba.

—¿Cuándo le dan?

—Por la noche, por la noche es cuando le dan. Parece que va a morirse, pero luego se sienta en la cama y se le pasa.

—¿Qué edad tiene?

—No sé; allá por los cincuenta.

El médico calló, y Antón volvió, interrogando, la cabeza.

—Tendría que verla.

—¿Va a venir?

—Ahora no puedo.

—Bueno, bueno, no hay prisa. Sólo se lo decía porque lo supiera.

—El otro médico no le recetó nada…

—¿Quién, don Julián?

—¿Se llamaba así?

Antón puso un gesto como si el médico anterior no se pudiese haber llamado de otra manera.

—Sí… No nos recetó nada. Dijo que era cosa del corazón —se pasó el pañuelo por la frente—. Sudamos.

Estaban subiendo la cuesta frente a casa de don Prudencio, y retuvo el aliento hasta que la coronaron.

—¿Usted no llegó a conocer a don Julián?

—No.

—Era muy raro. Fíjese, criaba gallinas...

—¿Qué tiene eso de raro?

—Es que las criaba dentro de la casa, en dos habitaciones. Y también tenía dos perros. Era muy raro; más viejo que usted. Tenía una mujer gallega, muy zalamera, que se pasaba el día llamándolo: «Juliño, esto, Juliño, lo otro...»

Al llegar a su casa saludó con la mano y desapareció. El médico oyó cómo su mujer le reñía dentro. Vino la voz.

—No tienes conciencia...

Pasando frente al portal de don Prudencio, éste, que estaba regando unos nabicoles, le llamó desde el huerto:

—¡Doctor!

El médico se detuvo.

—¿Lleva mucha prisa?

—¿Quería algo?

Don Prudencio agitó sus cortos brazos y gritó de nuevo:

—¿Puede pasarse por aquí un poquito?

Atravesó el corral de mal humor y se internó en el huerto, a espaldas de la casa. Don Prudencio, en mangas de camisa, estaba junto a la bomba llenando un cubo. Lo dejó entre dos cuadros de lechugas y se le acercó, sonriendo a medias.

—Si algún día le apetece una buena ensalada, no tiene más que decírmelo —señaló con un amplio ademán el huerto—; con este tiempo no hay nada como una buena ensalada después de comer.

El médico consiguió darle las gracias, a pesar del enojo que sentía por llamarle en medio de aquel calor, con tan poca cortesía, por tan absurdo motivo, pero el viejo no pareció ver su ceño y prosiguió:

—Tengo que regarlas a esta hora, porque, si no, las pierdo y, a veces, no puedo pasarme sin un poquito de lechuga. ¿Usted no?

No sabía qué contestar. Dijo:

—No.

Don Prudencio le conducía hacia la casa con suaves golpecitos en la espalda cada vez que era preciso cambiar de dirección entre las berzas.

—Se le ve poco —dijo, casi coquetamente.

—Son tres pueblos, además de éste.

—Precisamente ayer, a la tarde, se encontraba Socorro un poco mal y le mandé que fuera a verle.

—¿Y no estaba?

—Pues, no…

Se preguntó a qué vendría aquel reproche. Si el malestar de la muchacha había pasado, podía verla cualquier otro día. El viejo la llamó.

—¿Por qué no la mira ahora?

—¿Ahora?

—Pase.

Le hizo entrar en la casa. Obedeció. Seguramente el viejo estaba acostumbrado a mandar en los hombres de aquel pueblo, y a que se le obedeciera prontamente, pero él no era un vecino más ni le estaba obligado por ninguna clase de favores.

Entraron en la cocina. La muchacha bajó, a poco y don Prudencio salió, diciendo que le esperaba en el huerto. Cuando le indicó que debía quitarse el vestido, ella lo hizo mansamente, sin ningún titubeo, quedando ante el médico, inmóvil, en una mezcla de pudor e indiferencia. Se dispuso a reconocerla. Era un cuerpo suave, moreno y duro, de finas venas azules, y, a pesar de sus esfuerzos por abstraerse en su trabajo, se le hacía tangible, en torno a él, la presencia de don Prudencio.

—¿Qué te pasó?
—Fue un mareo...
—¿Comes bien?
—Sí.
—Estás un poco delgada.
—Es que no tengo ganas.
—¿Trabajas mucho?
Se encogió de hombros.
—Regular.
—Pues trabaja menos.

Se detuvo. No era suya la culpa, se dijo, ni le sucedería siempre que reconociese muchachas como aquélla. Unos se acostumbran antes a esta clase de cosas otros, tardan más, pero, tarde o temprano, debería aprender a dominar sus pensamientos, aunque sólo fuera en propio provecho. Siguió preguntando, pero sus palabras huían, sin sentido, de su cabeza, y sólo la idea del cuerpo que ante sí tenía reinaba en la mente, atormentándole. Le tomó el pulso; al ritmo de la sangre respondía, en el huerto, el brazo de la bomba, y aquella conjunción de tactos y sonidos le hizo sufrir aún más, trayendo a su memoria el recuerdo del viejo.

—Tienes que comer un poco más —procuró hablar despacio, adoptando un tono de médico viejo y amable—. ¿Eres de aquí?

—No.

—¿Pero de este Ayuntamiento?

—Sí. —Le dijo el nombre de un pueblo que no conocía.

Sacó el termómetro. Era un buen truco. No tendría que hablar nada en unos minutos. Fuera el ritmo de la bomba llenaba de cuando en cuando el aire de chirridos, y el ruido de los baldeos indicaba que don Prudencio seguía en el huerto. En la oscuridad del cuarto el médico meditaba. Maldecía el estúpido papel de ser superior que estaba representando; Manolo, Pepe o Antón hubieran pensado igual que él en aquel momento. Hubiera querido hacer ver a la muchacha que él era un hombre como los otros. Se preguntó si sería igual realmente, si el tacto de sus manos seria igual para ella que las de los otros, que las de don Prudencio, por ejemplo. La idea de que pudieran representar para ella meros instrumentos, como los que yacían en la cartera, le hizo mirarlas como algo impersonal, ajeno a sí mismo. Se llamó niño por aquella absurda aprensión, pero persistía en ella en el deseo de hacerla saber que él no era ni su traje negro, ni la cartera, ni su sabiduría, que era un hombre, sobre todas esas cosas y, ahora, sufría por causa de su cuerpo. Miró el termómetro.

—No hay fiebre.

Se estaba vistiendo. Temió romper el termómetro entre los dedos y lo guardó en la cartera. Desde el fondo de su locura un cuerdo pensamiento subía como el fruto final de todos sus deseos y vacilaciones. Pensó: «Ya pasará».

Del huerto venía un absurdo canturreo. Miró sus manos, descansando en las rodillas; pero las manos no servían, al menos aquellas viejas manos. Miró la boca de la muchacha y se estremeció.

Don Prudencio entró sin llamar. Era un modo desagradable de mostrar su autoridad en la casa, y el médico estuvo a punto de decírselo, pero en lugar de ello recogió la cartera y se dispuso a salir. Pensó: «Ya sé que le pertenece, no hacía falta esto». El viejo le detuvo:

—¿La miró?

Quizás era un reproche a su marcha precipitada.

—Le dejo una receta para las inyecciones; que las suba Pepe mañana. Está un poco desnutrida.

—¿Desnutrida?

La muchacha les miraba en silencio.

—Que coma —era su pequeña venganza. Repitió—: Tiene que comer más.

—Si come todo lo quiere... —Miró a Socorro; luego al médico—. ¿Quién se las va poner?

Había decidido volver a aquella casa, pero dejó que el viejo lo insinuara.

—Aquí no hay quien sepa hacerlo.

—Pídalas a Pepe; él puede traerlas en el día.

Fuera otra vez, el calor le hizo insoportable la chaqueta mientras se acercaba a la casa del presidente. Se secó el sudor; huyeron a su paso unas gallinas que picoteaban el polvo, y dos niños que, a la sombra de los álamos revolvían con los pies el agua, le miraron un instante y reanudaron sus juegos. Un hombre les miraba desde la orilla, con la boina sobre los ojos, soñoliento. Respondió brevemente al saludo del médico con el cigarro y, escupiendo, quedó de nuevo mudo, pensativo.

Amador hablaba con el forastero, pero en el momento que vio al médico fue como si el otro no existiese; le mandó esperar y el de los zapatos se resignó. Había un gesto adusto en la cara del presidente, por ello su amabilidad chocaba más. Tendió la mano al visitante y entraron en la casa. La alcoba estaba arriba. Desde la cama un chico ceniciento les miró con desconfianza. Había en sus ojos algo que contrastaba con el afán del padre por hacerse agradable.

—¿.Cuánto tiempo lleva en cama?

—Cuatro años casi.

—¿Le vio algún especialista?

—El año pasado le llevamos a uno que nos recomendó don Julián, pero no le sirvió de nada.

El chico se había incorporado; sobre la cama, sentado, parecía en la oscuridad una pequeña muerte. El médico, con el recuerdo de la anterior visita, no sabía qué decirle, no podía apartar de su cabeza la idea de que, desde el fondo de sus pupilas, una persona mucho mayor le estaba observando. Pensó en la madre.

—¿Tiene madre?

—Murió.

Ella era. Aquel día no haría más visitas. Hizo un esfuerzo por serenarse, achacando al calor todas sus torpezas, asomándose a la ventana sobre el río. En la otra orilla un perro ladraba con insistencia. Procuró seguir hablando, ajeno a lo que decía, mirando al chico en tanto se limpiaba el sudor; hasta llegó a darle un golpe amistoso en la mejilla. A cada minuto que transcurría, entre el calor y la penumbra, llegaba la voz del presidente, que le hablaba del especialista y el dinero que en la capital habían gastado en medicinas y tratamientos.

Cuando el de los zapatos, abajo, vio que bajaban, se les adelantó.

—Mire —le dijo el presidente—, haga lo que quiera, ya sabe que tiene mi consentimiento.

El otro cerró la cartera y se ajustó los lentes.

—Muchas gracias; querría nombrar aquí un representante.

—Eso va a ser más difícil.

—¿Por qué?

—Le dejo.

El médico tendió la mano a Amador.

—¿Qué le pareció?

Había una súplica en las palabras. Vio cómo la pequeña muerte de arriba preocupaba al presidente.

Con toda seguridad aquella pregunta, aquella nueva esperanza, se había repetido a la llegada de cada uno de los anteriores médicos. Hizo un gesto tranquilizador con la mano.

—Ya veremos, volveré un día de éstos para reconocerle a fondo.

El forastero se fue poco después; iba a alojarse en casa de Amparo; había alquilado una cama allí para pasar la noche.

Cuando el médico hubo salido, el muchacho volvió a meterse bajo la sábana, acostándose sobre el lado izquierdo, y apoyando el oído en la almohada se entretuvo en contar los latidos del corazón. Los tres cuadros en la pared —recortes de revistas enmarcados por el padre— se animaron. El viento agitó las ramas de los mangos, moviéndolos majestuosamente, poblando el bosque de crujidos prolongados; un barco de vela huyó hacia el horizonte, bajo la amenaza de unas nubes rojas, desgarradas, hasta empequeñecerse tanto que desapareció; y el viento llegó también hasta los caballos, haciéndoles girar despacio y levantar la cabeza al mayor, que partió entonces al galope, seguido de las yeguas.

El chico cerró los ojos y los tres cuadros desaparecieron. Fue pasando las manos con fruición, como una caricia, por la parte sana de su cuerpo hasta llegar a las caderas, entonces, abriendo los ojos otra vez, fijó la mirada en el techo. Le dolía de tal modo la cabeza, que los latidos de la sangre eran punzadas dolorosas en la frente. En el techo, un nudo de la madera formaba un pequeño triángulo rojo; le había contemplado infinidad de veces; empezó a recorrer con la vista los tres vértices al compás de las punzadas y luego repitió mentalmente el juego. Era un juego sin fin. Le dolía mucho la cabeza, notaba las sábanas pegadas al cuerpo, y la parte sana de su cerebro iba contando: «uno, dos, tres...».

A eso de las cuatro, cuando todo el mundo duerme la siesta, el forastero empezó a charlar con Amparo. Limpió las migas de la mesa y sacó de su cartera un fajo de papeles impresos.

—Usted nos da su dinero y nosotros se lo guardamos.

—No, si yo ya sé dónde tengo que guardarlo...

—Pero es que nosotros damos el cuatro por ciento —le tendió uno de los papeles—. El cuatro por ciento al año es una renta que se tiene. Es el dinero que nosotros pagamos al que nos deja el suyo.

—Pero es que yo no lo tengo.

—Todo el mundo tiene algo —el hombre accionaba tanto que las moscas volaban constantemente a su alrededor, hablaba siempre en plural cuando de él se trataba. De la alcoba vecina vino la voz de la madre:

—Amparo...

—¿Qué quiere?

—¿Qué dice, hija?

—Nada, ahora se lo explicaré.

El viajante blandió otros dos nuevos impresos:

—Mire, lea aquí.

Amparo los miró, aunque no sabía leer tan aprisa como hubiera sido preciso.

—Como verá, nosotros trabajamos respaldados por los bancos. Además, hay otra cosa importante: estos préstamos caducan al año; si se necesita el dinero, puede retirarse con su renta correspondiente.

—Amparo…

Esta vez la muchacha no contestó; pensaba en el dinero y el tanto por ciento de que el viajante le hablaba. Éste dio un brusco giro a la conversación y habló de vacas y novillos. Le preguntó cuántas novillas tenía cada vecino, y cuándo eran las ferias en el Ayuntamiento, si había que bajar allí las reses o subían los tratantes a comprar directamente.

—Estuve hablando con el presidente, porque quiero nombrar un representante en este pueblo —pasó su pañuelo ennegrecido por la nuca y limpió con esmero los cristales de los lentes—; he pensado en el ayudante porque me parece una persona formal…

Se incorporó, recogiendo los impresos.

—¿Se va ya?

—Quiero aprovechar la tarde para ver a unos cuantos vecinos, mañana pienso terminar.

—¿Cuándo piensa marcharse?

—Estaré un día o dos —sacó un papel plagado de nombres—. ¿Ve?, todos éstos se inscribieron en el pueblo último. ¿Tiene usted algún pariente en el pueblo de al lado?

—Un tío.

—Pues seguramente estará aquí —le tendió la lista, pero la muchacha se perdía en los nombres—. Traiga para acá. ¿Cómo se llama?

—José Canseco.

El viajante puso el dedo, con satisfacción, en el papel.

—Mírelo, aquí está: José Canseco, diez mil —hizo un rápido cálculo mental y concluyó—: Diez mil pesetas al cuatro por ciento son cuatrocientas de renta al año que su tío se embolsa sin mover un dedo.

Aún en el portal siguió hablando; al pasar junto a la cuadra un ternero tascaba el collar que le mantenía sujeto al pesebre.

—¿Qué vale ese ternero?

—¿Ése? Unas novecientas pesetas, casi doscientos duros.

—Pues uno como ése tendrá tu tío a la vuelta de dos años.

Martín, el de la exclusiva, el que condujo el coche y subió el correo, antes que Pepe se dedicase a ello, estaba durmiendo, pero su mujer se levantó cuando oyó ladrar al perro y salió a la puerta.

—¿Está el patrón?

—Está durmiendo.

—¿Es usted el ama?

—¿Qué quería?

—Charlar un rato con él. ¿No podría avisarle?

—Si es para algo importante... No sabe cómo se pone si le quito de dormir la siesta.

—¿Tardará mucho en levantarse?

—Un poco todavía.

El viajante se sentó sobre una lávana que servía de banco y comenzó a liar un cigarro con cuidado, como si toda su prisa hubiera desaparecido de pronto.

—¿Qué tal la cosecha este año?

—Mala, como todos.

—Los del campo siempre se quejan.

—Si le parece que no es para quejarse... El que recoge para el año ya puede darse por contento. Aquí no es como por ahí abajo; aquí es la gente muy pobre.

—¿Y el ganado?

—Eso da algo más.

El viajante dio una larga chupada al cigarro y suspiró:

—¡Qué calor!

—No sé cómo aguanta esos zapatos.

Miró sus pies.

—Aún tienen que durar un año más.

Se detuvo un instante como si pensara algo extraordinariamente importante y preguntó, acompañando a sus palabras de un gesto grave:

—¿Qué pasa cuando lo que se recoge no llega hasta la cosecha siguiente?

La mujer le miró, extrañada:

—Se pide prestado un poco...

Se levantó y dio unos pasos.

—¿Y si llamara a su marido?

Pero la mujer estaba intrigada y no quería avisar a su marido sin saber el objeto de la visita.

—Tiene que decirme lo que quiere antes; le va a sentar muy mal que le despierte.

El hombre repuso vagamente:

—Dígale que vengo a traerle dinero —y rió en tono de chanza acompañándola hasta la escalera.

Cuando la mujer desapareció, el gesto alegre se borró de su cara y volvió a sentarse. Estaba rendido; la caminata de la mañana, bajo el sol, le había agotado; sacó los impresos y la lista y se dispuso a esperar. Se preguntó si aquel Martín tendría algún pariente en el pueblo vecino.

El débil suelo de madera crujía sobre su cabeza. Se oyeron pasos y leves cuchicheos, y un gallo, a sus pies, lanzó un canto como un lamento y volvió la cabeza para mirarle de plano. Al fin, el matrimonio apareció en la puerta; compuso un gesto afable y observó al marido. Martín debía de pesar cien kilos y sus ojos cargados de sueño parecían acentuar todavía más su obesidad.

No se sentó; le vio dispuesto a volver a su siesta a la menor ocasión y decidió ir al fondo del asunto rápidamente. A su lado, la mujer guardaba silencio.

—¿Le dijo su mujer de qué se trata?

—Me dijo que era cosa de dinero. Eso no nos interesa; nosotros no tenemos.

—Espere, espere. Su mujer no me ha entendido bien —la miró cortésmente, casi en una reverencia— o yo no me he explicado todo lo claro que es preciso. —Le mostró los impresos—. Esto son cédulas de amortización. —Martín siguió impasible, pero la mujer escuchaba las palabras del otro atentamente—. ¿Tienen chicos?

—No.

La mujer miró a Martín.

—Bueno, de todos modos esto interesa a todo el mundo.

Al fin parecía despertar; se sentó; la mujer a su lado, casi en cuclillas en una banqueta minúscula. El agente se secó una gota de sudor que le corría por la frente y luego las manos.

—Estos papeles sirven para formar un capital que le asegure una vejez tranquila. Quiero decir que cuando se hagan viejos y no puedan trabajar no tendrán que preocuparse, porque el banco les pasará una renta.

—¿Qué banco?

—El nuestro.

—¿Y qué hay que pagar para eso?

—Nada.

El matrimonio le miró con desconfianza.

—Déjeme ver esos papeles.

Pero el viajante siguió hablando, intentando llevar tras sus palabras la imaginación de Martín.

—En lugar de tener el dinero en casa, ustedes lo depositan en el banco y allí les damos el cuatro por ciento anual. Así, su dinero crece cada año, y, naturalmente, cuanto más pongan más crecerá.

—¿Qué pasa si uno quiere sacarlo?

—Lo saca. No hay más que llenar otro impreso.

—¿Todo?

—Claro, hasta el último céntimo si quiere —les entregó los impresos—. Por eso le dije a su mujer que esto es regalar dinero —se tomó un respiro, en tanto los otros examinaban vagamente las cifras de los papeles—. Esta mañana estuve en casa del presidente.

—Ése tiene, que lo que es nosotros...

—Unos tienen más y otros menos; por algo se empieza —se levantó—. Yo les voy a dejar estos impresos para que los lean bien; mañana por la noche mandaré tocar a concejo, y si a usted le interesa la inversión, vaya a la escuela con su dinero —ya en la calle, se volvió—: No se olviden de rellenarlo con el nombre. Hasta luego.

—Adiós...

Caminó junto al río hasta la fuente, a través del pueblo desierto. Allí, sentado en el pilón, trató de reanimarse con un trago de aquella agua helada. Estaba tan fría que tuvo que beberla a sorbos; aunque no había sombra, era el aire más fresco y soportable. Bebió de nuevo; bajo el sol, el agua caía murmurando y el verdín en el fondo se agitaba. Mirando las montañas a lo lejos y el camino de los puertos quedó inmóvil; su traje negro destacaba sobre el color de las casas, sobre la tierra misma, más sucio que la cal de la iglesia. Los zapatos, aunque viejos, parecían ligarle a la capital o algún pueblo importante y ahora, limpiando los cristales de sus lentes, era tan ajeno a la tierra, al río, al pueblo entero, como una extraña planta que el mes de calor hubiera hecho brotar junto a la fuente.

Antón entró en la fonda y despertó a Manolo, que dormitaba sobre sus cuentas.

—Ponme un blanco.

Manolo se quejó:

—¡Qué horas...!

—Dejé a mi mujer en la era limpiando, de modo que apura.

Manolo sirvió el vaso y estuvo mirando cómo se lo bebía.

—Ya sé quién es el de los zapatos.

—¿El paisano de esta mañana?

—Se lo dijo Amparo a mi mujer. Se queda a dormir en su casa esta noche; es representante de un banco.

—¿Viene a comprar?

—No; te hacen préstamos sobre las fincas. Es un banco.

—Yo sé dónde tengo que guardarlo.

—Te advierto que te firman un recibo y te dan el cuatro por ciento.

—¿El cuatro por ciento?

—¿Está mal?

—Vaya...

—Mi mujer está medio convencida.

—Yo no sé, tendría que hablarlo con la patrona; con esto del chico no quiere hacer ningún gasto.

—Si no los tuvieras como yo...

Manolo no contestó. Fue a la puerta.

—¿No vino Pepe todavía?

—No sé qué le pasará hoy —miraba la carretera con insistencia—. ¿Quién dices que respalda eso?

—No estoy seguro, me parece que el Banco de España. Ya te enterarás de todos modos, porque el paisano piensa recorrer todas las casas una por una.

Sonó el claxon del coche y los dos salieron a la carretera. Llegó envuelto en una nube de polvo, humeando el motor. Los perros ladraban a su alrededor cuando bajó Pepe, insultándole como si se tratase de una persona.

—El mejor día me deja en el camino; hoy hemos venido de milagro.

Se subió las mangas de la camisa y empezó a descargar. Los tres hombres sudaban.

—Si no es por la fruta, le dejo en la estación y me vengo andando.

Cuando terminaron, Manolo sacó la comida a su hermano.

—Me parece que don Prudencio va a pedir el coche.

—¿Para cuándo?

—Esta semana.

—Pero ¿no sabes qué día?

—No.

El médico, desvelado por el motor del coche, bajó. Antón le preguntó:

—Qué, ¿no puede usted dormir?

—Es el calor —mintió.

En la penumbra fresca, iluminada por el rectángulo brillante de la puerta, los cuatro hombres quedaron silenciosos. Sólo se oía el rumor de los cubiertos y los chapuzones del ganado en el río, fuera. Antón se desperezó; el médico espantó el sueño y salió, dirigiéndose a casa de Alfredo. En el camino se cruzó con Socorro; supuso que iría a encargar las inyecciones y no quiso detenerla; ahora, en plena carretera, a la luz del día, le producía una impresión distinta, más oscura y vulgar, pero a pesar de ello reconoció su modo particular de andar firme y erguido que tan mal se conciliaba con la vida de sumisión al viejo.

Procuró apartarla de su cabeza, pero el recuerdo volvía tercamente, y como el calor, la sed o el polvo, le envolvía hasta introducirse en su espíritu. Todo era indiferente, concluyó, excepto el deseo de verla de nuevo, y venciendo a cada paso sus propios reproches su propia rebeldía a dejarse gobernar por el instinto, fue retrocediendo lo andado hasta volver a la fonda. Cuando pisó el umbral era tal su incertidumbre que no supo inventar un pretexto que explicara aquella vuelta precipitada. La vio hablando con Pepe y como éste asentía comiendo. Atravesó la cantina y desapareció arriba.

Descansó unos pocos minutos; no podía bajar y quedarse porque ya había salido una vez diciendo que iba a ver a Alfredo, de modo que decidió esperar unos minutos y alcanzarla en el camino. Se maldijo en voz alta; iba a su encuentro y no sabía qué decir, sólo sabía que deseaba verla otra vez y que desde la visita de la mañana su pasión crecía y, con ella, el miedo a delatarse, a que el viejo lo supiera. Al fin, desde la ventana, la vio cruzar la carretera y alejarse, y sin el menor titubeo, fatalmente, como si hubiese agotado toda discusión consigo mismo, bajó, atravesando por segunda vez la cantina en un saludo presuroso y enfiló el puente a grandes pasos.

El corazón le latía violentamente cuando la alcanzó; ella debió oír sus pisadas, porque volvió la cabeza saludándole. Como el médico supuso, venía de encargar las inyecciones, pero no estaba acostumbrada a hablar con hombres como él y no supo decirle que le agradecía el trabajo que por ella se tomaba. Llegaron a la puerta de don Prudencio.

—¿A qué hora va a venir?

—A eso de las ocho, por la tarde.

De nuevo surgían las palabras como meros sonidos en el sueño vacío que le rodeaba. Un caballo pasó al galope, siguiéndole cuatro más a lo largo del camino; tras ellos, un hombre apareció gritando y sus voces volvieron al médico a la realidad.

—¿Está don Prudencio? —preguntó al fin.

—No. Él siempre da un paseo por la tarde.

La muchacha, al responder, devolvió hondamente su mirada.

Isabel salió, viéndole cruzar ante la ventana, y le llevó hasta la habitación de su padre. Éste se incorporó y pareció alegrarse.

—Creí que ya no venía.

—¡Cuánta prisa!

—Creí que se habría arrepentido de lo que dijo usted anoche.

Isabel sacó vendas y agua caliente.

—¿Qué tal pasó el día?

—Al final acabé durmiéndome.

Miró la pierna con prevención, casi con respeto, y a medida que el médico fue quitando la gasa volvió hacia él la cabeza para leer en sus ojos el estado de la herida. Aguantó bien el lavado.

—A veces me pregunto cómo habrá hijos de mala madre que hagan estas cosas... ¿Le gustan a usted las truchas?

—No sé, no las he comido nunca.

—Las de aquí son muy finas; tiene que venir conmigo un día.

Isabel se impacientó:

—¡Qué cosas tiene usted!

—¿Por la noche? —preguntó el médico.

Alfredo cambió de sitio con cuidado la pierna recién vendada.

—No; es una trucha de tres kilos que anda en el portón. Yo la he visto unas cuantas veces. Cuando pida la pistola a Manolo, le mando aviso y vamos por ella.

—¿Tiene Manolo una pistola?

—Un nueve largo de la guerra; yo también tenía una, pero hice el tonto y la entregué.

—Oirá el guarda los tiros…

Alfredo maldijo varias veces al guarda y a su madre de un modo mecánico y natural.

—Esa pistola suena poco. Además, desde que levantaron la veda andan muchos cazadores por el monte. Vamos como quien da un paseo y nos sentamos bajo el pontón a esperar que salga. Así maté yo una de dos kilos el año pasado.

El médico se levantó.

—Dentro de un par de semanas no tendrá nada ya.

—Entérese bien —Isabel regañaba a su padre como a un chico pequeño—, porque seguro que mañana ya quiere andar por la calle.

—Tenga paciencia y no haga el tonto.

—Dígaselo, dígaselo bien claro.

—Mujer, cualquiera diría que me quieres ver en cama para toda la vida.

El calor había cedido y se podía estar en la casa sin que el cuerpo transpirase. Cuando se marchaba, Isabel pasó al médico a la cocina y le hizo beber un sorbo de vino claro y helado.

La hermana, junto a la ventana, cosía envuelta en el sordo rumor de las moscas.

—Y usted, ¿les da su dinero?

—¿A quién?

—A los del banco. ¿No ha visto a un paisano de luto que andaba por ahí esta mañana?

—Sí, estaba en casa del presidente.

Le explicaron el asunto con detalle; por sus palabras comprendió que se habían informado bien. Había liado un cigarro y se entretuvo paladeando el humo con deleite. Cuando concluyeron, respondió:

—No tengo dinero. Además, no me parece un negocio muy seguro.

—El cuatro por ciento.

—Pues por eso. Aunque lo tuviera, tampoco se lo daría.

Manolo vio venir a la mujer de Antón. La reconoció a lo lejos porque a causa de su peso se fatigaba mucho y debía andar poco a poco.

—Antón, ahí viene tu mujer.

—¿Por dónde?

—Aún no pasó el puente de abajo.

Antón se levantó, y subiendo la escalera se ocultó en el piso de arriba.

A poco, su mujer llegó.

—¿Está Antón por aquí?

—Estuvo hace una hora. Echó un trago y se fue.

—¿No te dijo dónde iba?

—No.

Se fue renegando, maldiciendo de Manolo, porque sabía dónde estaba y no se lo quería decir. Tenía miedo a morir a cada paso que daba. El médico le había aconsejado no moverse mucho y se veía obligada a buscar a su hombre por todas las casas del pueblo. Y él la dejaba sola a menudo, no sólo por el trabajo, sino también a causa de sus lamentaciones. Se detuvo junto a la carretera, y sentándose en el muro rompió a llorar. Se veía sola, enferma y pesada, como si la vida vertiese en ella toda la fealdad de las demás criaturas. El llanto pareció calmarla y permaneció inmóvil hasta el oscurecer.

Una nueva ráfaga de viento barrió la carretera y los cardos agostados de las cunetas. Manolo pensó que llovería a la noche, no obstante el cielo raso; preguntó a su hermano dónde iba, pero no le respondió y negó con la cabeza, cruzando el río, cuando quiso saber si volvería a cenar.

—¿Sabes dónde va?

—La mujer estaba en la cocina; desde allí vino su voz, envuelta en el crepitar del aceite en la sartén.

—Algún asunto tendrá al otro lado; me parece que anda tras la hija de Alfredo.

—¿La mayor?

—La mayor será, digo yo.

Pepe pasó bajo la luz de la iglesia. Se detuvo a echar un trago en la fuente y encendió un cigarro. Al parecer tenía poca prisa.

—¿Te dijo que le guardaras la cena?

—¿Tú le has oído decir alguna vez algo? Se la guardaré.

Se interrumpió, y el olor del pescado frito llegó hasta donde Manolo estaba.

—Más vale que se case de una vez y deje de hacer el tonto por ahí todas las noches.

La luna empezaba a levantarse, y de nuevo el monte se recortó en su pálido halo. Manolo cruzó la carretera y miró el río que bajaba crecido, con un eco claro, abierto, como si discurriese en la soledad de un valle vacío. En la orilla opuesta sólo el balcón de don Prudencio se iluminó; las otras casas quedaron en una larga hilera, pardas, cerradas sus ventanas, con una tenue columna de humo o el repentino abanico de chispas en la cima, como único testimonio de vida. Oyó cerrar una puerta y los pasos de alguien que se acercaba. El balcón seguía encendido. Pensó en Socorro, en tanto el río, a sus pies, seguía clamando. Una sensación de hastío y calma le embargaba. Se acercó su mujer.

—¿Qué haces?

—Nada, tomando el fresco. ¿No lo ves?

Ella también miró al balcón encendido.

—Siempre igual. Nunca podéis pensar en otra cosa los hombres.

Llegó el médico. De él eran los pasos y el portazo anterior. Vio a Manolo, y se fue a sentar con él en el muro del río. La mujer dijo que la cena ya estaba, pero Manolo le mandó que fuera poniendo la mesa y se marchó. Se enredaron a hablar del escudo sobre la puerta.

—Estaba en la casa de mi padre. Cuando yo hice esta nueva lo mandé poner.

El médico se acercó para verlo mejor y la voz del otro vino siguiéndole:

—Es muy antiguo; antes se trabajaba bien; ahora ya no se hacen estas cosas.

—¿Estuvo siempre en este pueblo?

—Eso no lo sé. Lo mandé poner ahí porque tiene su mérito, y cosas así no deben andar por los suelos. Cuando terminó la guerra, y don Prudencio hizo también casa nueva, me lo quiso comprar.

—¿Y por qué no se lo vendiste?

—No quiso mi mujer. No sé por qué, pero la verdad es que yo tampoco tenía muchas ganas de desprenderme de él. A veces pasa eso.

—¿Quién sale allí?

Ladraron los perros. En la puerta de Amador apareció un farol iluminando.

—Debe ser el del banco, que habrá vuelto a hablar con el presidente.

El farol se mantuvo inmóvil y a poco desapareció repentinamente, tras el golpe seco de la puerta. Vieron la silueta del viajante dirigiéndose a casa de Amparo.

—Va a cenar…

El médico pensó en Alfredo. Preguntó:

—¿Vendrá el guarda esta noche?

—No sé qué hará después de lo de ayer. Puede que esté viniendo seguido siete días, y puede que no aparezca en dos meses. Él se vale de eso.

—¿Y los guardias?

—Ésos en verano suben todas las noches —se detuvo para tirar la colilla al río e incorporándose estiró los brazos y se dirigió a la casa—. Pero no siempre paran aquí; suelen subir hasta el puerto. Yo sé cuándo pasan porque llevan un perro, y los de aquí le ladran.

—Todas las noches ladran…

—Pero es distinto. Es como en invierno, cuando huelen al lobo, no hay más que oírles para saber que anda cerca.

Una hora más tarde la luna, empequeñecida, se encontraba a medio camino en el cielo. Los perros habían enmudecido; sólo el río seguía fluyendo, y el viento, cuya fuerza crecía por instantes, doblaba los álamos sobre su propia sombra. Dos pequeños murciélagos revoloteaban en torno a uno de los puentes, pasando y repasando su arco, y la sombra oscura y silenciosa de una trucha asomando a la superficie rizó el agua.

El viajante, en su alcoba, abrió la ventana al campo y dejó que el viento húmedo del río bañase la habitación. El cielo se hallaba cubierto a medias y la lluvia bajaba de las cumbres como una cortina imprecisa y brillante. Una racha de brisa trajo cercano, junto a su oído, el eco del agua descompuesto en todas sus infinitas voces. La solitaria campana dio un leve toque. Sentado en la cama miraba las nubes avanzar sobre el pueblo. No podía dormir.

Cuando Amparo le vio en la puerta de su alcoba hizo un gesto de sobresalto.

—¿Qué quiere? ¿Qué quiere ahora?

Él hizo señal de que guardara silencio.

—No puedo dormir —respondió.

—Si no se va, llamo a mi madre…

—Calla, no chilles.

La muchacha insistió en voz baja:

—Márchese, márchese —al tiempo que se cubría con la colcha.

Vio que cruzaba el umbral.

—Espere, aguarde a que me vista.

Las nubes cubrieron la luna y la cortina de agua cruzó el valle de uno a otro extremo. El pueblo respiró, y en el monte los caballos, estremecidos bajo la lluvia, emprendieron un lento peregrinar en la oscuridad, agitando los cuerpos brillantes en un temblor poderoso.

El rumor de unos cascos por el camino despertó al médico, que estuvo tentado de incorporarse, pero pensó que si no permanecía quieto no conseguiría ya conciliar el sueño en toda la noche, y se contentó con escuchar la voz de la mujer de Manolo charlando con los recién llegados.

Eran dos mujeres; asturianas por el modo de hablar. Pidieron cama, y aún charlaron entre sí un buen rato antes de acostarse. Miró el reloj: las cuatro; dentro de dos horas amanecería. Cerró los ojos y al cabo de unos minutos, cuando menos lo esperaba, un sopor frío le hizo entrar en el sueño.

El barco viraba ahora sobre el lado derecho, pronto a desaparecer en el extremo de la estela, con las velas henchidas por el viento que barría el cuarto. A poco, el soplo se hizo blanco y una claridad diáfana invadió el lecho del enfermo. Se incorporó y estuvo mirando la porción de mundo que para él recortaba la ventana, hasta que fatigado se acostó de nuevo. En el muro, el barco se había detenido sobre el papel, entre los límites del marco.

Aquel médico tampoco iba a curarle. Era más joven que los anteriores y no parecía tener mucha fe en sus propias palabras, no veía en él la seguridad que un hombre ha de tener en su oficio, la de su padre hablando del ganado o de la tierra o de la cosecha del año. Sin embargo, estaba obligado a creer en él, a esperar alguna lejana curación, en una pequeña mejoría, porque tenía un gran miedo a la muerte, aun en medio de la desesperada angustia que a veces le asaltaba y le faltaba valor para poner fin a su vida.

La hora del crepúsculo era un sedante para su ánimo. Bajaba el calor, y la claridad se iba amortiguando hasta quedar como la luz de un fuego en la inmensa habitación del valle. Al final del otoño, cuando en el trabajo había un respiro, los otros hombres venían a sentarse con su padre en los bancos del huerto que ceñía el río y charlaban, hasta bien entrada la noche, de los asuntos del Ayuntamiento y de la capital; algunos se sentaban en la tapia de modo que sus voces llegaban más claramente. Incorporándose a medias, podía ver el río huyendo bajo la ventana y el resplandor de los cigarros en la suave corriente, y cuando hablaban de él era como si estuviese abajo, a la sombra del padre, también discutiendo.

La esperanza de dormir toda la noche, de que para él transcurriesen unas horas sin pensar ni sentir, sin saber a los demás viviendo en torno suyo, la esperanza de aquella breve muerte le hacía descansar, infundiéndole un pequeño optimismo, como si el sueño fuera a durar eternamente, un melancólico sentimiento de compasión hacia sí mismo que concluía en el silencioso llanto sobre la almohada de todas las noches. Y de madrugada, de nuevo el cuerpo y el alma flotando en el vacío, hasta llegar a la vista y al tacto los objetos, y los pensamientos a la cabeza, sumergiéndole a su pesar en la realidad del día siguiente.

Al médico nuevo parecía importarle poco todo aquello; sólo había hablado con su padre y ni siquiera de la enfermedad, sino de los otros médicos; para él, ni una palabra de consuelo.

Uno de los caballos se fue acercando y levantó la cabeza agitando las crines a ambos lados del cuello.

Quedó inmóvil, como si sestease. Los mangos: silenciosos. Había un pentágono en el techo, las cinco puntas en su cabeza. «Una, dos, tres» Nunca podía recordar cuántas veces lo había repetido antes de dormirse.

Antón dio media vuelta en la cama y oyó la voz de su mujer.

—Antón…

—Ya voy.

Había estado esperando a que se despertara para llamarlo, pero él no cayó en la cuenta.

—Ya me quitaste el sueño —se levantó—. Ni dormir puede un hombre.

—Si ya estabas despierto del todo…

—¿Qué quieres que haga ahora?

—Ya da el sol en el pueblo.

—Pues que dé…

—Hace ya un buen rato que sentí pasar a Amador con el carro. Desde bien temprano anda por ahí.

—Déjale que ande.

Miró por la ventana. Más de la mitad de las casas, amarillas por el sol temprano, surgían al otro lado de la carretera entre la neblina.

—¡No sé por qué no te casaste con Amador!

La mujer no contestó, se limitaba a mirar el techo.

—Te acuestas hablando de él y te levantas con lo mismo. ¡Dichoso nombre que no se te cae nunca de la boca!

La mujer continuaba sin responder, pero comenzó a vestirse todo lo de prisa que su corpulencia le permitía. Antón la miró un momento y volvió la cabeza hacia la ventana.

—Mira la criada de Pilar cómo madruga.

—Irá a casa de Manolo.

La criada entró en la cantina, preguntando por el médico.

—Está durmiendo todavía.

Manolo, que se entretenía meciendo el niño, le preguntó si era para algo grave.

—Es para Pilar —respondió la muchacha—, dice que a ver si puede pasarse por casa antes de marcharse esta mañana.

—¿Está mala?

—Dice que no duerme…

—Pero eso no es de ahora; no ha dormido bien nunca, que yo recuerde. Voy a ver si se levantó. Dile a Pilar que irá por allí, que se lo diremos.

Cuando la criada se iba, bajó Pepe diciendo que el médico aún dormía, que no había contestado a sus llamadas y no era cosa de despertarle para un asunto así.

Fue a sacar el coche.

—Yo sé lo que necesitaba Pilar para dormir…

La mujer de Manolo salió de la trastienda y echó en cara a Pepe su afán de meterse en vidas ajenas; luego cogió el niño en sus brazos y lo meció.

Amparo retiró de la lumbre la cazuela con el arroz del desayuno, y el viajante, al olerlo, hizo un gesto de desagrado. De la puerta entreabierta vino la voz de la madre:

—Amparo…

—¿Qué quiere?

Bajó dos platos del vasar.

—¿Qué vas a hacerle a este señor?

—Le haré café, no se preocupe.

El agente, sentado en el hueco de la ventana, oía preguntar por él como si estuviera ausente, durmiendo aún. Preguntó si hacían aquel mismo desayuno todas las mañanas.

—Siempre el mismo.

La vieja:

—Aquí no hay tanta variación como en las capitales.

—Tiene que esperar, voy a dar esto a mi madre.

Desapareció por la puerta oscura con el plato humeante en las manos. Siguió un crujido de muelles y las voces de las dos mujeres en un susurro.

—Usted que entiende de eso, ¿qué tal día hará hoy? —levantó la voz lo suficiente para romper la conversación tras la cortina.

—Mal día para usted.

—¿Mucho calor?

—Como ayer más o menos.

Prefería hablar con la vieja. La hija le contestaba brevemente, sin prestar mucha atención a sus preguntas, deslizándose de un lado a otro de la habitación; sólo la voz que surgía de la alcoba parecía dar algún sentido a sus palabras.

Ahora que la vieja lo había dicho, podía estar seguro de lo que le esperaba aquel día. Miró sin querer los zapatos y arrugó el empeine del derecho: un pedazo de tela cubierto de betún. Salió al portal.

—Creí que se marchaba sin almorzar. —Amparo estaba tras él, invitándole a entrar de nuevo.

—No, no me iba.

La luz del día cambiaba a las personas. Él y la muchacha parecían diferentes, desconocidos el uno para el otro, en la oscura cocina, entre las moscas zumbando en el aire y el café pronto a hervir.

Y la madre otra vez:

—¿Se iba?

—No; es que empieza a hacer calor aquí.

La vieja se rió con una tos.

—¿Le molestan las moscas?

—Todavía no.

—Si estuviera para el mes que viene, ya vería. Septiembre es el mes de las moscas.—Hizo una pausa, y como el viajante no contestaba, preguntó—: ¿Me oye?

—¿Qué?

—Que si me oye lo que le digo.

—Sí, sí, la escucho.

—En septiembre es cuando se mueren las moscas.

Amparo se volvió con intención de reñir a su madre, pero se detuvo.

—¿Convenció a muchos?

Otro día comenzaba. Un nuevo día, caliente y trabajoso, sin fin. Tendría que convencer a más vecinos, a todos los que quedaban, para que se decidiesen a darle su dinero. Tendría que hablarles durante toda la mañana, y por la noche, a toque de concejo, el último discurso y tender la mano. Hasta la noche, ¡cuántas horas y cuántas palabras! Ahora, levantarse y, como el día anterior, escarbar la codicia de la gente.

Estaba bebiendo el café cuando, tras él, en la ventana, apareció la cabeza de la mujer de Martín y tuvo que hacerse a un lado.

—No se moleste, venía a pedir una cosa a Amparo —se justificó—, no sabía que estuviera usted aquí.

Venía a pedir prestado el carro. Amparo le contestó que trajera la pareja para llevárselo, pero la otra no se movió; siguió, dirigiéndose al viajante:

—A usted lo que le pasa es que no quiere marcharse ya.

Miró a Amparo, pero ésta desvió los ojos y se dedicó a atizar el fuego.

—¿Le gusta el pueblo?

El viajante se vio obligado a declarar que mucho, que por su gusto hubiera permanecido allí unos días más.

—Usted viene, se nos lleva el dinero y nos deja.

El corazón se le animó, a pesar del tono de chanza.

—¿Qué, se decidió por fin?

—No sé; el dueño de la casa no soy yo.

Siempre sucedía igual; por más decididos que estuviesen, les gustaba que se les rogase, porque sentían que su dinero adquiría más valor cuanto más se les pedía.

—¿Ha visto qué mozas cría el aire de este pueblo?

El viajante dudó un momento antes de mirar a Amparo, que sonrió a medias.

—Ya…

La mujer de Martín se sintió halagada, como si la belleza o el aire del pueblo le perteneciesen.

—Aquí no hay las comodidades que en una capital, pero también tenemos cosas buenas.

Se despidió y fue a la otra ventana a charlar con la madre de Amparo. Cuando el viajante salía, ésta se decidió a preguntarle si aún se quedaría una noche más.

—Me iré mañana, temprano.

La miró hondamente. Tras ella, el sol dibujaba la sombra de la puerta en la pared. Maldijo el sol; se maldijo a sí mismo sin saber por qué. Amparo, sentándose junto a la mesa, preparó la comida, mondando con cuidado las patatas pequeñas y rojizas. El viajante se sentó a su lado; por un instante sólo se oyó el rumor de las cortezas cayendo al suelo; luego, comenzó a hablar como si en ello le fuera la vida. Frente a la ventana cruzó el coche de Pepe levantando una ráfaga de ladridos a su paso.

Iban subiendo y bajando los asientos de los dos hombres, plegándose a los peraltes en las curvas. El único viajero, un pastor que bajaba a coger el tren, miraba el paisaje a través del parabrisas, como si lo viera por primera vez, junto a Pepe, absorto en la porción de tierra que aparecía gradualmente ante las ruedas del coche. Intentó bajar el cristal de la ventanilla.

—Hace frío...

El otro arrugó la cara color ladrillo.

—El olor de la gasolina me marea. —Lió un cigarrillo, tras escurrirse en el asiento para alcanzar el tabaco en el bolsillo.

—¿Qué tal la chica?

Pepe miraba la carretera, ante sí, haciendo sonar el claxon con insistencia en las curvas.

—¿Qué chica?

—La hija de Alfredo. ¿Cuál ha de ser?

Creyó que le estaría observando maliciosamente, pero al mirarle vio que estaba tan serio como antes. Vestía mono de peto y chaqueta de pana nueva; supuso que iría a la capital porque se había puesto una camisa nueva, blanca.

—Bien...

—¿Cuándo te casas?

—Cualquiera sabe.

En tanto decía esto recordó que el pastor se llamaba Lorenzo, debía tener veintitantos años. Si hubiera estado de buen humor le habría dicho que recordaba su nombre y el de su padre, pero estaba medio dormido y prefería que hablase el otro. El sol empezaba a caldear el coche, amodorrándole. Cuando se casase dormiría tranquilo, acabaría de ir y venir a las horas en que la gente duerme.

—Ahora ya puedes abrir si quieres.

El otro obedeció, bajando el cristal. El viento frío le espabiló.

—Aquí todo el mundo se casa…

—¡Qué remedio!

Entraron en las primeras gargantas y de nuevo les llegó el frío de la piedra y el relente del río. Arriba, la luz; abajo, la tierra corría excavada en los antepechos de las rocas. El claxon sonaba ahora con más frecuencia.

—Hay que casarse para que la mujer le ayude a uno. Los hombres no nos bastamos. El estar soltero, para quien le guste. Está bien mientras se es joven, pero luego, ¿qué? Si no hay hijos te mueres de asco. Los hijos ayudan y la mujer también.

Miró al otro, en un vuelo, y siguió vigilando el camino. Añadió:

—Se aburre uno mucho en estos pueblos. ¡Menudos inviernos! Veinte días sin salir de casa.

—Entonces, si estuvieras como nosotros…

—Pero tú estás soltero.

—Pero ya caeré. Mi padre veía a mi madre sólo por los inviernos…

Cruzó un hombre a caballo. Cabalgaba a mujeriegas envuelto en una manta parda de cuadros; quedó atrás rápidamente, la cabeza vuelta, apenas descubierta, mirándoles.

—¿Y la mujer del rabadán? Ésa viene con él los veranos. Vive en el chozo.

—Ya. Le guisa y le lava la ropa. Está bien eso, pero a mí no me gusta. El día que yo me case, dejo la mujer en mi pueblo.

—¿En Extremadura?

—En Salamanca, hombre. Para dormir con la mujer, dormir bien, en un buen colchón, no en el suelo —se movió en el asiento, apurando la brasa del cigarro—. Cuando vine con las ovejas, la primera vez, no podía acostumbrarme a dormir en la manta, acababa el día rendido y de noche no podía pegar un ojo. En cambio, mi padre siempre durmió de un tirón; como cae, así se despierta.

—¿Cuánto tiempo hace que viene tu padre con las ovejas?

Volvió la cara sonriendo.

—Hombre; a mi padre le salieron los dientes entre los chivos. Al año que viene le da el retiro el señorito.

—¿Tiene mucho dinero tu señorito?

El pastor dio un suspiro de admiración.

—Estas merinas de aquí, no son nada; invernan en las dehesas suyas más reses que cinco de estos pueblos juntos.

En la pausa que siguió, la cara empezó a tornársele pálida hasta quedar de color ceniciento bajo las manchas rojas de la piel quemada.

—Si te mareas, vomita fuera.

Asintió; había sacado la cabeza por la ventanilla y la gorra descansaba, entre los dos, en el suelo. Salieron al sol; el pastor se agitaba en convulsiones violentas y Pepe pensó en el salvabarros. Aflojó la marcha hasta parar en el último pueblo.

No había nadie en las casas desiertas; las puertas de par en par, como si los vecinos hubiesen huido. Debían trabajar en el campo desde muy temprano. Pepe echó unas maldiciones y tocó el claxon insistentemente. Al fin apareció un chico con la valija en la mano, corriendo; le regañó y guardó las cartas en la suya.

Cuando quiso arrancar, vio que el pastor se había apeado también e intentaba vaciar su estómago junto a una pared. Pensó: «Sólo eso me faltaba». Miró el reloj y, acercándose, le preguntó:

—¿Qué; se pasa?

No le contestó; tenía los ojos llenos de lágrimas y se estremeció de nuevo. El niño de la valija se acercó a mirar.

Nada más moverse el coche desapareció el calor que empezaban a sentir sobre las cabezas. Llegaron a la estación cuando el tren entraba en agujas, y el pastor, sentándose en los asientos de madera, se encontró más seguro y suspiró:

—Esto ya es otra cosa.

—Aquí hay un retrete, al final del vagón.

El tren arrancó y Pepe quedó en el andén haciendo, mentalmente, inventario de lo que tenía que subir en el coche.

La estación era pequeña; siete habitaciones, incluidas la vivienda del jefe y su familia. En el andén, ante la puerta del almacén, habían quedado las mercancías descargadas del furgón: camas, jergones, dos cajas de botellas, un par de trillos, una limpiadora y dos grandes ruedas de desperdicio de chicharro para cebar los perros de los pastores. César, el de la camioneta, se acercó, y estuvieron discutiendo lo que había de cargar cada uno. Cuando todo estuvo arriba, fueron a la fonda a tomar unos blancos. Junto al mostrador vieron un viejo rubicundo ante una copa de orujo.

—¿Quién de ustedes es el del coche?

—¿Va a subir?

—Eso quería. ¿Vamos a tardar mucho?

—Un rato todavía. ¿A qué pueblo va?

Dijo el nombre de un pueblo a mitad de camino.
—Un rato— repitió.

Salió al sol; junto al coche, una mujer de edad y un muchacho esperaban. Pensarían subir y no querían arriesgarse a que se fuera sin ellos. El muchacho, con la cara blanca como la cal, parecía pensativo; el sol ya era insoportable y de la tierra surgía una continua, invisible, vibración.

Llamó, aunque la puerta estaba abierta, y la criada vino desde la cocina a recibirle. Pilar preguntó desde arriba:

—¿Quién es?

—Es el médico.

El médico miró la escalera, esperando que apareciese alguien por allí. La criada le hizo pasar a la cocina.

—Ahora baja.

La cocina era limpia, aunque el techo y las vigas brillaban negros por el humo de los años. Había una mesa con su escaño, y, al fondo, el arca baja y pesada donde fue a sentarse. Al cabo de unos instantes bajó Pilar. Le echó unos cincuenta años; tenía la gordura fofa de los que en el campo no trabajan, y según venía acicalada no era difícil adivinar en qué había empleado el tiempo que le había hecho esperar. Había bajado ridículamente vestida con el traje de las fiestas. Se puso en pie.

—No se moleste en levantarse —lanzó una ojeada hacia donde la criada lavaba los cacharros, y se apresuró a añadir—: si no, sí; venga aquí, a la portalada, que hará más fresco. Con este tiempo no se está bien en ningún sitio.

El médico la siguió; deseaba terminar cuanto antes; no le importaba la temperatura porque aquella casa le desagradaba y su dueña le causaba desazón, con frío o calor. Pilar, por el contrario, no parecía tener prisa por entrar en el motivo de su llamada; le entretuvo con preguntas acerca de su carrera, para terminar hablándole del pueblo.

—Estos no son como los de la Ribera.

—No estuve nunca allí.

—Son pueblos muy ricos…

La criada pasó entre ambos; fue a echar un puñado de grano a las gallinas. Pilar subrayó su tránsito con un silencio, y el médico se sintió molesto porque daba la sensación de haber algún secreto entre él y aquella mujer que apenas conocía. Llevaba la conversación como si tuviera que tratar algo de extraordinaria importancia. Le contó que no dormía, explicándole con minuciosidad lo de la mancha en la pared todas las mañanas, y el médico, a medida que hablaba, perdía el hilo del asunto. Ella seguía repitiendo palabras y detalles, buscando su admiración a través de la enfermedad, añadiendo detalles pintorescos a los síntomas.

—Es el calor; en verano es el calor.

El médico continuaba en silencio.

—Es como un fuego que me sube por las venas. Tengo que ponerme desnuda sobre las sábanas.

—¿Qué le recetó el otro médico?

Se levantó, bajando del vasar una cajita de cartón.

—Estos sellos. Cuando se me va el calor, me viene un frío que tengo que echarme encima todas la mantas, porque empiezo a tiritar como un niño. Don Julián me dijo que era del reuma, que tengo exceso de ácido úrico en la sangre.

El médico sacó papel para extenderle una nueva receta.

—Estos me van muy bien —blandió la caja—, pero yo creo que son muy fuertes, porque me dejan agotada.

—Sígalos tomando —le entregó la hoja—; cuando vea que ya no le hacen efecto, mande subir esto.

—¿Y para el sueño?

Había olvidado el insomnio.

—Mándeme la criada, le daré unas píldoras.

Le preguntó si bebía y él asintió, por no tener que aceptar otra cosa.

—Es bueno. ¿Es de aquí?

Sonrió complacida.

—No; me lo suben todos los meses. Pocos tienen un vino así en este pueblo; ni siquiera don Prudencio tiene un vino tan bueno.

Quizás ella era un poco como don Prudencio en su modo de ser, en el modo de aceptar los servicios de los demás como una obligación, como una pleitesía. De pronto, Pilar se levantó y fue a asomarse al corral. Al instante sonaron fuera los golpes del hacha.

—¿Qué haces?

—¿No lo ve? —replicó la criada, y siguió cortando cimas bajo el sol.

—No te oigo, por eso te lo digo.

Volvió a la sombra del portal, envuelta en las miradas de odio de la otra.

—¿Aún no le hablaron mal de mí?

El médico negó con la cabeza.

—Ya le hablarán; le dirán que me doy la buena vida. ¿No se lo han dicho ya?

—No; no me lo han dicho. Me voy —señaló la receta—, no se olvide de tomarlo.

Pilar se le adelantó y quiso servirle un nuevo vaso, que él rechazó.

La criada entraba con un brazado de leña y cimas y lo metió de un golpe bajo el fogón.

—¡La leña!

Tenía la cara roja, húmeda de sudor; el vestido sucio. Se echó atrás la greña de pelo y fue a sentarse, abriendo las piernas como un hombre, en el escaño. El médico la miró otra vez antes de salir, respiraba con fatiga, y su pecho flojo y hundido ascendía, borrándose, en los pliegues de la blusa.

Don Prudencio vino de sus nabicoles con el cubo en la mano y, dejándolo en la cocina, sacó una silla —la misma de siempre— al balcón. Desde la penumbra de la persiana veía el pueblo a sus pies, la doble hilera de casas a ambas márgenes del río, surgiendo de la tierra parda y seca. Por el camino que mediaba entre el balcón y el río vino el carro vacilante de Amparo, conducido por Martín. Los bueyes, lentos, caminaban fatalmente, con los ojos cerrados cubiertos de una nube de moscas que volaban sobre las pupilas cada vez que sus párpados se estremecían. Martín venía delante, meditabundo, la gorra sobre los ojos y la vara al hombro. De vez en cuando se volvía a murmurar: «Anda, anda», a los bueyes que, apurando un poco el paso, volvían a caer pronto en su calma bamboleante. Cuando cruzó ante el balcón hizo un leve gesto de saludo alzando la frente sin despegar los labios, pero su mujer se detuvo. Venía caminando detrás, entre la huella de las ruedas, y dejó que el ruido del carro se alejara antes de dirigirse al viejo. Desanudó el pañuelo que le cubría la cara.

—¿Estuvo malo, don Prudencio?

—No; no fui yo.
—Como vi venir al médico…
—No era para mí, era para Socorro.
—¿Qué le pasa?
—Nada, nada —hizo un ademán con la mano—; tiene que ponerse unas inyecciones nada más.
—No tiene cara de estar enferma.
—Ella se encuentra bien.
—Bueno, pues me alegro de que no sea nada.
—Gracias, mujer.
Iba a marcharse, cuando volvió sobre sus pasos preguntando de nuevo:
—Oiga, don Prudencio, usted que entiende de eso, ¿qué es esa cosa del banco?
—¿Qué banco?
—Lo del paisano ese que está en casa de Amparo.
—¡Ah, lo de los préstamos! Pues no sé qué te diga; ya me dijo Socorro algo, pero como por aquí aún no ha venido, no sé qué haré.
La mujer quedó pensativa, y anudándose el pañuelo de nuevo se despidió.
—Vamos a ver si recogemos un poco de centeno que segamos ayer.
—¿Qué tal va el pan este año?
—Mal —contestó la mujer, ya un poco lejos, corriendo a buen trote para alcanzar el carro.
Dijo a Martín:
—El de los préstamos aun no ha ido por casa de don Prudencio.
El hombre se volvió de mal humor.
—¿Y qué tienes tú que andar preguntando a nadie?
—Pero si no han sido ni tres palabras.
—No hacía falta ninguna. Si os cortaran la lengua a todas las mujeres…

—¡Que te la corten a ti, hombre! Válgame Dios, cómo te pones. Si no quería más que saber lo que le parecía eso del préstamo.

—Pues a buena parte has ido.

—Algo entenderá.

—Lo que yo, o puede que menos.

—Pues él siempre anda en negocios. ¿A ver de qué vive si no?

—Negocios, negocios —gruñó Martín—; si no fuera por su hermano, el de la capital, estaba listo. Mucho convidar a comer al secretario y a los mandamás del Ayuntamiento cada vez que aparecen, y ¿para qué? Ganas de llenarles la barriga; para el caso que le hacen... Lo que pasa es que aquí la gente es tonta, y porque le ven todo el día escribiendo creen que es más que ellos. En cuanto se muere, se casa o se pone malo alguno de los de arriba de este Ayuntamiento, ya está el viejo escribiendo una carta —se volvió a los bueyes: «Anda, anda», y continuó—: y luego, claro, ¿qué menos van a hacer que contestarle? Para que luego se ande por ahí faroleando.

Después que el carro pasó, todo quedó en silencio bajo la mirada de don Prudencio. Se levantó de la silla y entró en la habitación a refrescarse un poco. Empinó el botijo, y un chorro de agua helada, con sabor a anís, le llenó la boca. Entre las piedras del río una abubilla se sumergió en el agua. Brillaba la corriente entre los cantos rodados, y millares de pequeños insectos nadaban a la sombra de los mimbrales. En el fondo verdinegro las truchas yacían inmóviles como cantos lustrosos. El viejo volvió a su asiento. Murmuró:

—No corre una gota de viento.

Socorro, en la cocina, encendía la lumbre. Abrió la ventana un instante para que saliera el humo, pero tuvo que cerrarla porque un vaho de calor llenó la casa. Subió a ver a don Prudencio.

—¿Qué hay?

—Tengo que ir a ver si me arreglan esto —le mostró la cazuela que traía en la mano—; se queda la casa sola.

El viejo miró en dirección de la fragua; hacía poco que el herrero acababa de entrar.

—Vete ahora que está Antonio, y antes te pasas por casa de Manolo y le dices que necesito el coche para el lunes.

—¿Se lo digo a Manolo o a Pepe?

—Díselo a quien quieras.

—Ya sabe lo que pasa luego; no vaya a quedarse sin él como la otra vez.

—Bueno; díselo a Pepe, entonces.

La vio alejarse pausadamente desde sus pies, desde su puerta, en el camino de polvo: una sombra sutil sobre la tierra. La estuvo mirando hasta que entró en casa de Manolo.

Ahora que se iba sintiendo viejo, aún le gustaba verla por el pueblo, desde su balcón. Verla moverse, charlar con los otros vecinos, cruzar los puentes o sentarse en el borde del pilón, en la fuente, de plática con las otras muchachas, siempre al alcance de su mano de su voz, dócil a la primera llamada que llegara de arriba. Verla erguida pasear con las demás le hacía sonreír para sus adentros, complacido. Ella sola valía por todas las otras, y lo sabía, porque él se lo había dicho muchas veces, cuando la quiso convencer de que la muchacha más guapa del Ayuntamiento tenía derecho a vivir también en la mejor casa de los cinco pueblos.

Ahora, su pasión se iba amortiguando; apenas la veía al cabo del día, y aquel prematuro aburrimiento le preocupaba, porque a su edad le era difícil encontrar algo nuevo que pudiera aliviarle de su soledad y llenar sus horas, y no quería seguir viviendo por rutina todos los instantes que tan feliz le habían hecho en otro tiempo.

La muchacha apareció en la puerta de la cantina. Dos asturianos, sentados en el muro del río, le dijeron unas palabras. Iba a comprar para ella un vestido de seda. Socorro había dicho un día que quería tener un vestido de seda, y don Prudencio iba a comprarle el mejor y más caro que encontrara en la capital.

Las suaves ondas del río lamían una de las paredes de la fragua. Por encima del tejado tendía sus ramas un fresno, a cuya sombra estaba Antonio. Acababan de llegar dos guardias con el caballo de su capitán; traían los verdes uniformes molados de sudor en la espalda, los pañuelos colgando, tras la nuca, bajo el tricornio.

—Sujeta ahora —dijo Antonio al más joven, y éste, levantándose cogió el casco con ambas manos.

El cuchillo iba cortando, con golpes secos y precisos, la uña hasta dejarla a la medida exacta de la herradura.

—No sé cómo le dejan crecer los cascos así.

—Bah —se justificó el guardia—, como ahora no está el capitán no hay quien lo saque ni mire por él. Demasiado bien anda.

Antonio entró en la fragua, cogió un par de herraduras y se llenó la boca de clavos. El caballo se movía constantemente sobre las tres patas, y tuvo que calmarle.

—¡Quieto, majo, quieto! —le dio unas palmadas en las ancas.

A la sombra del fresno, desde el agua, una brisa débil corría en un susurro.

—Aquí se puede respirar.

El guardia viejo se había metido a la sombra del porche, y los veía herrar el caballo, fumando.

Antonio cogió un clavo de sus labios y lo metió con cuidado en la uña. El animal sacudía la pata a cada golpe.

—Éste va mal.

—¿Echo una mano? —dijo el viejo.

—Las dos debías echar —se quejó el joven.

El otro no le hizo caso y siguió con el cigarro entre los labios. Desde el último cabrio del techo, una verde araña descendía, poco a poco, con su seda. A cada paso se detenía para luego seguir haciendo crecer el hilo, lentamente, hacia el suelo. El soplo que surgía de la puerta le hacía inclinarse violentamente hasta casi tocar las paredes. El guardia se entretuvo viéndole crecer, y cuando llegó a su altura chamuscó al animal con la brasa del cigarro.

—¿Qué, vienes o te vas a quedar ahí toda la mañana?

Salió y fue a relevar al del bigotillo. Los fusiles yacían en el interior; el más largo del joven, junto al ametrallador, corto y pequeño como un juguete, del viejo.

El viejo era más locuaz; cogió el casco entre ambas manos y el caballo quedó quieto, como si tuviera la pata cogida en un torno. Antonio trabajaba de prisa.

—¿Qué te parece? —el guardia señaló al animal con la cabeza—. ¿Viste las patas? —pasó los dedos por el pelo blanco y suave junto al casco—. Y mira la otra también. Ya sabes: «Uno, bueno; dos, mejor; tres, malo; cuatro, peor».

Antonio pensaba que tenía que darse prisa si quería casarse el lunes. Puso el último clavo y preguntó:

—Hoy es sábado, ¿no?

—Por todo el día.

—Sí, sábado —replicó la otra voz desde la sombra.

—Esto ya está.

Tenía que ir a recoger a la novia al pueblo de sus padres. No eran más que diez kilómetros, pero por muy mal camino. Recogió su dinero y fue a guardar las herramientas.

—Bueno, amigo, hasta otra.

El del bigotillo salió de la penumbra. Partieron carretera abajo, los fusiles al hombro, la culata hacia atrás, cogidos por el caño; el caballo les seguía sujeto por las riendas. Se habían calado de nuevo los tricornios y parecían indiferentes al sol que les quemaba. Las viseras de charol proyectaban sombra sobre sus caras, y a primera vista nadie hubiera podido distinguir uno del otro.

Se cruzaron con Socorro, y aunque ninguno de los dos dijo nada, la siguieron un trecho con la mirada hasta que entró en la fragua.

Antonio la vio llegar; vio también la cazuela en la mano.

—Mujer, ¿no tenías otra hora mejor?

—Es un poco de estaño aquí sólo —le mostró con el dedo.

—Un poco, un poco —dejó escurrir entre sus manos el jabón con que se estaba lavando—; si se han apagado las brasas te tienes que esperar hasta la semana que viene.

—¡Que no tengo dónde hacer la comida!

—Anda, anda, que tuviera yo todos los pucheros que don Prudencio cuelga en la despensa —empujó la puerta de la fragua, y añadió—: ...y lo que no son los pucheros —dio unas vueltas a la manivela del ventilador y las brasas enrojecieron al punto. Buscó el hierro de estañar.

—¿Cuándo vas a buscar a la novia? —preguntó Socorro.

—Déjala; bien está en su pueblo hasta el lunes. Bastante trabajo me va a dar luego —volvió la cabeza roja—. Si las cosas se pensaran dos veces...

—Como se entere...

—¡Pues sí, que no lo sabe! —rió complacido su ocurrencia—. Y tú qué, ¿cuándo?

Se detuvo pensando que iba por mal camino, pero a pesar de ello oyó a la muchacha responder:

—Cuando encuentre con quién.

Por la carretera, en una nube de polvo, vino el ruido de un auto.

—Ya está ahí Pepe —le devolvió la cazuela soldada y no quiso cobrar—. Me la pagas mañana, ahora no tengo cambio.

Socorro cruzó el puente de junto a la fragua y volvió a casa. Por el camino aún se detuvo un minuto en la ventana de la cocina de Alfredo. La más pequeña de las hijas le preguntó por los guardias.

—¿Te fijaste si llevaba reloj de pulsera?

—¿Quién?

—El del bigote, mujer.

—No sé, no me fijé. Pasaron muy de prisa.

—Con ése estuve bailando yo por San Mamés; menudo cómo se agarra. Es gallego; se llama Domingo —rió fuertemente—, ¡qué nombre!, ¿verdad? —se volvió al interior de la habitación y fue a cerrar la puerta, diciendo—: Como me oiga reír mi padre, menuda me arma. Tiene un genio estos días...

—¿Está ya bien?

—Ya va mejor, pero aún no se levanta; por eso se pone así. Si me oye que estoy hablando con alguien se pone que lo llevan los demonios —hizo una pausa y bajó la voz—. Como mi hermana sigue sin rechistar…

—¿Sigue viniendo Pepe por las noches?

—¡Ya lo creo que viene! Todas las noches. Se están hasta las tantas; con esto de mi padre se aprovechan. Yo antes me quedaba por aquí hasta que me cansé. Ahora me voy a la cama; allá ellos, que hagan lo que quieran.

Por la carretera, al otro lado del río, iba el herrero hacia su casa.

Oye, ¿vas a ir a la boda de Antonio, el lunes?

—Me invitaron. ¿Y vosotras?

—Nosotras, también. Creo que la novia es muy fea.

—¿Quién te lo ha dicho?

—Amparo, ayer.

—Serán cosas de ella.

Desapareció de nuevo y volvió con un vestido, a medio coser, probándoselo por los hombros.

—¿Te gusta? Lo voy a estrenar el lunes.

Vino la hermana y se asomó también.

—¿Por qué no entras?

—Tengo la comida por hacer…

—Pasa, tonta.

—No, no puedo.

Don Prudencio le preguntó cómo había tardado tanto. Le contestó que se había entretenido un poco en casa de Alfredo.

—Y él, ¿qué tal anda?

—Aún no se levanta.

—A ver si aprende de una vez cómo las gasta el guarda.

—Pero si dicen que se cayó del postigo del pajar…

—Que digan lo que quieran. Como si no supiéramos de qué pie cojea Alfredo…

El aceite saltaba en la sartén, y con el humo las moscas volaban hacia la ventana.

—No hay quien pare aquí.

—Sálgase un poco, mientras frío esto.

—Voy a echarme un poco mientras está la comida.

Socorro oyó rechinar la cama en el cuarto de al lado y aun preguntar:

—¿Dijiste lo del coche?

—Se lo dije a Manolo.

—¿Para el lunes?

—Para el lunes, sí.

Se detuvo al borde del agua y empezó a beber pausadamente, hasta hartarse. Quedó con la boca abierta, como en espera de un invisible bocado, mirando a la otra orilla. El agua bajaba templada, plagada de insectos y restos de hierba en los remansos. Se adelantó y fue introduciendo el cuerpo en la corriente, hasta mojar el vientre; luego dio una vuelta completa sobre sí, gozándose en aquel placer repentino. De nuevo en la orilla se estremeció con violencia y miró hacia los puertos. Aunque él no las veía, allí estaban las montañas azules, nítidas, con el sol próximo al ocaso, proyectando largas sombras desde cada aguja, cada cresta, sin la más pequeña nube cubriendo sus cumbres. Pardas en su falda, azules en la cima, en eterno silencio, roto sólo por mil pequeños ecos, por el mugido de algún animal solitario o el crepitar intermitente de las pizarras. Y al otro lado, el hálito húmedo de los ríos, con el mar por fondo, eternamente envuelto en brumas.

Emprendió un trote corto por la cuneta hasta entrar en el pueblo; le vino el olor de los hombres, olor a humo, y voces. En el portal de la primera casa dos niños jugaban; el mayor rodando por el suelo, el más chico sentado en una silla. El mayor dijo: ¡toma!, y le extendió la mano, pero él huyó un trecho y volvió a acercarse; entonces el chico cruzó la carretera hasta el río y le siguió.

—Toma, toma...

Metía las manos en el agua y, alzándolas, dejaba escurrir las gotas entre los dedos. Se le fue acercando; la cara del niño ondulaba en el agua.

—Toma, toma...

Le silbó quedo, y él fue más allá con el vientre pegado al suelo, rozando la hierba.

—Toma, toma...

Con un rápido movimiento le cogió por una pata y fue a parar al río, en medio de la corriente.

—Toma, toma...

Pero él nadó hasta la otra orilla y salió, agitando velozmente el lomo para secarse. El chico le llamó más veces, hasta que se cansó y volvió a jugar con el hermanito.

Cruzó entre unas gallinas, que se apartaron cloqueando, enhiesto el gallo, a medio girar, erizados los espolones. Al ruido salió un hombre con una vara en la mano y le tiró una piedra. Huyó lo más aprisa que pudo.

—¡Hala, fuera, fuera de aquí!

Siguió trotando a lo largo del pueblo, y al volver la última casa se paró a husmear. Eran unos zapatos viejos, negros, cortados en los costados, y sobre ellos un hombre enjuto y polvoriento que le miró en silencio, sin despegar los labios. Más allá, el chorro de la fuente cantaba sobre el vientre vacío de un cántaro.

Los viejos zapatos anduvieron calle abajo hasta el otro puente, donde dos hombres de distinta edad conferenciaban.

Trotó ligero y se escurrió entre ambos; con la carrera, el polvo se le adhería a los húmedos flancos.

—No, yo voy ahora a dar un paseo, pero vaya usted porque ella sí está.

—... empezar cuanto antes.

—¿Son ésas?

—Sí, calcio.

—Para los huesos.

—En cierto modo, sí.

—No creí yo que estuviera mal de los huesos.

Se separaron antes de que el par de viejos zapatos llegara hasta ellos. Otro perro ladró desde una era vecina y dos más le hicieron coro; a poco, todo el pueblo era un clamor de ladridos, y de la calleja vecina salió una verdadera jauría mordiéndose entre sí.

Encogió las orejas y su lomo se empequeñeció inverosímilmente; emprendió un trotecillo y se perdió a los pocos minutos carretera abajo.

Don Prudencio hizo saber al viajante que sus pólizas no le interesaban. Le dejó que expusiera todos sus razonamientos, y luego dijo «no» sencilla y rotundamente. No obstante, el otro le siguió acompañando hacia la iglesia, torciendo el recodo de la fuente. Allí se separó.

—Entonces, ¿seguro que no le interesa?

—Y tan seguro...

—Está bien; no quiero molestarle más.

Se despidieron con buenas palabras y don Prudencio fue subiendo la cuesta despacio, haciendo un alto cada vez que su enfermo corazón se fatigaba.

Oyó voces dentro de la iglesia y se asomó a la puerta. Dos niñas arreglaban uno de los altares laterales. Al sentir los pasos se volvieron, y la sombra se detuvo en la puerta; parecieron desconcertarse un poco, pero, reconociéndole, volvieron a su trabajo. A ambos lados del santo lucían dos floreros de cristal azul, delgados como trompetas. Don Prudencio se apartó de la puerta porque una de las niñas estaba barriendo y el polvo iba hacia él.

—¿Qué hacéis aquí?

—Nos han mandado que lo arreglemos.

La que barría se detuvo y la otra le miró desde lo alto de la escalera.

—¿Es que va a haber misa?

Las dos se miraron.

—Es por lo del lunes.

—Ah, ya...

Hasta entonces no cayó en la cuenta de que la boda de Antonio se celebraba el lunes. Recordó la invitación que le había sido hecha y su viaje para el que había pedido el coche ya. Tendría que mandar recado a Antonio excusándose; en el fondo se alegraba de encontrar tan buen pretexto; no le importaba mucho cómo pudieran interpretar su ausencia, pero prefería quedar bien.

Las dos niñas seguían mirándole, como si esperasen que acabara de recordar, sólo cuando les dijo: «Seguid, seguid con eso», se decidieron a continuar con su tarea.

Se entretuvo curioseando por los rincones, todo lo halló sucio, cubierto de arena y escombros de los derrumbes sucesivos del techo. El cielo raso se había desprendido, dejando al aire su trabazón de canas y argamasa, y arriba, un redondo ojo azul que a veces se oscurecía de nubes pardas. Los muros, verdes de humedad, brotados en sus cimientos de helechos y zarzas, se abrían en los huecos de los altares, desvaída la pintura que en otro tiempo les ornara, con su tronera al fondo iluminando el recinto de haces oblicuos, de cálida y amarillenta luz.

Se acercó a la sacristía y empujó la puerta. Estaba vacía; la ventana, de par en par, mostrando sus barrotes en cruz, como un presidio. Oyó a las niñas cuchichear fuera. Hablaban de él probablemente. Quizá cuando creciesen serían como sus madres. Con toda seguridad, dentro de unos años, se volverían malas y rencorosas como sus padres, le saludarían a medias, hoscamente o bajarían los ojos al suelo para que no viera el malquerer de sus miradas, pero ahora se mostraban amables y ponían todo su arte en lo que estaban haciendo. Colocaron otros dos floreros; éstos niquelados, con grandes asas ovoides. Quizás alguna de las dos fuese hermana de Antonio o de la novia. Pensó que no conocía a los niños de su pueblo.

—Es hermano mío. Sí, señor.

Quedó mirándolas y no quiso preguntar más porque ellas se observaban de nuevo a hurtadillas y temía que fueran a romper en alguna risita. Salió al portal. A su espalda, el murmullo de las voces y en lo alto el chirriar de los vencejos.

—¡Qué pueblo miserable! —dijo—. Una hilera de casas a cada lado del río y nada más. ¡Qué pueblo miserable!

Desde la era más cercana, donde cuatro caballos giraban en torno a Amador, surgió la voz potente de éste:

—¡Hala, hala, que anubla, que anubla!

La tralla dibujó un garabato sobre las cabezas y los animales apresuraron el paso, encendiendo bajo sus cascos el polvo brillante de la paja deshecha.

¿Qué sería del hijo? ¡Tener un hijo así...!

—¡Hala; este caballo, y el otro, y el otro...!

La tralla restallaba tres veces acompañando la voz del amo, y los caballos, alzando la cabeza, intentaban detenerse hasta que el ramal les traía al centro de la carrera.

¡Tener un hijo así...! Quizás estuviese ahora en la cama chorreando sudor por los cuatro costados.

Había otros trillando, apurándose por terminar antes que el sol perdiera su fuerza. En la carretera, una mujer que no alcanzaba a reconocer, limpiaba al viento su grano, sobre un trozo de lona, y un niño le iba acarreando los sacos dentro. No tendría ni diez años. ¡Qué pueblo...!

Cuando el sol se borrase de la ladera de enfrente todo quedaría en silencio, mustio, vacío, y tendría que irse a dormir como todos los días, en espera de ver el amanecer del siguiente. Si Amador no tuviese el hijo, le hubiera invitado de vez en cuando a tomar el café, pero con el chico en la cama no debía tener humor para nada y todo el trabajo era poco. ¡Todo el tiempo en la cama! Más le hubiera valido morirse cuando la madre... ¿Qué pensaría Amador de ello?

Tenía los caballos atados al postigo del pajar y con ayuda de la criada recogía la trilla.

El hijo. Todo lo que estaba haciendo, todo lo que trabajaba cada día, lo hacía por el hijo. Sintió voces a su espalda y cómo se cerraba la puerta de la iglesia.

—¿Qué, terminasteis ya?

—Sí, señor.

—Sí, señor.

Pasaron ante él jugando con las llaves, muy contentas.

Ahora, como todas las tardes, entre dos luces, los hombres sombríos, el murmullo del río, los pastos, le llegaban como en un sueño, como una sucesión de visiones imprecisas que, sin saber por qué, le deprimían.

Venían las ovejas del pueblo como un huso blanco monte abajo, haciendo sonar los machos melancólicamente sus esquilas y las mujeres salían a apartar las propias a su consorte, en tanto los hombres, cansados, sucios de sudor y del polvo de la paja, se sentaban en el banco, ante la casa, a fumar el último cigarro del día.

Las nueve; dentro de una hora dormirían junto a sus mujeres, hasta que la madrugada próxima les sorprendiese de nuevo en el corral unciendo la pareja. Sólo la puerta iluminada de la fonda velaría en la noche, invitando a los asturianos a emborracharse con el vino de Castilla, sirviendo de faro a los que desde abajo, burlando los controles, vienen caminando en la oscuridad, con la carga de fréjoles y harina sobre el caballo, en busca de una cama donde dormir el día y un patrón discreto que les oculte el género en tanto.

Pero don Prudencio no tenía ovejas que guardar, ni grano que recoger y seguía junto a la iglesia, a vueltas con sus pensamientos, esperando que Socorro le llamara a cenar o que el relente de la noche le echara a casa.

A fin de cuentas, ellos tenían hijos; justo era que por ellos trabajaran. Pensó en el médico, un médico que ayudaba a Pepe a desmontar el motor del coche. Subió uno de los chicos de Martín a tocar la campana. Tocó a concejo. Ahora el paisano de los zapatos rotos iba a sacar el dinero a los vecinos, pero no a él. Él sabía aconsejarse bien para los negocios y esconderlo cuando hacía falta, como en la guerra, cuando bajaron los asturianos y enterró el arca de la cocina en la cohorte, con todo lo que de valor había en la casa. Diez registros le hicieron y no dieron con ella; muy listos tenían que haber sido para encontrarla bajo el montón de tierra y estiércol que echó encima.

El sonido de la campana trajo el recuerdo de don Prudencio, haciéndoles ver el tiempo transcurrido.

El médico se incorporó. En la oscuridad, apenas se distinguía la silueta de Socorro.

—¿Por qué tocan ahora?

—A concejo.

Había un fuerte olor a alcohol en el cuarto. Recogió a tientas la jeringuilla y la aguja, las colocó en el estuche y guardó éste en el bolsillo.

—Es por lo del banco…

Fuera se había hecho de noche rápidamente. Socorro dio vuelta a la llave de la luz, pero la bombilla permaneció apagada.

—¿No vino la luz?

—No, date prisa —le ayudó a meterse la chaqueta—. ¿A qué hora vas a venir mañana?

—Por la tarde, como hoy. Haré por llegar cuando no esté.

—¿No notará nada?

—No, no tengas miedo.

Pensó: «Y si lo nota, ¿qué más da? Tarde o temprano ha de enterarse».

—¿Qué vamos a hacer?

—¿Cuándo?

—Cuando lo sepa.

—Ya haremos algo, no te apures.

En el portal fue rápida la despedida. Sintió en la oscuridad su aliento y el contacto de su cuerpo todo. Era como besar a un ciego y como si un ciego a su vez la estuviera besando. Luego, palabras a media voz y el suave encajar de la puerta cerrándose. El médico se sumergió en la oscuridad y sus pasos se fueron alejando en dirección al río, hasta que cerca del puente vino la luz, y la bombilla de la fonda le iluminó junto a la entrada.

Como si hubieran estado esperando aquella señal, cada hombre salió de su casa y se dirigió a la escuela.

Allí les esperaba el viajante con Amador. La escuela constaba de dos pisos: el superior para los niños, y el de abajo, donde los hombres se reunían para arrendar los pastos. Era un salón vacío, con suelo de madera, al que se subía por una escalera de lávanas, donde a veces se celebraba misa o se bailaba a cubierto, si llovía, en la fiesta del santo.

Los hombres se fueron juntando a la puerta, venían solos o en grupos desde la cantina, por donde habían pasado antes a enterarse de los propósitos de los demás para tomar una determinación de acuerdo con las circunstancias.

Manolo vino también, dejando a la mujer el cuidado del negocio; Pepe se negó:

—No tengo dinero —dijo—, pero aunque lo tuviese, ya sabría en qué gastarlo; de lo que podéis estar seguros es de que no se lo llevaba el paisano ese.

La mujer de Manolo estaba repasando las cuentas, anotando los géneros que debería subir al día siguiente. A veces se asomaba al hueco de la escalera por si oía llorar al niño.

—No llora, mujer; no te preocupes.

Volvió a sus cuentas y levantó la cabeza para responder:

—Está un poco malo —y continuó—: ¿Y cómo sabes tú que les va a engañar si no hablaste con él, ni le has visto siquiera?

Pepe se recostó en la silla, apoyando el respaldo contra la pared.

—Aquí todos sois muy listos y mi hermano más que ninguno. ¿A que don Prudencio no va?

—¡Claro, como que su dinero lo tiene su hermano en el banco...!

—¡Claro —remedó la voz de la mujer—, como que sabe dónde ponerlo y no estos tontos que se fían del primero que llega!

—¿Por qué no vas allí y se lo dices a ellos en lugar de contármelo a mí?

—Allá cada cual; si es por su gusto, que lo tiren. Como si quieren regalárselo; más me voy a reír luego.

—Ya les estás echando mal de ojo —Pepe dejó caer la silla hacia delante con un golpe seco y vivo sobre el piso—. ¡Me vas a romper la silla, hombre!

—¡Qué mal de ojo! Al más tonto se le ocurre que nadie da duros a peseta.

Se levantó y desapareció, de mal humor, en la escalera.

Cuando Amador vio que estaban todos, abrió la puerta y entraron los primeros, seguidos del viajante y Antón con las listas del pueblo. Dentro, una bombilla, manchada por las moscas, alumbraba las cuatro paredes sin enjalbegar. Cuatro tablones brillantes por los años, abarquillados, sobre pivotes clavados en el suelo, servían de asiento a los vecinos, que fueron ocupando sus sitios, menos un grupo que llegó tarde y tuvo que sentarse en el suelo. Dos chicos bajaron del piso superior la mesa del maestro y tres sillas; la de en medio la ocupó el viajante y a ambos lados se colocaron el presidente y Antón, como secretario del Ayuntamiento. Amador dio dos palmadas; las conversaciones fueron apagándose y las petacas circularon de mano en mano por última vez; los que aún no tenían lumbre la pidieron por señas; a poco, cada uno fumaba su cigarro, dispuesto a escuchar lo que quisieran decirle.

—Todos sabéis para qué nos hemos reunido aquí, de modo que no es cosa de perder el tiempo explicándolo otra vez.

—Es igual —interrumpió el viajante—, lo voy a explicar de nuevo. Una vez tan sólo, ¿eh?, no vaya a ser que alguien no lo haya entendido.

Hablaba repitiendo las palabras que a cada uno había dicho, mencionando sus nombres para que ellos mismos pudieran dar fe, y los hombres permanecían inmóviles, pensativos, con un continuo ligero movimiento de cabeza denotando que en aquel discurso se les aludía. Podía ver con alguna claridad sus rasgos hasta media habitación, donde la claridad de la bombilla llegaba; más allá sólo se distinguían las siluetas de los que descansaban en el suelo. El humo, en la habitación cerrada, se iba haciendo más denso cada vez; a poco, las figuras del fondo desaparecieron y las más próximas se fueron borrando en su inmóvil silencio hasta no quedar sino sus caras, como pálidas máscaras flotando en el aire. Tenía la garganta seca y un desagradable sabor en la lengua y paladar, pero seguía hablando, y sus palabras, sin un eco en las paredes arenosas de la sala, quedaban muertas en el vacío, apenas salidas de sus labios. La luz subía y bajaba, latiendo en la bombilla como un corazón enfermo, en tanto los ojos implacables, mudos, desde la semipenumbra, parecían fijar en el espacio todo lo que iba diciendo.

Se preguntó por qué le asustaba verlos reunidos allí, ante él, si podía dominarlos fácilmente uno a uno tentando su codicia. Hizo un esfuerzo por coger el hilo de la charla y rogó a Antón que abriera la puerta. Una racha de viento trajo tras sí la voz del río. Se acordó de Amparo; a aquella hora debía preparar la cena.

—¿... y los accidentes? ¿Quién está libre de una mala racha, de una enfermedad larga que le impida trabajar por mucho tiempo? —apagó la voz hasta hacerla casi confidencial—. ¿Quién puede estar seguro de vivir lo que queda de año, o de mes siquiera? —Hizo una nueva pausa en la que nadie se movió; los oyentes, envueltos en un mutismo absoluto, sin evidenciar en un mínimo gesto si la charla les impresionaba—. Si eso le ocurre a alguien (que yo no se lo deseo) la mujer queda en la calle porque tiene que trabajar por el marido y por ella, y si hay hijos, también por los hijos. En cambio, si vosotros habéis suscrito una de estas pólizas, además de tener el dinero en lugar seguro y a disposición de los hijos o herederos que hayáis nombrado, ella disfruta de la misma renta (el cuatro por ciento, ya sabéis) y con este dinero, no digo yo que pueda cruzarse tranquilamente de brazos, pero a cualquiera se le alcanza que es una ayuda en estos tiempos —otra pausa—. Y... no digo más; cada cual que considere lo que acaba de oír y que haga lo que crea conveniente.

Ahora venía el peor momento. La mayoría de los presentes había traído su dinero; de otro modo, en aquel mes de trabajo no se hubieran permitido el lujo de venir, pero la dificultad estribaba en hacer que el primero se decidiese y fuera hasta la mesa. Cada cual esperaba tomar su decisión de acuerdo con los anteriores, y el saberse observado, fijos en él los ojos de todos, les retraía.

Nadie se adelantó ni hizo ademán de tomar la palabra. Examinó de una ojeada los rostros a su alcance y comprendió que, como en otros pueblos, tendría que echar mano de la lista de vecinos. Se la pidió a Antón y leyó el primer nombre; mientras lo hacía, deseó con todas sus fuerzas que fuera uno de los jóvenes.

—Eladio Canseco.

Afortunadamente lo era; no debía pasar de los treinta; casado y esperando un hijo.

—¿Tú qué dices?

—Sí, me interesa —sacó del bolsillo del mono unos cuantos billetes sujetos con una goma—. Ahí van, ochocientas pesetas, cuéntelas usted.

Firmó con mano torpe el impreso y el viajante contó ceremoniosamente la cantidad, extendiendo el recibo correspondiente. Los hombres habían roto a hablar, y Eladio volvió a su asiento, mostrando el recibo a todo el que se lo pedía.

Al segundo de la lista no hizo falta preguntarle; entregó su dinero y también recogió el recibo sin despegar los labios. El tercero fue un sobrino de Alfredo, que vino representando al tío. Al llegar al cuarto, el viajante se detuvo y pidió un momento de silencio.

—Como esto va a durar un poco todavía, para que se nos pase el tiempo antes, he mandado traer por mi cuenta un cántaro de vino. Mi gusto sería invitar a uno por uno, pero ya que no puede ser así, no quiero quedar por roñoso —se volvió a la puerta—: ¡Pasa, chico!

Entró un muchacho con un pesado cántaro en la cadera y tres vasos.

—¡Eh, tú, chico, ven acá! —gritaron del fondo.

Uno le quitó un vaso y lo hizo pasar; empezaron a turnarse para beber con los tres, de modo que dieran la vuelta a lo largo de los cuatro bancos.

Cuando el primer cántaro se hubo terminado, vino otro; éste a cuenta del pueblo, y siguieron bebiendo. El viajante creyó oportuno hacer un chiste, y refiriéndose a Antón, le llamó secretario y afirmó solemnemente que con el tiempo lo sería. Todos rieron, y Antón, que iba por el décimo vaso, también.

A la una entregaba su dinero el último vecino. Sólo don Prudencio y Pepe faltaban, y uno que aseguró no tener más que lo justo para pagar la contribución. El último fue Amador. A medida que la juerga crecía había enmudecido, no quiso beber un solo trago. Cuando le llegó el turno vio el viajante que firmaba a su pesar, como si desde su puesto y tras haber firmado todos, no pudiera hacer otra cosa; y estaba seguro de que lo del vino no había sido tampoco de su agrado.

Domingo. Fueron quedando uncidos los carros al alba, como un día cualquiera, para trabajar la madrugada, y los que tenían tierras fuera de la carretera, donde no llegaban los ojos de los guardias, echaron la hoz al cinto para aprovechar el tiempo segando un poco también. Aún no se distinguía el perfil de las montañas cuando el carro de Amador bajaba por la carretera entre la niebla. A su paso, los perros ladraron y la mujer de Antón se desveló.

—Antón. ..

—¿Qué pasa?

—Escucha, va va ahí Amador con el carro.

—Déjale que vaya; hoy es domingo.

—Para ti siempre es domingo.

—Y tú no puedes dejarme un solo día en paz. Calla de una vez.

Dio una vuelta sobre sí y volvió a dormirse. La mujer entreabrió las maderas de la ventana; fuera, la tenue claridad de la madrugada alumbró el paso del carro tambaleante y a Amador en él, dejándose mecer por el vaivén de las ruedas, la cabeza entre las rodillas, durmiendo.

La mujer oyó que Antón la llamaba.

—Quítate de ahí, que vas a coger frío.

—Ya voy...

—Haz lo que quieras.

Al cabo de un rato cerró de nuevo las maderas y se volvió a la cama.

A eso de las ocho, los que trabajaban en el campo miraron el sol que ya iba sobre el pueblo, y atando con parsimonia el pan que acababan de segar emprendieron el regreso. Los carros tardaron más, al paso lento de los bueyes, pero una hora más tarde todos estaban en sus casas. Hasta entonces no empezaba el domingo para los hombres. Aquel día almorzarían en la mesa y a continuación se mudarían, vestirían una camisa limpia y un nuevo pantalón, dejando a mano, sobre el arca de la alcoba, la ropa sucia, para volverse a embutir en ella al día siguiente y todos los demás en tanto durase el mes del pan, hasta que el final de la cosecha les sorprendiese harapientos, quemados los rostros por el sol, sucios y zurcidos. Aquellas pocas horas constituían apenas un respiro, pero debían ser aprovechadas en los pequeños trabajos que no podían sufrir mayor demora. Antón repasó tres hoces, sentado en el suelo de su corral, y Martín, el de la exclusiva, sulfató, antes de almorzar, un patatal que tenía medio comido del escarabajo, junto a la iglesia.

Antes, cuando había cura en el pueblo, se le veía subir desde su casa, hoy en ruinas, a decir misa. Mandaba a un monaguillo (entonces los había) a tocar, y en tanto él se vestía, tañían las campanas, dando tiempo a que los vecinos llegasen. Venían primero las mujeres con sus almohadones en la mano, bordados con abalorios y hebras de colores, y se arrodillaban tras las velas de sus difuntos, que luego habrían de ser bendecidas, en espera de que los cánticos empezasen. Los hombres llegaban tarde, excepto los viejos o alguno muy piadoso. Se reunían a la puerta hasta estar todos y con la misa empezada entraban por grupos, santiguándose esquivamente para sentarse luego en el coro.

Ahora, nada de esto existía. La iglesia estaba vacía, desnudas las paredes, brotada de helechos y cardos y sólo alguna vez se hacía subir al cura de otro pueblo, veinte kilómetros más abajo, para celebrar alguna boda, como la de Antonio el lunes, o un bautizo o la misa del santo, como recuerdo de un tiempo en que los hombres aún no esperaban todo de sí mismos.

Un día al año subía ese mismo sacerdote a oír los pecados que las mujeres le iban volcando precipitadamente en la penumbra de la iglesia, tras una rejilla de tablas; luego repartía la comunión y bautizaba a los niños que hubiesen nacido en aquella semana. También bendecía las velas de las ánimas que en las terribles tormentas del verano eran encendidas en las ventanas para alejar el rayo de los pajares y las casas. Sólo quedaba del tiempo antiguo, como un rito, la costumbre de cambiarse de ropa, desprovista ya de un fin concreto, y el respeto de los más viejos por los nombres de los santos y un vago temor de todos a las ruinas de la iglesia, y la vivienda del párroco, como si al igual que el cementerio tuvieran sus piedras un poder entre mágico y ancestral ligado, más que a la vida, a la muerte.

Las mujeres, el domingo lavaban. Llegaban al final de la semana tan cansadas como los hombres, pero era preciso lavar, y sólo este día podían hacerlo. Junto a la fragua, donde el río corría más lento, una hilera chapoteaba sobre pizarras lisas y negruzcas, clavadas en el limo del fondo. El agua se tornaba jabonosa y la corriente arrastraba un buen trecho torbellinos de burbujas lechosas. El murmullo del agua no era bastante a apagar las voces. Se llamaban de un extremo a otro, entre el rumor de la ropa sobre las lávanas y los chapuzones en el río. Las más jóvenes reían, y sus voces sonaban más aún porque hasta en los meses de mayor trabajo no perdían nunca su buen humor; lavaban un poco separadas de las otras, las casadas, y se detenían a mirar si algún asturiano bajaba por la carretera. A veces, alguno de los hombres se acercaba y charlaba con ellas; el domingo era el día esperado por todos para hablar, para reñir, criticar, vender o sencillamente para decir todo lo que habían llevado en el corazón durante la semana. Sólo Pepe podía ver a Isabel todas las noches, porque para él unas horas de sueño poco significaban, porque la tarde le pertenecía y no había cosecha que le apurara.

Baltasar, el peón caminero, y Antón se reunieron en el juego de bolos y esperaron pacientemente que los demás fueran llegando. Cuando tuvieron tres contrarios iniciaron la partida, y al mediodía todos los hombres, viejos y jóvenes, estaban en la bolera, unos jugando, otros de mirones, y algunos fumando, medio dormidos, recostados bajo los álamos. Sólo se espabilaron cuando una de las bolas dio un bote falso y fue a parar, tras mucho correr, al río, levantando un alboroto de voces y risas.

—¡Vaya con los tíos que nos quieren matar! —gritó una mujer.

—Donde trabajar les daba yo…

—Y nosotras aquí como tontas…

Pero a pesar de sus palabras, ellas estaban orgullosas de que sus hombres pudieran holgar un día a la semana, y para que lo hiciesen limpios se afanaban sobre las lávanas, porque desde niñas se les había enseñado que habían venido al mundo para servirlos y hacer, con frío o calor, en buen o en mal tiempo, todos los trabajos.

Desde la puerta de la fonda vio el médico cómo el viajante se despedía de Amparo y cruzando el puente de junto a la fragua, hasta la carretera, seguía el camino hacia Asturias.

—¿Qué más pueblos hay de aquí hasta el puerto? —preguntó a Manolo.

—Pueblo, ninguno. —Manolo había salido y miraba también cómo el viajante se alejaba—. Únicamente caseríos.

Se preguntó si llevaría encima todo el dinero de la noche anterior. Manolo debía pensar lo mismo.

—Ya puede andar con tiento…

La vieja cartera de hule brillaba en su mano. Podía haber dejado el dinero al presidente, pero si se dedicaba a aquella clase de negocios, debía estar acostumbrado a llevar encima fuertes cantidades. Le vieron detenerse a limpiar las gafas y secarse el sudor que empezaba a manarle por la frente.

El médico, los domingos hacía fiesta. Si en pleno verano las cosechas de los vecinos podían esperar, era justo que también las enfermedades esperasen, y sólo en caso de accidente intervenía. Miró al otro lado. Junto a la iglesia, los hombres seguían jugando y enviaron a un chico por un cántaro de vino. Manolo se metió a despacharlo. Se iban turnando para tirar saliendo de la sombra al castro, después de haber elegido la bola sopesándola previamente.

El tirador se colocaba bajo el fuego del sol y los mirones comentaban la jugada fumando y bebiendo. Así podían aguantar todo el día, y el médico lo sabía porque los primeros domingos se había entretenido observándoles.

Cuando don Prudencio salió al balcón se preguntó qué haría cuando al fin supiera sus relaciones con Socorro. Lo más prudente sería sacarla de aquella casa, costara lo que costase. Él pensaba que si ella le quería, todo era cuestión de esperar una ocasión en que el viejo no estuviese. Cuando don Prudencio se encontrase con los hechos consumados, le sería más difícil protestar, entre otras razones porque la muchacha era mayor de edad y no tenía ningún derecho sobre ella. Pensó en sí mismo, en las consecuencias que podía tener para sí mismo el paso que iba a dar; pero su deseo de tenerla junto a sí se avivaba con el recuerdo del viejo atormentándole.

A eso de la una, cuando el sol cae vertical sobre la tierra y los hombres pueden pisar su propia sombra, el pueblo aparecía más muerto que nunca. Comía la gente antes de dormir la siesta, y la única vida surgía en bocanadas negras y difusas por el tiro de las chimeneas. El humo nacía recto para caer en rededor formando una corona. La tierra, el campo amarillo, ardía; los animales sesteaban en el establo y los perros en la era bajo los carros; y los enhiestos trillos descansaban mostrando al aire aquel día sus hileras de sierras y pedernales. La madera ardiente crujía como si un poderoso brazo la estrujara, y sus chasquidos eran el único sonido tras las casas, con el canto de los gallos y la voz del río recorriendo los infinitos caminos de su lecho, sobre el limo en los puentes o a la sombra de los cañaverales. Su rumor inmutable y profundo se alzaba sobre el valle, entre las rojas paredes que le circundaban, alzándose hasta las cumbres, envuelto entre los mil ecos que la vida anima, como la voz de los que a su sombra habían nacido y a su sombra, hasta su muerte, debían arrastrar su mal o su fortuna.

Tampoco aquella tarde pudo dormir el médico, y su pensamiento fue y vino en proyectos durante la siesta. Hacía demasiado calor en la habitación y no podía abrir la ventana porque el sol la caldeaba como un horno. Se mantuvo quieto sobre la cama; ahora sabía, por habérselo oído a Manolo durante la comida que don Prudencio iba a marchar a la capital uno o dos días.

—¿Cuándo?

—Para el lunes ha pedido el coche.

A media tarde se vistió y fue al extremo opuesto del pueblo, donde vivía Baltasar. Éste tenía una casa recién construida el verano pasado, más allá del puente, sin estrenar aún. Enfermo del pecho siempre, a pesar de que durante el verano su mal se mitigaba un poco, solía maldecir del tiempo y la humedad.

El médico le llamó por uno de sus hijos.

—¿Qué quiere?

Había en su tono agrio y cansado una advertencia que el médico captó pronto: no quería saber nada de médicos ni de medicinas.

—Quería tratar con usted un asunto.

—¿Un asunto?

—Quería ver la casa nueva.

Sus grandes ojos parpadearon con rapidez y la voz tomó un timbre más amable.

—¿Ahora?

—Si se puede…

—Espere, voy por la llave.

Sobre una de las dos grandes losas adosadas a ambos lados de la puerta se hallaba sentada la hija mayor, afanándose en arreglar un ramo de flores que había juntado. Debía tener cinco o seis años. El médico se sentó a su lado y estuvo mirándola.

—¿Como te llamas?

Le miró.

—Asunción.

Tenía la cara sucia y el pelo oscurísimo, sujeto atrás con una cinta. Sus pies desnudos se confundían con la tierra.

—¿Cómo se llaman esas flores?

—¿Cuáles?

—Ésas.

—No sé...

Se encogió de hombros.

—¿Y ésta?

—No sé, flor nada más.

Baltasar bajó con la llave. En la puerta, tras él, surgió una figura desgarbada y macilenta, mirándole torpemente con la pasividad de un buey. Baltasar le mandó dentro y la niña musitó al médico, antes que le preguntara:

—Es mi hermano Joaquín...

La casa era nueva y agradable. Habían plantado en el corral ciruelos y dos rosales ante la fachada que daba al río. Pagó un mes adelantado y se llevó la llave.

Cuando dijo a Manolo que dejaba la fonda, éste no hizo ningún comentario; se limitó a responder que le haría la cuenta. Conocía la casa.

—Es nueva, y para usted no está mal. Para aquí no sirve porque aún le faltan las cuadras y el pajar.

—¿Por qué no las hizo?

—Se le acabó el dinero. Hace unos meses ni terminada la tenía; aún le faltaban las demarcaciones y la escalera.

La cantina se hallaba vacía. La mujer de Manolo dormía arriba, y en la penumbra, con olor a mosto, sólo se oía el zumbido de las moscas. Manolo salió al portal para ver cómo iba el sol.

—Ya deben ser las cinco. —El médico miró su reloj, que marcaba las seis—. Las seis oficiales…

Tras la fonda se alzaba la única montaña frondosa de las cuatro sierras. Por allí salía la luna todas las noches, sobre los avellanos y acebos que bajaban hasta media falda, regados por un torrente que ni en verano se secaba.

—¿Cómo se llama?

—Palomero…

—¿Hay palomas?

—Las había. Ahora vienen algunas por el verano. Antes había muchas.

—¿Antes, cuándo?

Manolo se encogió de hombros.

—¿Antes de nacer tú?

Y antes de nacer mi padre… Hace ya mucho tiempo de eso.

El médico se alejó. Había andado algunos pasos cuando oyó que el otro le llamaba.

—¿No sube? —Le señaló la cumbre.

—Es tarde ya.

—A mitad de camino hay una fuente muy buena.

El médico volvió sobre sus pasos y quedó sin saber qué hacer.

—Se aburre, ¿verdad?

—No.

—No es vida para usted esto.

—¿Por qué?

—¿No le gustaría estar ahora en Madrid?

—No sé...

—Allí tendrá sus amigos.

El médico guardó silencio. Dos reses corrían a lo largo del río perseguidas por un perro.

A medida que subía, el camino se estrechaba, empotrándose en la tierra, gastado por el paso de rebaños y riadas. Unas veces se erguía vertical, describiendo grandes rodeos, aprovechando los canales de riego de los prados altos. El pueblo se fue achicando a sus pies hasta desaparecer en el primer bosquecillo. Había una buena sombra de abedules no muy altos, pero sí lo suficiente para servir de cobijo a un hombre. Se sentó a descansar porque la subida era fatigosa y el corazón le retumbaba. A poco trecho vio brillar el agua del torrente, y el viento trajo un eco de risas.

Escuchó con atención; hubo un largo silencio, en el cual las ramas de los almendros siguieron agitándose y de pronto un coro de voces estalló arriba nuevamente. Voces de mujer, podía asegurar. Fue remontando el torrente hasta sentirlas cerca. Oyó chapuzones al otro lado de la verde cortina que tenía ante sí y, apartándola con cuidado, vio a sus pies, entre los avellanos, un grupo de muchachas que se bañaban. Tenían su ropa en un montón a la orilla, y llevaban enaguas y cortos camisones que subían hasta las rodillas para entrar en el agua. Sólo dos sabían nadar: dos desgarbadas siluetas, rosa y naranja a través del pozo, cuyas formas luego, secándose al sol, la tela mojada revelaba por todas partes.

Las demás entraban sólo hasta la mitad, se salpicaban y corrían arrojándose arena. Reían sin cesar y parecían divertirse mucho. Al médico le costó trabajo reconocerlas una a una, tan distintas a la mañana en el pueblo. Ahora se empujaban gritando, como presas de frenesí, como si un repentino deseo de gozar hubiese estallado en aquel recodo del torrente, bajo los almendros a punto de sazón.

Miró por última vez la ropa que yacía en la orilla y las figuras absurdas que luchaban por apartar el pelo de las mejillas. Un sentimiento de repugnancia le asaltó. La menor de las hijas de Alfredo estaba sentada en el fondo, y el agua le llegaba hasta la cintura. De buena gana les hubiera gritado para espantarlas de allí, pero no se atrevió y bajó al pueblo, silencioso y malhumorado.

Llegó con el sol puesto y recogiendo las inyecciones fue a casa de don Prudencio, pero éste no dejó a la muchacha sola ni un instante y tuvo que conformarse con cruzar unas palabras tan sólo cuando se iba. Sin embargo, le habló de la casa.

—Hasta mañana.

—Hasta mañana; adiós.

La cantina, a la puesta del sol, bullía repleta de paisanos. En la cocina, al olor de unas truchas que se freían, pescadas aquella misma mañana, Baltasar, Antón, Martín el de la exclusiva, y un tercero que el médico no conocía, cantaban. Más tarde llegó Alfredo cojeando, y su aparición fue celebrada con una nueva ronda de blancos. El médico también bebió y siguió a Alfredo hasta un banco junto al mostrador.

Fuera aparecieron las primeras estrellas. Un muchacho de unos veinte años entró preguntando por Pepe.

—¿Quién me llama? —salió de la trastienda liando un cigarro e hizo una pausa para pegarlo y ponerlo en los labios—. ¿Tú no eres de Crispín?

—Pues sí...

Se acercó a Manolo, preguntando a Pepe:

—¿De quién dices?

—De Crispín, hombre, de Crispín —y como el hermano no caía en la cuenta, añadió—: el casero…

Manolo exclamó:

—¡Ah, hombre! —y le sirvió maquinalmente un vaso.

Los demás también le preguntaron por su padre y si llevaban buena la cosecha de hierba en el puerto.

—Venía a que me guardaras plaza en el coche para mañana.

—Para mañana no puede ser.

—Pues ¿qué pasa mañana? —preguntó Alfredo.

—Que lo tiene pedido don Prudencio.

—Hombre, está bien eso —apuntó desde su rincón Baltasar—; porque a él se le antoje no puede bajar nadie al tren mañana.

Pepe se encogió de hombros sin decir palabra, dando a entender que no era suya la culpa, y el otro prosiguió:

—Te aseguro que como fuese yo, bajaba mañana en el coche.

A su derecha habló el padre de Martín, el de la exclusiva:

—En la vida se ha visto orgullo así. ¿Es que se va a hacer de menos porque vaya otro con él?

Pepe protestó:

—Todo eso no me lo contéis a mí; a él, a él, que es quien tiene la culpa.

—Tú también la tienes por consentírselo.

Pepe explicó a voces, molesto por las palabras del viejo, que el coche era un negocio como otro cualquiera y él cumplía su contrato con el Ayuntamiento subiendo el correo y nada más, y que aun así, nunca había dejado a nadie en tierra si se le avisaba con tiempo.

Al médico le parecieron justas sus razones, Manolo se abstuvo de entrar en la discusión y Alfredo medió diciendo que no se peleasen por tan poco.

—¿Por tan poco? —Baltasar se volvió a mirarle.

—Claro que tan poco. Con los desplantes que nos dio en toda su vida, uno más no es como para ofenderse a estas alturas.

Una voz dijo:

—Éste todavía le defiende.

—Yo no lo defiendo; sólo digo que son ganas de discutir en balde.

—Sí, discutir en balde; llegará el día en que tengamos que besarle los pies cuando pase.

De la trastienda surgió la voz de la mujer de Manolo:

—Dejadle en paz, que bastante tiene ya.

Todos volvieron la cabeza, asombrados:

—Pues, ¿qué le pasa?

Apareció secándose las manos rojas en el delantal.

—¿Por qué creéis que ha pedido el coche? Pues porque está malo y tiene que verlo el especialista.

—Siempre estuvo malo; no es de ahora.

La voz de la mujer se tornó sombría:

—Esto es distinto. Es aquí —se llevó la mano al pecho izquierdo.

—¿Del pulmón?

—Del corazón, que es peor. Como que no tiene arreglo —se dirigió a Baltasar—: ¿Sabes cuánto le da de vida el especialista? —Hubo un silencio profundo, como si tras la mujer la muerte señalara a cada uno con el dedo—. ¡Un año! ¡Un año le da!

El médico recordó sus recientes entrevistas con el viejo. Aun reconociendo que sólo veía a la muchacha, no recordaba un solo síntoma de la enfermedad que a juzgar por las palabras de la mujer, le tenía al borde de la fosa. Los hombres habían quedado en silencio, Antón, apoyado en el quicio de la puerta, en la cocina.

—Y tú, ¿cómo lo sabes?

—Porque lo sé...

No hubo manera de sacarle una palabra más. Se volvió a la trastienda y siguió con la damajuana que andaba llenando. Manolo hizo ademán de que no le preguntaran más.

—Si ella no quiere, no hay quien le saque una palabra del cuerpo.

El muchacho fue el primero en salir del mutismo en que les había sumido la noticia.

—Entonces, ¿cuándo puedo bajar, el martes?

—¿Pero es para ti?

—Sí.

—Creí que sería para tu padre. ¿Os traen algún pedido en el tren?

—No; es que me voy.

—¿Que te vas?

El muchacho tuvo que explicar a todos los presentes que iba a la capital a emplearse en una tienda de tejidos que tenía un tío suyo.

—¿De modo que tú también nos dejas?

—Hace bien; si yo tuviera su edad haría lo mismo.

El médico se volvió a mirar quién había dicho aquellas palabras. Era el viejo de antes, el padre de Martín. La boina echada sobre los ojos vivísimos que se iluminaban al hablar, encogido; sus manos temblaban cada vez que subía el vaso a sus labios.

—Usted habla por hablar —éste era Baltasar—. ¿Por qué no dejó a su chico, el mayor, marcharse a América cuando quería? Bien le porfió entonces.

—Entonces no era ahora.

—Pues yo no veo tanta diferencia.

—Pues la hay, aunque tú no la veas. Cuando mi hijo el mayor se quiso ir a Méjico, había aquí riqueza.

—¡Riqueza! —exclamó el otro—. No diga bobadas. ¿Pero es que hemos sido ricos aquí alguna vez?

—Entonces se vivía mejor.

—Claro, como que con una tabla para dormir se conformaban. Aún me acuerdo yo de mi abuelo. Se pasó la vida trabajando como un negro, y ¿para qué?, para gastarse en comprar más tierras todo el dinero que sacó de ellas.

—Para tener que trabajar más —apuntó Pepe.

—Cada vez que mi abuela quería comprarle unas alpargatas, le parecía que iban a tirar la casa por la ventana. Así andaba él, descalzo todo el año. Como que cuando le enterramos nos tuvo que dejar mi tío Julián unas zapatillas porque él no tenía más que abarcas como los pastores.

Dio una chupada al cigarro.

—Ésa ha sido la riqueza de esta tierra.

—Pues razón de más —repuso el viejo— para que te diga que si yo fuese joven me marchaba.

—Y si se van los jóvenes, ¿quién va a trabajar la tierra? ¿Usted, que no puede ya ni con los calzones, o yo...?

—Para lo que da... —exclamó el herrero—. Echa una mirada al centeno y verás cómo viene.

—¡Si fuera sólo el centeno!

A esta voz siguieron todas las de los que allí se hallaban, lamentándose de la pobreza y lo exiguo de las cosechas, que cada año disminuían. Manolo dejaba hablar a los demás y Pepe leía un periódico atrasado. El médico escuchaba, y las palabras de Baltasar trajeron a su memoria un día de su infancia, cuando antes de la muerte del padre iban a pasar los veranos a Galicia. El coche se detuvo en una aldea porque el agua del radiador hervía y era preciso renovarla. Su padre bajó y halló todas las puertas cerradas; las casas silenciosas, y sólo al cabo de media hora una anciana apareció, indicándoles un pozo cercano. Cuando arrancaron de nuevo, el padre les contó que los vecinos de aquel pueblo habían emigrado todos; unos, a América; otros, más cerca, dentro de España. Primero los jóvenes, luego los viejos, llamados por los hijos que consiguieron hacer fortuna, y al ejemplo de éstos los pocos que quedaban. Huían de la tierra como de una esclavitud aborrecida; la abandonaron y nadie volvió a sembrar una vez vendidos los ganados. Ahora sólo quedaba ella; unos parientes le mandaban dinero y paquetes desde la Argentina.

El médico se preguntaba si aquello se repetiría allí a la vuelta de unos años. Recordaba las casas al borde de la carretera, cerradas y grises como mausoleos, el camino sucio y brotado de malezas, y el silencio, la soledad, prendida a cada cerca, a la fuente, a los umbrosos rincones de los huertos.

Los hombres fueron retirándose. El primero en marchar fue Antonio, el que había de casarse al día siguiente.

—Sí, vete a la cama que buen trajín te espera mañana.

El médico pasó a la cocina con Manolo, y la mujer les sirvió la cena. Quedó en silencio la tienda; sólo Pepe tras el mostrador continuaba con el periódico; al fin, los otros terminaron y la mujer pudo ir a relevarle.

—¿Vas a cenar ahora?

—Luego.

Se echó la chaqueta sobre los hombros y salió. Hacía una buena noche, templada; el cielo, plagado de estrellas. Cruzó el puente despacio, y como si el tiempo no le apremiase se entretuvo mirando la crecida del río. Junto a casa de Alfredo se detuvo. La ventana de la cocina se abrió a medias.

—Espera un poco; se acaba de acostar mi padre.

Pepe dijo:

—No tardes —y apartando la cancela esperó en el corral.

La mañana siguiente amaneció oscura, pero a medida que el día fue avanzando rachas de viento barrieron la niebla y las nubes altas se desvanecieron.

Entre dos luces salió Antonio a buscar a su novia. Era un mal camino hasta su pueblo y quería estar de vuelta antes de que el calor apretara. Llevó aparejada su mula y un burro que Antón le prestó. Las hermanas, desde bien temprano, trabajaban en la casa, barriendo y fregando las habitaciones, y la cocina, recién encalada, olía a asperón y a los mazapanes que durante toda la noche habían cocido en el horno. Del corral subía un acre aroma a cebolla, ajos y pimentón; dos ovejas colgaban de uno de los travesaños del portal, y los perros, debajo, iban lamiendo, gota a gota, la sangre que escurría en el suelo.

Poco antes de mediodía llegó el cura, sudando dentro de sus hábitos, a lomos del caballo que Antonio le había bajado el día anterior. Se apeó con trabajo y fue a sentarse a la sombra de la casa en fiesta. Le sacaron un refresco.

—Pero, hombre, ¿no sabes que no puedo tomar nada antes de la misa?

El chico que lo había traído de la cantina lo mantuvo en la mano sin saber qué hacer.

—¿No lo sabías? —insistió el cura.

El chico se encogió de hombros e hizo una mueca estirando el cuello.

—Y los mandamientos, ¿los sabes?

No contestaba. Al fin pareció encontrar una salida: ofreció de nuevo el vaso:

—Que se lo tome...

El cura le miró fijamente.

—¿No vas a la doctrina?

Tampoco recibió respuesta. Le repitió la pregunta.

—¿La doctrina?

—Eso, eso te pregunto.

—¿La doctrina?

—¿Quién es tu padre?

Esto sí lo entendió. Respondió al punto:

—Está en la era...

—¿Dónde?

—Allí enfrente.

—A ver, señálamele con el dedo.

—Aquél...

Los bueyes giraban arrastrando un trillo con dos niños encima. Había uno un poco mayor guiando la pareja desde el centro, andando pausadamente bajo el sol, al paso de los animales. Un hombre de rostro cobrizo, quemado por el sol en todas las partes desnudas de su cuerpo, lanzaba al aire la paja. Llevaba mono de peto, cubriéndose con un enorme sombrero.

—¿Aquéllos son hermanos tuyos también?

El chico afirmó con la cabeza y el cura miró al refresco de nuevo.

—Y tu madre, ¿dónde está?

—Se murió...

—¿Hace mucho tiempo?

Le miró sin expresión, sin comprenderle de nuevo. Una voz de mujer rompió a su espalda:

—Pero ¿para qué le traen esto a usted?

El cura se volvió reconociendo a la madre del novio.

—Eso quería yo saber.

—Será cosa de Martín.

Gritó dentro:

—Martín, ¿mandaste tú traer esto?

—¿Qué?

—Un refresco.

—Sí…

—¡Ya me parecía a mí!

Quitó al chico el vaso de la mano y trató de justificar a su marido:

—No se darían cuenta; con la boda parece que andamos tontos todos. Está en la cocina cuidando de la carne, porque las chicas se fueron todas ya.

—¿Tardará mucho en llegar Antonio?

—Debe estar al caer; se marchó al ser de día.

Un grupo de mujeres se dirigía a la iglesia. Al llegar junto a la fuente algunas se separaron, dirigiéndose a casa de Martín para ayudar a la mujer un poco y ver de cerca a la novia antes de entrar. Caía el sol como un fuego, pero ellas llevaban la ropa de las fiestas: vestido, zapatos y pañuelo negros y medias de algodón, negras también. Las muchachas vestían batas de colores claros; se iban a buscar unas a otras, y en tanto esperaban pintaban sus labios cuidadosamente con una barra de carmín que fueron pasándose.

Llegaron los novios, blancos de polvo sobre las caballerías, y cinco mulas tras ellos, con los familiares e invitados del otro pueblo, que tras saludar al cura, a

Martín y a la madre entraron para lavarse y cambiar de ropa. De grandes cajas salieron trajes nuevos, planchados con esmero, y los zapatos rojizos y brillantes de las fiestas. Los hermanos de la novia anudaron holgadamente los nudos de sus corbatas, y ella lució un vestido de seda azul, ornado con profusión de jaretas y botones. Antonio la contemplaba como por vez primera, entre el rumor y las prisas de los demás, y ella le devolvía la mirada sin atreverse a sonreír, desconcertada.

La comitiva se dirigió a la iglesia. A la puerta se agruparon todas las mujeres del pueblo y algunos hombres que de momento habían dejado el trabajo para echar un vistazo antes de la comida. Las muchachas estaban dentro, a ambos lados del camino que la comitiva debía recorrer, mientras dos ayudaban al cura a vestirse, y los chicos que debían actuar de monaguillos encendían apresuradamente las velas del altar. Alguien gritó: «¡Vivan los novios!», y todos contestaron. La campana dio tres toques, y los vencejos que anidaban en el techo del coro volaron, chocando en las paredes, hasta desaparecer por la abertura de la bóveda.

Luego de casados, la misa transcurrió rápidamente, porque don Manuel acostumbraba oficiar de prisa y más aquel día que llevaba muchas horas sin probar bocado. Dos chicos se perseguían en las gradas del altar mayor. Se movían silenciosamente, pero una de las mujeres se los llevó regañándoles y la voz venía clara de fuera contrastando con los rezos del cura.

—¿Os parece bonito pelearos dentro de la iglesia?

—*Gloria in excelsis et in terra pax hominibus…*

—Pero si ha sido ése…

—¡Qué voy a ser yo…!

—Se lo voy a decir a tu padre.

—¡Si no hacíamos nada!

—Estabais corriendo por la iglesia.

—¡Qué va!

—Sí, señor.

—Bueno, pues dígaselo.

—*Quoniam tu solus Sanctus. Tu solus Dominus. Tu solus Altisimus Jesu Christe…*

Hubo un silencio fuera; luego llegó el llanto de uno de los chicos.

—Usted no tiene por qué pegarme…

—*Munda cor meum ac labia mea omnipotens Deus…*

Don Manuel decía en alta voz el principio de todas las oraciones, bajando luego el tono rápidamente, en un suspiro. La mujer volvió a entrar y aún se oyó al chico lloriqueando.

—Se lo voy a decir a mi padre… Ya verá a ver si me pega otra vez…

Los asistentes volvieron la cabeza, pero ella ocupó su sitio de antes, abstrayéndose en sus rezos.

El viento traía alguna lejana voz del pueblo, ladridos, palabras solitarias que se entendían claramente. En el silencio, las mujeres permanecían de pie o se arrodillaban, arreglándose el velo sobre la frente. Olía a tierra, a la cera de las velas y a ropa nueva.

—*Quod ore sumpsimus Domine, pura mente capiamas; et de munere…*

Ya todos se hallaban impacientes por salir; las muchachas arreglando los pliegues del vestido, las mujeres agitándose, mirando hacia la salida.

—*In principio erat Verbum, et Verbum erat apud Deum…*

La perra de Amador asomó la cabeza entre las hojas de la puerta, y uno de los hermanos de la novia tuvo que espantarla chascando la lengua, pero el animal volvió y dos muchachas que la vieron se miraron, riendo. El hermano le dio una patada en el hocico, haciéndola alejarse aullando.

La misa había concluido y todos rompieron a hablar apresuradamente en torno a los nuevos esposos. Los vivas se repitieron al salir, la campana volteó de nuevo y los invitados que aún trabajaban en las eras, hombres en su mayoría, dejaron su trabajo y apresuradamente se lavaron y vistieron para la comida. Sólo quedó a la puerta de su casa, Blanca, la que un asturiano sacara encinta por San Juan, sentada, trenzados los dedos sobre el vientre deforme, mirando melancólicamente la comitiva que al otro lado se dirigía a casa de los novios.

Habían colocado tres largas mesas paralelas en el corral, a la sombra de la casa, y se empezó sirviendo vino, con lo que todos se animaron, cantando acompañados de cucharas y botellas. Apareció la novia y Antonio tras ella con los padres. Hubo un aplauso general.

La carne venía envuelta en una salsa ocre, espesa y caliente que las hermanas del novio sirvieron en abundancia. El cura ocupaba el sitio de honor, entre los novios; ninguno de los tres sabía qué decir y aunque don Manuel estaba acostumbrado a aquellos silencios, ellos se creían en la obligación de hablarle. A los postres sirvieron bollos y mazapán, y cuando las mujeres se retiraron a la siesta, café, coñac y cigarros puros. El cura dijo que se iba.

—No se vaya tan pronto, espere que afloje el calor.

Insistió. Aquellas sobremesas le aburrían. No le importaban las cosechas de aquellos hombres, ni las tierras que fuera a reunir el nuevo matrimonio, ni aquellas mujeres que miraban su mano cuando las bendecía, como si ella fuera a curar sus dolores o los de sus hombres y sus hijos, como si fuera a hacer surgir las cosechas de sus estériles tierras, o multiplicar su pan, como había sucedido una vez, hacía mucho tiempo. Si hablaba, los demás callaban o bajaban el tono a un susurro confidencial de modo que las palabras que hubiera deseado oír pasar inadvertidas, cobraban importancia y arrastraban otras tras sí, metiéndole en nuevos comentarios y explicaciones farragosas. Se sentía cansado. Secó su frente y la cara toda que transpiraba, y frotó con disimulo el espinazo contra el respaldo de la silla porque le picaba la espalda y el sudor corría por sus sobacos.

El café era malo. Se preguntó qué habría bueno en aquel pueblo, entre aquella gente pobre y mezquina. Se acusó mentalmente de despreciar a sus semejantes y ofender a Dios; pero realmente eran pobres y mezquinos y no debían creer en Él asiduamente, aunque le temieran a la hora de la muerte. Recordó que nunca le habían llamado para auxiliar a un difunto; sólo para los bautizos y las bodas, probablemente para dar solemnidad a la cosa, o por no ser menos que los otros y un poco por costumbre también. Era un pueblo pobre, y en la pobreza llevaba su castigo. Él les había dicho un año antes, en la fiesta del santo: «Volved los ojos a Dios, que es el único que puede ayudaros; rogadle a Él y vendrán de nuevo los buenos tiempos, o, al menos, si en sus secretos designios está que habéis de sufrir por vuestros pecados, Él, que todo lo puede, os dará fuerzas para que las penas de este mundo os sean más llevaderas». Pero todo seguía igual; las mismas mujeres acudían a confesar y leía idéntica desconfianza en el corazón de los hombres. Al principio aquello le había hecho sentir una gran amargura. Ahora, al cabo de los años, todo se había desvanecido, como las ilusiones forjadas en la infancia, sin dejar tras sí ningún resquemor, ninguna pena. Sólo deseaba que le dejaran en paz, lejos de sus comidas, de sus preguntas y sus problemas; si no querían que hiciera nada por ellos, que, al menos, le dejaran descansar lejos del calor que le agotaba.

Cada vez que subía, los hombres se le mostraban respetuosamente desconfiados, y hasta algunos se disculpaban de no haber estado en la iglesia la última vez, prometiendo volver en cuanto sacaran la cosecha de apuros, pero el trabajo, al parecer, duraba siempre y nunca hacían acto de presencia. Cuando Baltasar enfermó, tuvo dos vómitos la primera semana, y creyeron que se moría. Bajó la mujer a encargar estreptomicina.

—¿Cómo va? —le preguntó don Manuel.

—Muy mal, muy mal. El mejor día se nos muere.

—Voy a subir por allí.

La mujer enmudeció y sólo le respondió al cabo de unos instantes con gran apuro:

—Si va usted, don Manuel, no pase a verle porque no quiere hablar con nadie.

El comprendió que aquel «nadie» se refería a él precisamente; pero subió, porque en aquel tiempo aún creía en su poder persuasivo. Su confianza sufrió un rudo golpe cuando el enfermo le echó a voces sin dejarle pisar la puerta.

—¿Por qué no quieres que pase, Baltasar?

—Quiero morirme en paz.

La hija estaba junto al quicio oyendo, mirándole inmóvil.

—Si lo que quiero es ponerte a bien con Dios…

—¡Que se vaya le digo..!

—Mira que puedes morirte esta noche...

—Eso es lo que quiero, acabar de una vez.

—Déjame pasar, hombre. Déjame sólo que te vea.

No había sido posible. La mujer le hacía señas de que se fuese y tuvo que retirarse antes que el mismo Baltasar se levantara a echarle. La niña le había abierto la cancela al salir.

Sirvieron más café y otra ronda de copas. Él se excusó, levantándose. Tras los hombres, desde el rincón, sentada casi en el suelo, sobre una banqueta minúscula, una vieja le miraba fijamente, como si sólo pudiera volver los ojos en aquella dirección. A pesar de sus ropas de fiesta la reconoció. Cuando fue a aquel pueblo por vez primera, nada más concluir la guerra, se la encontró a la puerta de su casa, sin moverse, vestida como los demás días. Aún no conocía a nadie allí.

—¿Y usted, abuela, no va a misa?

—Ca, no señor, yo no he ido nunca.

Creía que le estaba mintiendo.

—¿Por qué?

—Pues porque siempre he oído decir que cuando nos muramos el alma va al cielo, y el cuerpo, en cambio, se queda aquí abajo pudriéndose, de modo que yo mando el alma a misa y le doy buena vida al cuerpo, para que se aproveche en lo poco que le queda.

De aquello ya hacía bastante tiempo, pero recordaba su cara y las risas de los que oyeron la respuesta. Aquélla debía de ser su ocurrencia favorita, y él, sin saberlo, le había brindado la ocasión de lucirla. Aquélla fue la primera persona que conoció allí.

La mujer de Martín le acompañó hasta la carretera.

—¿No sabe usted, don Manuel, cuándo nos mandan cura aquí?

—No sé, es difícil. Tendrían que hacer una nueva casa y arreglar la iglesia.

—Pues si no hay cura, malamente nos la van a arreglar.

—Pero, hija, ¿y dónde iba a vivir, suponiendo que lo mandasen? Ni donde dormir tendría...

—Así estamos, viviendo como cafres...

Uno de los muchachos trajo el caballo y sujetó el estribo en tanto subía. Se alzó los hábitos. Bajo la sotana aparecieron unos pantalones azules y unos zapatos viejos y sucios que recordaron a la mujer los del viajante.

Chascó la lengua y el caballo rompió a andar, cruzándose con el médico a los pocos pasos. Le pareció como todos, un poco más joven quizá; bueno, de todos modos, para aquel pueblo.

El médico llegó sin apresurarse. Le habían mandado recado de que fuera a tomar café con los novios, y Manolo le indicó que podían molestarse si no iba. Antón y Alfredo le hicieron un sitio entre ellos.

—Siéntese aquí.

—¿Cómo va la pierna? Debía estar en casa todavía.

—Muy bien —la levantó hasta la mesa—, ya está como nueva. Dentro de unos días me bajo a la era.

—No le haga caso —intervino Antón—, hoy ya bajó.

—Estuve viendo cómo llevaban las chicas la trilla.

—No haga el tonto...

—Claro, hombre, ¿qué más te da esperar unos días?

—Tú no conoces a mis hijas. En cuanto les quitas la vista de encima ya están de charla con Amparo por encima de la tapia, y los bueyes a la sombra.

—Por tu gusto las tenías todo el día dando vueltas.

—Para ellas trabajan, no para mí. Yo no me lo voy a llevar al otro mundo; no sé qué quieren.

—Lo que quieren bien lo sé yo…

—¿Qué?

—Pues marcharse de aquí, hombre.

—Lo que es mientras yo viva, que no piensen en ello.

—¿Por qué? —preguntó el médico.

—No sé qué les dan en las capitales —respondió Alfredo un poco confuso—; mi chica la mayor estuvo una vez y desde entonces no ha habido quien haga carrera de ellas. No les hable usted de quedarse aquí ni solteras ni casadas.

—Pues lo de tu yerno va en serio…

—¿Qué yerno?

—Pepe, ¿qué yerno ha de ser?

—¡Ah! Ya sé que andan enredando. Ellos, tan listos, creen que porque estoy en la cama no me entero de nada. No sé; igual sale cualquier día con que tampoco quiere casarse con él.

—Te apuesto a que ahora es distinto.

—¿Por qué tiene que ser distinto?

—Porque Pepe se piensa ir a la capital en cuanto pueda.

—¿Es verdad eso? —preguntó el médico.

—Eso me han dicho, al menos.

—¿Y qué piensa hacer?

—Montará algún negocio.

—Algún garaje, digo yo.

Alfredo quedó pensativo. Algunos de los invitados marchaban a la cantina.

—Si es así, yo no tengo nada que decir; que se vayan en paz; yo les daré su parte. Lo que no quiero es que mis hijas vayan a la capital a servir a nadie al menos mientras yo viva y tengan aquí su casa. Que no diga nadie que porque les faltó la madre cada cual tiró por donde quiso, ni que acabaron como Patrocinio en el hospital.

—¿Qué Patrocinio? —preguntó el médico.

—Una hija que se le marchó a Baltasar de casa.

—Yo creí que sólo tenía la niña y el chico enfermo... ¿Y de qué murió?

Alfredo bajó la voz:

—Dicen que de una úlcera en el estómago; pero la verdad es que acabó sifilítica perdida. Que lo diga éste si no.

—Ya lo creo —aseguró Antón—; yo la fui a ver porque su padre no quería ni oír hablar de ella y la madre me dio unas cosas para que se las llevara. Tenía la cara en los puros huesos y la piel como un papel de fumar. Se puso muy contenta cuando supo que su madre, al menos, se acordaba de ella. Me preguntó por todos los del pueblo y dijo que en cuanto se pusiera bien iba a volver a pedir perdón a su padre. La pobre no duró ni un mes.

—Y Baltasar, ¿qué hizo?

—¿Baltasar? Ya le conoce usted. Ni fue a enterrarla, ni dejó a la mujer que fuera. No ha vuelto a hablar de ella; como si no hubiera sido hija suya.

Se levantaron y siguieron a los demás contertulios hasta la cantina, donde se siguió bebiendo orujo, coñac y más café. Pronto se formaron dos bandos que se retaron a los bolos. Llevaron vino al castro y bebieron más. Los viejos aguantaban menos y habían perdido su habitual seriedad, charlaban, reían y se abrazaban contando chistes, gastando bromas a costa de los demás, en especial al novio. A uno de los que más fuerte reía le vino a buscar su nieta, y ante ella bebió tres copas seguidas de coñac.

—Ahora vas y se lo cuentas a tu madre —dijo.

Poco a poco todas las muchachas fueron levantándose, y el baile comenzó cerca de la fuente, en una porción de calle limpia y llana. Duró hasta las once. A esa hora, los que aún se hallaban medianamente serenos y la mayoría de las muchachas se retiraron; quedó en la cantina y por todo el pueblo el rumor de las voces y las canciones de los hombres. Manolo, como de costumbre, dejó una de sus habitaciones a los novios para que durmieran aquella noche, pero dos borrachos se metieron bajo la cama antes que aquéllos subieran, y una vez que los sintieron acostados la volcaron, levantándola sobre sus espaldas. Los dos cayeron abrazados al suelo. Antonio se levantó rápidamente y alcanzó con un vaso la cabeza de uno de los que huían. Hubo bronca, y durante media hora no le fue posible al médico dormir ni pensar en otra cosa que la boda y los borrachos. Por fin se hizo la paz y cada cual marchó a su casa. Lo último que oyó antes de dormirse fue la conversación de Manolo con los guardias que aquella noche subieron de vigilancia al puerto y se detuvieron un momento en la cantina.

Don Prudencio se apeó del tren con el maletín en la mano. El torbellino de la gente en la estación siempre le aturdía un poco al principio, impidiéndole encontrar la salida. Los dos empleados de abastos le miraron de arriba abajo detenidamente, pero cuando cruzó entre ellos vieron su pequeño maletín y le dejaron pasar sin decir palabra. Dejó atrás la estación. Ya estaba en la capital; aquello era vivir: calles lisas, bien pavimentadas, bares, teatros, gente bien vestida, automóviles y las macetas de albahaca luciendo en lo alto de las farolas, a lo largo de los paseos.

Cada viaje que hacía a la capital, cuando tras abandonar el tren enfilaba aquella avenida, las nuevas obras, los nuevos automóviles, el mayor desenfado de las mujeres en el vestir le fascinaban. Iba despacio, lejos del bordillo de la acera, paseando ante los escaparates, dudando muchas veces antes de cruzar la calle. Si la enfermedad no hubiese existido, habría gozado infinitamente más, pero esperar la sentencia del especialista le infundía pavor y no podía pensar en otra cosa la mayor parte del día.

Frecuentemente, en las últimas noches se despertaba bañado en sudor, presa de vértigos, como si el corazón, toda su sangre, le latiera en el cuello. No había querido avisar a Socorro por no asustarla y porque, a su vez, no le asustara más a él, ya que ningún remedio podía darle. Sentado en la cama, oyendo su propio aliento entrecortado en la oscuridad, esperaba a serenarse hasta que el sueño le rendía. A la mañana siguiente pretendía engañarse, atribuirlo a sus nervios, pero cuando de nuevo llegaba el crepúsculo todo su falso optimismo se le derrumbaba y los vértigos volvían.

Aún era temprano para comer y siguió mirando escaparates hasta que se cansó y fue a sentarse en la terraza de un café, en la calle principal, donde mayor era el tráfico. Nuevas tiendas, lujosas, para ricos; la gente vistiendo trajes frescos y elegantes; una nube de edificios grises, a medio terminar en las afueras. Todo lo construían con cemento; había profusión de pilares armados en todos los solares, como si una gran prisa por edificar hubiera hecho surgir de la tierra aquellos frutos colosales. No entendía de negocios, pero comprendía por qué los jóvenes luchaban por venir a la capital, por qué abandonaban la tierra y la familia para ir allí a establecerse.

Desde el fin de la guerra la ciudad que crecía pausadamente, al compás de otras muchas capitales de provincia parecía haber dado un salto, el rápido estirón de la pubertad. Los que hasta entonces guardaban su dinero en los bancos limitándose a cobrar las rentas, sintieron la comezón de los negocios, y los comerciantes modestos de antaño se embarcaron en arriesgadas empresas que dejaban jugosos beneficios. Sus modestas tiendas desaparecieron bajo enormes y dorados letreros que ostentaban su nombre, y los pobres, los que aún no habían conseguido guardar un céntimo de aquella fortuna que sobre la ciudad se abatía, esperaban ojo avizor, porque era seguro que entre tanta riqueza algo habría de tocarles. Ya no era como antes, cuando el dinero venía a las manos tras largos años laboriosos; ahora podía comprarse un hotel en el barrio más caro por dos o tres golpes de suerte, y un lujoso automóvil, de los que se alineaban a la puerta del recién fundado club de tenis, por un telefonazo a tiempo. Muchos, la mayoría, habían empezado con nada para subir rápidamente, haciendo crecer la ciudad sin proponérselo; a otros la corriente les ayudó, les abrió nuevo camino, alzándoles hasta donde se mantenían.

Y todo lo viejo: la catedral, la plaza mayor, que ya no era la mayor, sino la más antigua, las casas ornadas de escudos y barrocas ventanas, las calles umbrosas donde dormía el silencio huido, aferrado a las piedras muertas, quedó a un lado envuelto en un halo de respeto y afectuosa indiferencia.

Don Prudencio se preguntaba si el hijo del casero, que según le habían dicho pensaba ir allí a establecerse, llegaría a ser algún día uno de aquellos que todo el mundo saludaba, invitados constantemente a la mesa del gobernador, admirados, distinguidos sobre los demás como hijos predilectos de la villa.

Se encaminó a casa de su hermano. Las calles se iban quedando desiertas porque la gente se retiraba a comer y descansar, aguantando del mejor modo posible las horas del calor. Luego, a última hora de la tarde, el paseo se animaría de tal modo que los coches habrían de desviarse a las vías cercanas, hasta las once. La plaza mayor ya no estaba céntrica y habían pasado los tiempos en que los elegantes deambulaban bajo sus soportales. En sus cafés sólo se reunían carniceros y tratantes y algunos habían cerrado por falta de clientes, después de haber visto pasar por su terraza, año tras año, a todas las personalidades de la capital y la provincia.

Encontró el portal fácilmente y sintió un pequeño alivio, en su frescor, dentro. Abrió las puertas del ascensor, pero cuando iba a entrar vio al portero que le llamaba.

—No están, no están.

Retiró la mano de la cancela.

—¿Qué dice?

—¿Va a casa de don Joaquín?

—Sí.

—Pues no está.

—¿Que no está?

—No, señor. Su hermano no está.

Don Prudencio enmudeció; no contaba con que aquel verano se marchara a la sierra tan pronto.

—¿Venía a verle?

Don Prudencio asintió con la cabeza.

—Se marchó el viernes, con la mujer y los niños.

Casi se enfureció. Marcharse de improviso, sin ponerle unas letras. Miró la estúpida cara del portero que le invitaba tácitamente a marcharse.

—Bueno —el portero cerraba ceremoniosamente las puertas del ascensor—. Adiós, gracias.

—De nada, adiós.

Ahora tendría que buscar un lugar donde se pudiese comer por poco dinero y pronto, porque la consulta era a las cuatro, y no le quedaba más que una hora escasa. Pensó en preguntar al portero, pero por no volver y aguantar de nuevo su cara impertinente decidió meterse en el barrio viejo, donde seguramente habría alguna taberna donde se comiese barato.

El gesto de su hermano le había entristecido, porque era el único familiar que le quedaba y aquel despego le dolía en el alma. Quizá le hubiese escrito y la carta no había llegado.

«No —se dijo—, sólo se pierden las cartas que no se escriben.»

Los minutos transcurrían y la taberna tardaba en aparecer. Intentó apresurar el paso, pero el calor y su corazón le hicieron detenerse. Se enojó de nuevo y maldijo a su corazón como antes a su hermano. Al final de la calle un cartel rezaba: «Casa Fidel. Vinos».

Entró. Se acercó al mostrador preguntando:

—¿Sirven aquí comidas?

—Sí, señor, pase por aquí.

El hombre cruzó bajo el mostrador y le condujo, empujando una cortina de varillas, al interior de la casa.

Una gran claraboya iluminaba la escalera atravesada por amplios corredores en los descansillos, abiertas de par en par las puertas de las habitaciones. Todas se hallaban vacías, sin ningún mueble a la vista, excepto la primera, donde tres hombres fumaban en torno a una mujer, contemplándola con ávidos ojos. Él también la miró; fumaba como los hombres. Con una pierna sobre otra, la falda más arriba de la rodilla, el pelo tirante, negro, sujeto atrás con un moño. Sólo le oyó decir:

—Ésa no es hembra para…

El hombre se detuvo. Don Prudencio vio tres mesas cubiertas de manteles blancos.

—En seguida le atienden.

Subió una mujer que le recitó la carta de memoria.

—Si quiere algo distinto, se le puede hacer.

Don Prudencio se contentó con el plato del día. Al salir ya no vio a la mujer, ni a los hombres de abajo; pagó y se fue a tomar café a uno de cantantes.

Desde la mesa de enfrente, bajo los espejos sucios y empañados, alguien le miró con fijeza, pero él desvió la vista porque en el estado de ánimo que se encontraba aquellas miradas le entristecían más. Ya sabía, de otras veces, lo que venía luego: se sentaría a su lado pidiéndole un cigarro o rogándole que le invitase a una copita. Miró su figura, reflejada en el lejano espejo. Su hermano se había ido y todo lo que le quedaba eran aquellos ojos mirándole desde el otro lado.

Le vino Socorro a la memoria. Ésa, al menos, le quería. ¿Le querría verdaderamente? Nadie era capaz de averiguar qué pensamientos pasaban por aquella cabeza. Hablaba poco y siempre impersonalmente, como tomando ante la vida una actitud pasiva. Tenía que quererle porque siempre se había portado bien con ella. Tenía que comprar el vestido. Miró el reloj que le trajo el recuerdo desagradable de la consulta que debía estar empezando. La había olvidado y ahora le molestaba más. A medida que se aproximaba a la casa del médico, la fatiga, el calor y el miedo le sumían en un estado de mal humor, de queja penosa y desesperada.

Mientras lo reconocía, el doctor hacía pausas que le asustaban. En la oscuridad le abandonaba, sentado en la silla, el pecho huesudo y canoso al aire, para consultar su ficha. Seguramente —pensaba— parte de su enfermedad se debía a aquellas pausas en que el corazón golpeaba con tal ímpetu en el pecho que temía verle saltar fuera, vivo y sangrante. Las manos pulcras, de uñas brillantes, inmaculadas, descansaban ahora sobre la mesa.

—Vístase.

Lo hizo torpemente, apresurado.

—¿Con quién me dijo que vivía?

Dudó un momento.

—Solo. Tengo una criada.

—¿Tiene familia?

—No. Sí...

—Algún hijo...

—Un hermano. ¿Es que estoy peor?

Ahora fue el médico quien dudó un poco.

—No se asuste, porque no tiene importancia; lo que hace falta es que se cuide.

Estaba asustado; no veía sino la cara del doctor, sus labios que le condenaban.

—Hay mucha gente que está en su estado y vive mucho tiempo. Lo que tiene que hacer es moverse poco. ¿No podría volver con su hermano?

—No está aquí.

—Habrá, por lo menos, médico en el pueblo de usted.

—Sí, sí, señor.

—Vuelva a su casa y haga el reposo que pueda —le tendió una hoja de bloc escrita de su mano—. Le da esto; él sabrá qué ha de hacer.

Recogió la nota y se dirigió a la puerta acompañado del médico, que le dio un golpecito cariñoso en el hombro mientras salía.

—Anímese.

En el pasillo se cruzó con un joven delgado y decidido. Le vio entrar serio y cortés, ligeramente indiferente, dando a entender, a todo el que quisiera mirarle, que sólo iba por algo sin importancia. Por un momento don Prudencio le odió; luego, el recuerdo de su desgracia vino de nuevo a atormentarlo, hasta que, fuera de la casa, los ruidos de la calle, el tráfico y la gente le levantaron los ánimos un poco. En el portal sacó lo que creía una receta, pero era la letra tan enrevesada que no consiguió descifrar sino algunas palabras carentes de sentido. De todos modos, aun sin entenderla, constituía una esperanza, y la guardó cuidadosamente en la cartera. Se detuvo ante un escaparate de tejidos. Vio telas de colores vivos, tan distintas a las que las mujeres llevaban en el pueblo, y algunos vestiditos de niña puestos en maniquíes de cartón.

Entró; le preguntaron con amabilidad qué deseaba. Quería un vestido para una muchacha de unos veinte años. ¿No sería mejor llevar el género y que en el pueblo la modista se lo hiciese? No, en el pueblo no había modista. ¿No podría traer a la muchacha para tomar las medidas y confeccionárselo allí mismo? No, no podría traerla. Bien, mirarían a ver si encontraban algo de lo que el señor deseaba. En tanto, ¿sería tan amable de sentarse y esperar un poco?

Se sentó y esperó. Al cabo de diez minutos volvió la dependienta con varios vestidos terciados al brazo y los fue extendiendo uno tras otro sobre el mostrador.

—Ése, ése le sentará bien.

La empleada era joven; se lo echó por encima y don Prudencio pensó en el cuerpo de Socorro ceñido por aquella seda azul.

—Sí, ése.

Sacó dos billetes de la cartera, pero la empleada se los rechazó amablemente:

—En caja, por favor.

Tras un lento peregrinaje por el fondo de la tienda, se lo envolvieron y salió a la calle rumbo a la estación. Pudo tomar el billete sin prisas y encontrar asiento en el vagón, colocando en la rejilla el maletín y la caja con el vestido.

Pepe, en la estación, aguardaba la llegada del tren. Encontró a César en la cantina y se invitaron mutuamente. Llevaban unos cuantos chatos dentro del cuerpo cuando sonó la campana anunciando que el tren había salido de la estación vecina.

—Ya viene ahí el jefe —pagó y salió con César, que hizo otro tanto.

—Bien le sacas los cuartos.

Entraron en el despacho del jefe de estación y hojearon el periódico. El jefe preguntó a Pepe cómo iban las cosechas arriba y éste contestó que regular solamente. César intervino diciendo que eran malas tierras y que a pesar de que las abonaban todos los años estaban muy agotadas.

—¿No las dejan descansar ningún otoño?

—¡Ca! —repuso Pepe—. Si hiciéramos eso tendríamos que ayunar ese año.

—Usted se cree que los pueblos de arriba son como los de la Ribera —explicó César, mientras dejaba el periódico sobre la mesa—, y eso que el de Pepe no es de los peores...

—¿Qué? ¿Los hay peores?

—Sí.

—Ya lo creo, pasando Asturias los hay que ni se ven. Va usted andando por el camino, y de pronto, sin darse cuenta, está en el tejado de una casa.

—Y eso ¿por qué?

—Hombre —respondió César riendo—, pues porque el terreno está así —puso la mano vertical sobre la mesa—. Figúrese cómo será aquello, que cuando la carretera llegó a la Raya no pudieron seguir porque se les caían los peones al río...

Cuando terminaron de reír, el jefe, que era de Bilbao, estuvo contando cosas de su tierra hasta que el silbido de la máquina les hizo saber que el tren entraba en agujas.

Oscurecía. Pepe encendió los faros y esperó fumando. Don Prudencio no tardó en llegar. Venía meditabundo.

—¿Hace mucho que esperas?

—Un rato sólo.

Se aseguró de que las puertas estaban bien cerradas y arrancó. El paisaje oscuro, limitado al fondo por la silueta de las montañas negras, comenzó a desfilar, blanco, revelado de improviso por los faros del coche como el negativo de una fotografía.

Al llegar a su casa, don Prudencio trató de introducir la llave en la cerradura, pero la puerta cedió con suavidad, abriéndose por completo hasta tocar la pared. La escalera estaba en tinieblas. Llamó:

—¡Socorro!

La casa continuó muda, y aunque repitió la llamada no obtuvo ninguna respuesta. Entró en la cocina y al dar la luz tres moscas revolotearon en torno a la bombilla. Todo estaba en orden, en un orden riguroso y frío, como debía hallarse el día que se usó por vez primera. Las cacerolas relucientes alineadas con los pucheros en los vasares vestidos de papeles limpios; las dos sartenes inmóviles, colgadas; la madera recién fregada y el piso barrido. Aquel orden y limpieza le parecieron de mal augurio y lo que le llenó el corazón de turbios presentimientos fue ver sobre la mesa la otra llave, que la muchacha solía llevar consigo al salir y que nunca había abandonado desde que entrara en la casa. Tuvo que sentarse; las sienes le batían locamente; sudaba. El brillo de los cacharros alineados, el olor de la madera limpia anunciaban con toda certeza lo que acababa de suceder. De pronto le conmovió una tenue esperanza y llevó la mano al bolsillo; todo su ser se concentró un instante en el tacto de aquellos dedos, en el ciego deseo de que se hundieran en la nada; pero fatalmente allí estaba la otra llave, y no cabía duda alguna, la que descansaba sobre la mesa era la de Socorro.

Se había marchado. Al instante pensó en el médico y sus visitas al atardecer. Inconscientemente se llevó la mano a la cartera donde seguía guardando la receta.

Estaba desolado, sin saber qué decirse, como si tuviera que justificar ante sí mismo aquel suceso. Veía la habitación a su alrededor, silenciosa, y no acertaba a explicarse cómo le podía haber ocurrido aquello. Nunca le había parecido el pueblo tan vacío y en calma. Se asomó a la ventana y la luz de Manolo se le antojó un alivio. El reloj del comedor dio once campanadas que bajaron retumbando hasta sus oídos. Pensó: «Las once, nada más que las once». Trató de engañarse. Quizás hubiera tenido que marchar lejos, a algún pueblo vecino, a alguna fiesta. Pero él sabía que se estaba mintiendo, que no tenía parientes en ningún pueblo, y que a aquella hora todas las mujeres estaban en sus casas, y para mayor certeza, allí descansaban los cacharros fatídicamente inmóviles.

No quería rendirse; apartó de sí la caja con el vestido y subiendo fatigosamente la escalera entró en el cuarto de la muchacha y alzó la tapa del baúl, que en un amplio bostezo le ofreció su fondo vacío. Entonces se declaró vencido; fue a su cuarto, y a tientas, sin encender la luz, se metió en la cama. Por la ventana, de par en par, le llegaba el susurro del río. Respiró hondamente. Un ave nocturna cantó a lo lejos.

El pájaro volvió a cantar, agitó las alas mansamente y se lanzó al aire remontando el espacio frente a la iglesia. Cruzó sobre el corral; su sombra oscura bajo las estrellas se meció un instante frente a la casa de Pilar, y finalmente, pasado el río, fue a posarse en el tejado de Amador.

Amador miró a su hijo bajo la sábana, dibujado su cuerpo por los blancos pliegues, inmóvil y lejano. Junto a la cama, sobre una silla, estaba la cena intacta.

—Cena un poco.

—No.

El cuerpo giró en la cama con gran trabajo y descansó de costado. Una red de gotas rutilantes le cubría, y el pelo, negrísimo, brillaba también a la luz de la bombilla.

—¿Qué te pasa?

El muchacho no contestaba.

—¿No quieres nada?

Lo único que deseaba era quedarse solo; la presencia de su padre le irritaba de tal modo que hubiera querido gritar, saltar de la cama para decírselo; estaba cansado, agotado de dar vueltas entre las sábanas, cubierto de sudor. Cuando la puerta se cerró, aún tuvo fuerzas para gritar:

—¡Apaga la luz!

En la oscuridad su desasosiego cobró nuevos ímpetus; le acometió un súbito deseo de llorar: «¡Ojalá me muriera esta noche!», se dijo, y al instante se asustó de su pensamiento. Alzó la sábana y miró sus piernas inmóviles; le pareció que su cuerpo se prolongaba indefinidamente. Pensó: «Peor, peor, peor», y le acarició con dulzura. Miró los cuadros colgados a ambos lados de la puerta; no importaba que la oscuridad se los velase casi por completo, porque los conocía bien, guardaba en su memoria todos sus detalles, formas y colores. Le recordaban la tarde en que le llevó al cine su padre, luego que el médico de la capital le reconoció. Era un hombre ya de edad, muy amable, que les prestó una silla de ruedas, gracias a la cual, y en uno de los pasillos de la sala, pudo ver las dos películas que proyectaban. Caballos más finos y veloces que los del pueblo, dos barcos que bogaban cubiertos de blancos penachos, y una extraña tierra donde los hombres vestían de blanco, paseando bajo árboles desconocidos.

Oyó a su padre acostarse en el cuarto de al lado. Casi le detestaba. Se empeñaba en hacerle comer, quería saber por qué hablaba apenas los últimos días, por qué su única obsesión era quedar solo. Intentaba darle ánimos:

—Si te vas a poner bien... Ya verás cómo con este médico acabas levantándote.

La criada hacía coro repitiendo las palabras de Amador, hasta que él, aburrido, les pedía que se marchasen, y se iban apesadumbrados. Apretaba entonces la cara contra la almohada y lloraba. Aquella misma tarde, el murmullo del agua bajo su ventana y la voz bronca de dos asturianos que bajaban cantando le habían hecho estremecerse, y, poco después, recordando el galope de sus caballos a la entrada del pueblo, imaginando las ancas tensas y poderosas, una embriaguez desconocida había estallado en su pecho, y por un instante, como si en su piel, en su carne, una nueva y maravillosa vida hubiese despertado, una ráfaga repentina de nuevas sensaciones le había envuelto, transformando la habitación, el aire, las mismas voces, sus manos, su cuerpo, dejándole transido.

El crujido del jergón en el cuarto contiguo le indicó que su padre tampoco dormía. Seguramente pensaba en él. Si antes le amaba ciegamente, ahora le detestaba. ¿Por qué le había mentido acerca de su enfermedad y de todas las cosas? Le había hecho creer que se curaría, y el tiempo pasaba y no llegaba mejoría ninguna.

Sentía tal anhelo de verdad, de no ser engañado, que de sus labios hubiera oído con gusto la sentencia a inmovilidad perpetua, pero nunca cesaba de repetir las mismas palabras: «Vas a curarte, vas a curarte, vas a curarte», y los médicos y la criada: «Paciencia, paciencia, paciencia», como si la paciencia fuera capaz de arreglar todos los males de este mundo.

El lunes, a la tarde, después de la boda, cuando las muchachas volvían de la comida a dormir un poco, antes del baile, había oído su conversación bajo la ventana. Por su costumbre de conocer a las personas en la voz supo en seguida quienes eran: una hermana del novio, la pequeña de las hijas de Alfredo, y la tercera la criada. Debieron creer que la ventana se hallaba cerrada, porque hablaban despreocupadamente en voz alta, riendo fuerte. Se habían divertido mucho y aún pensaban pasarlo mejor a la tarde. Hubo una serie de palabras y alusiones que no comprendió bien; luego la criada dijo:

—Menuda renta; me mea el colchón todos los días; en mi vida lavé tantos pañales como ahora.

Las tres rompieron a reír; una agobiante sensación de vergüenza le hizo enrojecer súbitamente, y de haber podido hubiera cerrado la ventana aun a riesgo de ser reconocido. De pronto cesaron las risas, oyó pasos en el huerto y a poco la voz de su padre preguntándoles si pensaban bailar mucho, luego. Le respondieron que hasta caer redondas, y había en sus palabras, a pesar de la broma, un tono de respeto que le llenó de amargura. Cuando entró en su cuarto y le contó lo que había oído, Amador le respondió que Carmen le quería mucho y que si había dicho aquello habría sido refiriéndose a otro muchacho, y no a él precisamente; pero él sabía de qué muchacho se trataba, y en su imaginación veía los ojos de la criada señalando su ventana. No, Carmen no le quería y su padre no decía verdad hablando así.

Vino a traerle la cena, y la observó atentamente, esperando algún gesto, alguna palabra que justificase las de antes, pero ella le colocó con cuidado la bandeja de la comida sobre la silla, y, como siempre, le animó a que comiera. La miraba con tal expresión de asombro que una vez le preguntó:

—¿Qué te pasa? ¿Por qué me miras así? —y la voz era, como siempre, reposada, amable, cariñosa.

Aquella noche no cenó; le atenazaba una sombría tristeza; si todos le mentían, si le daban la espalda, ¿a quién dirigirse en su anhelo de amor, verdad y pureza?

Cuando el médico despertó, ya el sol, desde la cima de los montes, había bajado al pueblo. Se entretuvo pasando revista a los detalles de la alcoba; al suelo de pino, claro y leve, que se combaba un poco al pisar sobre él. Los listones estaban bien ajustados, pero los ruidos de abajo llegaban nítidos. Podía oír a Socorro en la cocina, y de haber un pequeño resquicio hasta la hubiese visto.

—¿Es muy tarde? —le preguntó.

—Ya hace un rato que da el sol en el pueblo.

—Ahora bajo.

Tendido aún, miró a través de la ventana el cielo azul lechoso, ligeramente cubierto. El sol se disolvía en brumas brillantes que daban al aire una rutilante claridad. Fijó los ojos en el muro blanco, ornado con una cenefa lila a un metro del suelo. Había una repisa de madera, pintada de ocre oscuro; todo limpio, como la mesilla de noche retorcida en barrocos detalles, con placa de mármol.

Se levantó; el agua estaba fresca en la palangana y notó que la cara le ardía después de secarse. Entró en la cocina, abotonándose la camisa.

—¿Hace mucho que te levantaste?

—Un poco.

El café humeaba entre la hogaza de pan y un rollo amarillo intacto, de manteca. Socorro se había sentado al otro lado de la mesa. Allí la tenía, suya ahora; le pertenecía, y no había por qué atormentarse pensando en don Prudencio. Se entretuvo contemplándola mientras cortaba el pan, dejando resbalar sobre ella sus ojos como una prolongada caricia.

—Y tú, ¿desayunaste?

—Sí.

—¿Seguro?

—Nada más levantarme.

Dejó el pan sobre la mesa, y, al inclinarse, el sólido pecho acusó bajo el chal sus formas redondas. Aquello era la vida: la casa, aunque no aquélla; la casa, la mujer, los hijos…

Llamaron a la ventana. Socorro abrió y la cara de Isabel se recortó en ella. No hizo el menor gesto de asombro al verla allí; se limitó a preguntar:

—¿Está el médico?

—Sí, pasa.

Isabel dio vuelta por el corral y entró en la cocina.

—Buenos días, que aproveche.

—Gracias. ¿Está peor lo de la pierna?

—No, no le pasa nada. Dice que le prometió a usted una trucha y que si tiene libre la mañana va a buscar el aparejo.

El médico sabía bien de qué aparejo se trataba. Dudó; temía que los guardias le encontrasen con un hombre que manejaba una pistola sin licencia.

—¿Usted sabe qué trucha es?

—Me habló algo de eso el día de la cura…

La chica se mostró preocupada.

—Pero ¿cómo quiere ir a pescarla en pleno día? Yo creo que mi padre no rige. No estará contento con lo de la otra noche.

Miró a Socorro, pero ésta no parecía haberse apercibido de sus palabras.

—¡Cuándo se secará este maldito río! —suspiró—. Todas nuestras desgracias nos vienen del vicio que tiene mi padre por las truchas.

—¡Mujer…! —exclamó Socorro.

—Sí, señor, vicio —gritó exasperada—; no me desdigo. Eso es un vicio. Ya verás el día que el guardián lo coja; nos va a poner una multa que no la levantamos en quince años. —Hizo una pausa para calmarse, y dirigiéndose al médico—: ¿Por qué no le dice usted algo? Dígale que ya no tiene edad para andarse metiendo en el agua, que le va a venir alguna enfermedad. A usted le hará caso.

—¿Tú crees?

—Si usted supiera cómo baja ese río en invierno... Da miedo, le juro que da miedo.

El médico apuró el último sorbo de café. Se justificó:

—No me va a hacer caso, pero vamos allá.

Se levantó, e Isabel le siguió hasta la puerta. Isabel parecía más animada.

—Si consiguiera convencerle... Métale miedo con alguna enfermedad.

Se volvió:

—Adiós, Socorro.

—Adiós.

El cielo, cubierto de nubes blancas, cenicientas, brillaba amenazador. El cuerpo se sentía atraído a la tierra, y hasta el caminar se hacía trabajoso.

—¡Qué bochorno!

—Es la nube. Va a haber tormenta.

Repentinamente rompió a llorar:

—Ya ve —decía con rabia—, el pan en la era, que nos lo va a coger el agua, y él se va a pescar. Dígame si no es ofender a Dios eso.

El médico no sabía qué decir para consolar a la muchacha. Al fin, secó sus lágrimas con el delantal, y cuando entraron en el corral desapareció en la casa apresuradamente.

—Qué; ¿tiene algo que hacer esta mañana? —preguntó Alfredo al médico.

Dudó un instante.

—No.

—Espere que acabe esta trilla; en cuanto echemos la siguiente, nos vamos.

—¿No sería mejor dejarlo para otro día?

—No puede ser.

—¿Por qué?

—¿Lo dice por los truenos?

—Claro; le va a coger todo este trigo en la era.

—¿Qué trigo?

—Éste.

Pasó la mano sobre las gavillas alineadas sobre la cerca.

—Eso es centeno.

Hubo un silencio. El médico se preguntó si Alfredo adivinaría su anterior conversación con la hija. Le molestó que pudiera conocer sus intenciones.

—Tenemos que ir hoy. Hay que ir un día nublado como éste.

—¿Es que no sale si no?

—Nos ve.

El girar de los caballos sobre la paja y el ruido de los cascos triturándola, levantaba un rumor continuo que hacía a los hombres hablar forzando la voz, casi gritando.

Sobre la cerca de la era vecina apareció la cabeza de Antón, luego sus brazos, y por fin, quedó apoyado en ella, como en el pretil de una ventana.

—Ésa no la coges tú.

Alfredo se volvió a mirar al nuevo interlocutor, pero no dijo palabra.

—Ese animal sabe más que todos nosotros juntos

—se dirigió al médico—: Probaron a pescarla con caña y les escupió el anzuelo por tres veces.

—Es que con caña no hay quien la saque —apuntó Alfredo.

—¿Y qué? ¿No le echaron polvos de gas y cal y no sé cuántas cosas más? —se dirigió al médico de nuevo—: Cuando la guerra tiraron en el pozo una bomba de mano y creyeron que la habían matado, pero a la semana siguiente ya andaba otra vez por allí. Se conoce que se había escondido en alguna cueva de las del fondo. Los guardias también anduvieron tras ella —abrió la boca en un bostezo profundo—, el sargento le tiró dos veces con el mauser —se detuvo—. Bueno, voy a ver qué hace mi mujer.

Desapareció tras la tapia, al tiempo que un nuevo trueno retumbaba sobre la montaña. Alfredo miró al cielo.

—Esto es amagar y no dar —pero el aire estaba cargado de electricidad y los caballos no paraban en la trilla, relinchando sin cesar. Un gallo cantó a lo lejos sordamente, con un graznido seco y quejumbroso. Alfredo miraba a veces la nube rutilante. Dijo—: Ya está —y sacó con prisa los caballos. Llamó—: ¡Isabel...!

La muchacha vino corriendo, los ojos secos como si nada hubiera ocurrido.

—¿Qué quiere?

—Vamos a echar la otra trilla.

Entre las dos chicas y él pronto estuvo extendida.

—¡Hala! Meter los caballos. Tú, Consuelo, coge el ramal. Cuando se canse, te pones tú —se dirigía a Isabel—. Yo vengo en seguida.

Hizo una seña al médico, que contemplaba la operación sentado en la parte de la cerca que daba a la casa, y éste, mientras se bajaba, cruzó una mirada con Isabel dándole a entender que no podía hacer nada.

Salieron, cerrando cuidadosamente la cancela, y cruzaron el río hasta la fonda. Ver el pueblo de nuevo desde la otra orilla le produjo al médico la sensación de que su vida era como el primer día, antes de conocer a Socorro, don Prudencio y los otros, de que nunca se había movido de la fonda. Su vida —pensaba— sólo tenía de común con el pueblo el primer día y el último: el día en que llegó por vez primera en el viejo coche de Pepe, para vivir solitario entre la mujer y los dos hermanos; y el último, el lunes anterior, cuando a la tarde, a la hora de las borracheras, igual que un ladrón, se había acercado a casa de don Prudencio a robarle la muchacha. Las semanas intermedias se disipaban y confundían en una serie de días calurosos, plenos de tedio, recuerdos y deseo.

Manolo le preguntó qué tal le iba en la otra casa. Le contestó que bien. Tampoco le hizo ninguna alusión a Socorro; únicamente la mujer le miraba y guardaba silencio. Le sostuvo la mirada un momento y luego fingió interesarse en la conversación de Alfredo. Aquellos ojos no le juzgaban; parecían tan sólo interrogarle desde una especie de prevención respetuosa.

Alfredo decía «el instrumento» cada vez que debía referirse a la pistola, acompañando la palabra de un tono jocoso, pero Manolo tardaba en decidirse, se hallaba confuso y miraba constantemente al médico en demanda de ayuda, y éste, pensando en el bochorno que les esperaba fuera y lo que tendrían que andar hasta el pontón, recordando a las dos muchachas en el círculo ardiente de los caballos, no podía disimular su mal humor.

Al fin, Manolo se decidió, rezongando:

—Esto me sale a mí caro, ya verás... —le dijo a su mujer inmóvil, pero hablando en realidad consigo mismo—. Como le cojan no hay quien nos quite veinte años de encima a cada uno.

—¡Qué me van a coger...!

—Mira que en días como este es cuando sube el guarda.

—¡Déjale que suba!

—Veremos —repuso Manolo sombrío—. Anda, tráela.

La mujer entró a buscarla.

El médico, viéndola obedecer, se dijo que debía guardar sus amonestaciones para cuando se encontrara a solas con el marido.

Sacó la pistola envuelta en un montón de papeles grasientos, colgando, apuntando al suelo desmañadamente, y la depositó sobre el mostrador.

—Aquí está.

Su gesto de reconvención entristeció a Manolo.

Alfredo la ocultó bajo la camisa con los mismos papeles. Dijo al médico.

—Vamos.

Y salió, saludando al matrimonio. La mujer, fijos los ojos en la puerta, no respondió, y Manolo se limitó a repetir sus palabras:

—Hasta luego...

Salieron a la carretera, y sin cambiar una palabra la enfilaron juntos cuesta abajo. Cruzaron ante las últimas casas y el médico no pudo menos que mirar al otro lado, la de don Prudencio. Parecía deshabitada; ni un destello de vida se percibía tras el balcón entornado. Estaba seguro de haber oído a la noche el ruido del auto, pero el viejo podía haber quedado en la capital a arreglar algún asunto. Si estaba tan enfermo como la mujer de Manolo decía, era fácil que el especialista se decidiera a tenerle en observación. Estuvo a punto de preguntar a Alfredo si le había visto, pero prefirió seguir andando a su lado silenciosamente.

Llegando al segundo recodo de la carretera, Alfredo se desvió a la izquierda. Saltaron una tapia medio derruida, cubierta de alambre espinoso, y fueron a salir al antiguo camino: un sendero brotado de cardos, ancho como para dar paso a un carro, marcado por dos rodadas paralelas. Seguía junto a la carretera y a poco se desviaba hacia abajo, buscando el río. Siguieron descendiendo, y el río con ellos, hasta atravesar una trinchera en forma de «uve» agudísima, en cuyo fondo tronaba el agua. La tierra que pisaban era apenas ya una estrecha cornisa, cubierta a trechos por zarzas y cascos de pizarra. El médico evitaba mirar abajo, pero Alfredo andaba con poco cuidado, como quien va por terreno conocido, hasta que llegó al fondo y hubo que saltar sobre las grandes lávanas que el río arrastra, brillantes, cubiertas de verde limo. Allí el agua huía velozmente, entre ensordecedores remolinos de espuma, clamando entre las paredes. Por primera vez desde que salieran, Alfredo se volvió para hablar a su acompañante:

—¿Sabe cómo llaman a este sitio? —El médico negó con la cabeza—. Los infiernos... —y esbozó una sonrisa.

El agua seguía precipitándose a sus espaldas como una catarata. Olía a humedad, a limo, y un viento frío corría encañonado. Miró arriba; todo estaba oscuro como abajo, sólo una estrecha franja de cielo blanquecino.

Bajo el arco del pontón —un puente que aún se utilizaba a pesar de su ruina progresiva— el agua se detenía girando en amplios círculos. Más allá, donde la garganta se abría y la pendiente era menos violenta, vio el médico tierras labradas en las mismas paredes, pequeñas parcelas de menos de cinco metros de anchura, prolongadas siguiendo la curva de los repechos hasta lugares inverosímiles.

—¿De quién son esas tierras?

—Del pueblo...

—Pero ¿dan algo?

—Algo se saca.

En una de ellas una vaca pastaba tranquilamente entre las patatas, al borde de la sima, a buena altura sobre ellos. El animal les miró sorprendido cuando aparecieron ante su hocico, como surgidos del abismo, y obedeciendo pausadamente a los gritos de Alfredo desapareció camino del pueblo.

—No es la primera que se mata aquí —comentó Alfredo—. Vienen huyendo del calor a comer la hoja de las patatas.

El médico no le escuchaba, contemplaba absorto aquel pedazo de tierra a sus pies, donde cuatro surcos pequeños y mezquinos, colgando sobre la negra muerte en la soledad de la garganta, obligaban a un hombre o a una mujer, o a un niño, a venir del pueblo a trabajarlos y cuidarlos el verano entero, quizá solamente para que los animales lo comieran.

—¿De quién es?

—¿Ésta? De Antonio.

—¿El que se casó ayer?

—El mismo.

—¿Y aquélla?

—De Antonio también.

—¿Todas son de Antonio?

—Los pobres se tienen que contentar con las peores.

El médico se dijo que era bien triste cosa ser pobre

en un pueblo de pobres. Preguntó a Alfredo por qué Antonio no sacaba más dinero de la herrería.

—Sacar, saca; pero una buena tierra da en un verano lo que la herrería en tres años, y las que él tiene no valen nada. Además, son pequeñas, en dos días todo el pan que recoge lo tiene en casa. Buena le espera...

—¿Por qué? ¿Por casarse?

—Ya verá cuando empiezen a venir los críos. Más les valía no nacer...

—¿Por qué, hombre?

Alfredo se había vuelto y le miraba con firmeza, casi con rencor.

—Para pasar hambre y miseria toda su vida, para eso se casaron.

Las voces sonaban bajo el puente. El médico se inclinó sobre el agua y Alfredo le hizo enérgicas señas de que se apartara.

—¿Es aquí?

—Sí —replicó en voz baja.

El agua giraba mansamente, formando círculos de un color verdoso, transparente, casi negro, dejando en su centro una espiral de burbujas, residuos y blanca espuma.

—¿Qué profundidad tiene?

—No se sabe.

Alfredo se había colocado de tal modo que su cuerpo no proyectaba sombra sobre el agua. Al médico le sorprendió aquello, puesto que el día estaba nublado, pero supuso que la claridad del día sería suficiente y se apresuró a imitarle, tendiéndose sobre una de las lávanas. El pozo, visto a ras de agua, sólo su superficie, impresionaba menos, pero, de todos modos, pensando en Alfredo por aquellos parajes, en las noches sin luna del invierno, se estremeció y comprendió los sobresaltos de

Isabel y Consuelo. Le vio observar atentamente el agua; tenía la pistola en la mano derecha, montándola con cuidado. Pasaba el tiempo y todo seguía igual: ambos pegados a las piedras junto al agua, tratando de penetrarla con la vista, el mismo ruido en los saltos, y los ecos bajo el puente. El médico se dio media vuelta y aunque notó en la espalda el frío de la piedra, estuvo un buen rato contemplando el cielo, más turbio que antes, y los estribos del puente cubiertos de musgo viejo y flores amarillas. Formaba un arco perfecto, y, a pesar de que sólo se conservaba el esqueleto, sus restos revelaban una construcción robusta y armoniosa de la que carecían los del pueblo. Era la única huella de la mano del hombre en aquel recodo solitario, sobre el pozo sombrío, como si el destino de ambos estuviese unido desde siempre.

Alfredo seguía inmóvil, la cabeza ligeramente alzada. Repentinamente se incorporó, y el médico, siguiendo la dirección de la pistola, creyó ver en el fondo una sombra alargada, como una negra rama enmohecida de las que arrastra la corriente.

La detonación le sobresaltó; vio a Alfredo incorporarse en un salto y, apuntando de nuevo, disparar otras dos veces, luego dejó caer los brazos con desaliento.

Cuando los ecos se hubieron apagado a lo largo del río, el médico le gritó:

—¿No le dio?

El otro se volvió desolado, negando con la cabeza.

Estaba guardando el arma y miraba el agua cuando el médico se le reunió.

—Si le llego a dejar y sube un poco…

El médico deseaba salir del río cuanto antes, tenía en los oídos el ruido de las detonaciones y no comprendía cómo Alfredo esperaba que no las oyesen desde la carretera.

—A esa profundidad es muy difícil acertarle. El agua engaña mucho.

—¡Que si engaña!

—¿Nos vamos?

—¡Qué remedio! Hasta dentro de una semana no vuelve a salir.

Empezó a llover. El río parecía hervir en minúsculas burbujas. Treparon aprisa para alcanzar la carretera, pero a media pendiente la lluvia arreció, amenazando calarles por completo. Alfredo maldijo varias veces.

—Hay que esperar a que escampe. Vamos debajo del pontón.

El médico, contrariado, accedió y ambos se guarecieron bajo el arco. El agua se había enturbiado más aún. Alfredo aseguró que debía llover mucho en la sierra. Los truenos se sucedían, prolongando su estrépito sobre las nubes, y un grato olor a tierra húmeda se esparcía en el aire. El médico pensó: «ozono», y dejó vagar la mirada por las juntas de piedra verdinegra.

La difusa claridad que acompaña a la lluvia invadió suavemente el corral, al tiempo que el rumor de la lluvia hacía salir a Amparo. Miró el cielo y calculó que tendrían lluvia para una hora. Por el puerto venían las nubes cargadas, pero al sur, más allá del tren, sobre la Ribera, el cielo aparecía despejado y el sol debía quemar como todos los días. Vio a Manolo salir al soportal de la fonda, mirando también el cielo y quedar en el quicio, respirando con placer el aire fresco y oloroso. En las eras, los otros vecinos, con las ropas caladas, brillantes las caras y los negros brazos, se afanaban cubriendo con mantas y pedazos de hule los montones de grano y las gavillas aún sin trillar. Las muchachas corrían apresurándose, bañándose con voluptuosidad en la líquida cortina que se volcaba de las nubes. Los niños, bajo los carros, miraban a los mayores y reían, gritando, como si la embriaguez del agua se les hubiese contagiado.

Y el agua seguía barriendo la tierra, formando torrentes en el polvo, hinchando los arroyos del monte que repentinamente saltaron a la carretera precipitándose en el río.

La hermana pequeña de Antonio cruzó a horcajadas sobre un caballo, envuelta en una manta hasta la cabeza.

—¿Se bajaron?

—Sí. Se conoce que se asustaron con la tormenta.

—¿Dónde estaban?

—En la carretera había unos cuantos. Cinco o seis.

—¿Viste si estaba el mío?

—Me parece que sí. Vete a buscarle, que ya puso hoy tres multas Amador.

Seguía cayendo agua y la chica se impacientaba. El caballo volvía de vez en cuando la cabeza para oler su cuerpo mojado, reluciente, donde cada mechón colgaba vertical, puntiagudo, soltando una gota de agua turbia.

—¡Oye! —la otra se alejaba.

—¿Qué?

—Avísame cuando vayas a subirle.

Tuvo que salir un poco para que la otra la oyera.

—¡Cómo llueve...!

—¡Agua, Dios!

Se apagó el ruido de los cascos y Amparo entró en la casa. De la alcoba llegó la voz de la madre:

—Amparo...

—¿Qué quiere?

—¿Qué pasa, hija?

—Nada; el caballo, que se bajó del monte.

—¿Dónde?

—Con los otros en la carretera.

—Anda, vete por él, hija. Bastante tenemos para que nos echen una multa encima.

Cogió el ramal y se fue a la puerta a esperar que la tormenta aflojara. La lluvia la sumergía en una melancólica ingravidez. Al contrario que los demás, liberados por unas horas del calor, aguardándo en los portales, impacientes por volver al trabajo, ella miraba las ráfagas que en el firmamento se sucedían con una mirada reposada, tranquila. Al otro lado del río, en la carretera, una bandada de chicos surgió repentinamente de los ciruelos de Martín. La mujer salió a la puerta y gritando les amenazó con el puño. Oyó sus gritos, aunque no pudo entender lo que decían. Los chicos, viendo que no les seguían, se detuvieron un momento y reanudaron la marcha más despacio. La mayoría iban descalzos bajo la lluvia, pero incluso los que llevaban alpargatas no se cuidaban de evitar los charcos. Se repartían la fruta, riendo satisfechos.

La voz de la madre intentó sacarla nuevamente de sus pensamientos, pero Amparo hizo como si no la oyese, hasta que la vieja acabó por cansarse y enmudeció. Las nubes plomizas agitaban por igual su cuerpo y su espíritu; como si la estación hubiera cambiado en unas horas, se sentía extraña al paisaje, ajena a sí misma, contemplando la carretera que se perdía hacia los puertos. Él, despidiéndose, había prometido que volvería, pero aquellas palabras apresuradas, a media voz, rozando apenas los labios, perdían valor a medida que el tiempo transcurría; pronto iban a terminar borrándose con el recuerdo, quedando en lo que verdaderamente eran: la promesa gratuita de un momento.

El mundo valía poco. Trabajar, trabajar siempre en invierno y en otoño, ver desde la cosecha, desde la cocina, en la era, cómo la vida transcurría; oír a los chicos perseguirse, correr, tirándose a la cara los frutos verdes del verano. Se estremeció. Un día Antonio le había preguntado como a las otras muchachas:

—¿Qué, cuándo te casas?

Y ella le había respondido:

—Yo ya estoy muy vista.

Y en aquel momento, algo como un orgullo placentero se había alzado en su corazón. Pero cuando a la noche, quedaba sola en la cocina, su soledad la asaltaba sin piedad en la voz monótona de la vieja.

—¿Amparo?

—¿Qué...?

—¿Estás ahí?

—Sí, ¿qué quiere?

—Nada; quería saber si estabas.

Año tras año. A la noche se acostaba maltrecha, cansada, sin saber contra qué o contra quién rebelarse, luego de moverse hora tras hora todo el día, como el asno en la noria, en torno a un provecho que no acababa de ver claro. También ella había corrido bajo la lluvia, arrojando ciruelas verdes a los chicos; el mismo Antonio, que ahora acababa de casarse, le había pegado una vez que la pilló pelando los árboles de su padre, pero de ello hacía tanto tiempo que sólo lo recordaba confusamente. Lo que sí tenía grabado en la memoria era la marcha del padre cuando la guerra. Él también había dicho que no tardaría en volver, y quedó allá. Unos habían muerto en el frente, otros vinieron heridos, mutilados, o tan vivos como se fueron; pero de su padre nada habían vuelto a saber; lo único que pudieron averiguar por los que allí le habían visto, es que le hirieron en un bombardeo en el sitio de Oviedo. Recordaba el día que su madre se metió en la cama, inmóvil para siempre, y el tiempo de su niñez, cuando se vio obligada a madurar en unos meses, como las manzanas que los chicos entierran en el trigo. Se acabaron los juegos, empezó la rueda. Girar, girar… ¿para qué? Su madre le hablaba desde la cama, en tanto ella iba y venía con el carro, con el trillo, abonando en el caballo, sembrando para recoger como los demás hacían, sin salir de la rueda, sin apartarse un ápice de la voz que desde la cocina la llamaba.

La lluvia disminuía y con el ramal al hombro salió. Apresuró el paso amparando el rostro bajo la toquilla. De la tierra, donde el polvo se había solidificado en enrevesados laberintos, subía un hálito de vida y calor que Amparo sentía filtrarse en todo su cuerpo. De nuevo una sensación de vacío la estremeció, un oscuro vértigo agitó sus entrañas y se lanzó a correr, dejando atrás las casas hasta llegar al puente, cruzando éste para detenerse tan sólo fuera del pueblo, más allá de la herrería. Estaba calada toda, pero se sentía más tranquila bajo el viento templado, junto al rumor de los juncos del río. Prosiguió más despacio y vio brillar, pocos metros ante ella, los caballos inmóviles, pastando. Dos de ellos alzaron la cabeza cuando se acercó, mirándola largamente, casi con dulzura, y una de las yeguas huyó a saltos, las manos presas por la manea, salpicando barro por la cuneta.

Cuando volvía, Pilar la llamó desde la ventana de su cocina.

—Ahora vuelvo. Voy a dejar el caballo en la cuadra:

Sin oírla apenas, sabía a qué se refería. El pan de una semana estará esperando en el horno y era preciso recogerlo. La gente solía hablar mal de Pilar; la llamaban usurera, asegurando que prestaba dinero a interés elevado, y que había apelado varias veces a los tribunales.

—No lo hago por el dinero, que bien poco es —afirmaba a menudo—, sino porque no se rían de mí.

Pero a Amparo le cocía el pan y, a veces, en días de apuro, hasta se lo amasaba. La gente podía decir lo que quisiera, pero, a fin de cuentas, se trataba de su dinero y ella no llamaba a nadie, y los que venían a pedírselo ya sabían a qué se obligaban. Después de la guerra había regalado al pueblo el san Antonio que colocaban en la iglesia para las misas.

De vuelta, a medio camino, se cruzaron con uno de los vecinos que se llamaba Pepe, como el hermano de Manolo.

—¿Adónde la llevas?

Pepe dejó pasar la vaca que conducía tras sí, y el animal fue a husmear entre las zarzas de la cuneta.

—Como sea la gripe, estoy listo.

Miraron la pata mala, y el médico, por curiosidad, se acercó. El casco estaba desprendido a medias.

—A ver qué te dice…

—Ya el año pasado la tuvimos aquí —Alfredo hablaba al médico con gesto preocupado.

—¿Y tú crees que va aguantar hasta allá?

—¡Qué remedio le queda!

Se fue alejando mientras hablaba. Dio una palmada en el anca del animal y éste se movió pesada, dolorosamente, basculando.

Cuando Pepe desapareció, preguntó el médico:

—¿La lleva al veterinario?

Pero Alfredo, que seguía pensando en la amenaza de la epidemia, comenzó a lamentarse:

—Si usted viera a los pobres animales cómo se quedan... No se les puede hacer trabajar porque tienen las pezuñas en carne viva, y la leche que dan está echada a perder.

El médico repitió la pregunta.

—Sí, al veterinario —respondió Alfredo.

—Como tenga eso que dice, va a contagiar al otro pueblo.

—La gripe siempre viene de abajo. Si el animal está malo, seguro que ya la tienen allí.

—Pero, de todos modos, ¿por qué no sube el veterinario?

Alfredo se encogió de hombros.

—Aquí nunca sube.

—¿Le llamasteis alguna vez?

—¿Para qué? No iba a subir...

Hicieron un silencio. Alfredo, sumido en sus pensamientos, había olvidado la trucha y hasta la pistola que, maquinalmente, seguía apretando contra su pecho. De pronto se volvió al médico, como hacía cada vez que quería echar fuera algo que maduraba en su cabeza largo tiempo.

—¿Sabe qué decía mi padre?

—No sé.

—Pues decía que ustedes, los de las capitales, se pasan la vida estudiando para, luego, venir a sacarnos el dinero a los pobres.

El médico rió.

—Ahora es al revés.

—¡Ca!, no lo crea. Claro que no van a estudiar una

carrera para, luego, no sacar provecho —buscó en su bolsillo la navaja y, apartándose un momento, cortó un mimbre que se entretuvo en mondar—. De todos modos, con una carrera no venía a meterme yo aquí —y señaló con un ademán las dos cadenas de montañas, flanqueando el pueblo.

—¿O es que le gusta esto?

El médico había enmudecido.

—No sé —respondió al cabo—, no lo sé aún.

—El otro médico, el que estuvo aquí antes que usted, no paró más que un año. Maldito el caso que nos hacía; se pasaba el día estudiando. Menuda armó su mujer cuando sacó plaza en el hospital...

—Don Julián —apuntó el médico, tal vez por decir algo.

—¿Usted no se prepara para nada de eso?

El médico comprendió la pregunta que el otro le dirigía bajo aquellas palabras, pero él mismo no sabía aún si quedaría allí un año o dos o toda la vida, porque era pronto para sentirse a gusto o no, para odiar o amar aquel pueblo.

Vieron a Antón que en la puerta de su casa despedía a dos mujeres: una, entrada en años; la otra, joven todavía, cargando sacos a la espalda. Alfredo contó que venían todos los años, pidiendo fríjoles, patatas o lo que les quisieran dar. Unas veces decían que un incendio les había quemado el pueblo; otras, que la nube había arrasado sus cosechas.

—Cada año vienen con un cuento distinto.

—¿Y les dan algo?

—Sí... —alzó los hombros como diciendo: «Qué remedio»—. Así están todo el verano. No crea que vienen sólo a este pueblo. Cuando acaban en un sitio, venden todo lo que reunieron y se van con el saco vacío a llenarlo al siguiente. Aquí, casi siempre se lo compra Antón.

Las dos mujeres se habían detenido ante la casa de Pilar. Tras unas dudas cruzaron el corral y llamaron en el postigo de la puerta. Una voz planidera, vacilante, clamó:

—¡Ave María Purísima!

Nadie respondió. El médico y Alfredo se habían detenido fuera. La voz volvió a lamentarse:

—¡Ave María Purísima!

En el lado opuesto del corral apareció Pilar, los brazos desnudos, blancos de harina.

—¿Qué quieren, hermanas? Sin pecado concebida...

Como si un gastado disco de gramófono hubiera empezado a girar repentinamente, así surgió la triste melopea de todos los años:

—Dios la libre, hermana, del pedrisco, de la muerte del padre, que le dé muchos hijos y fortuna para criarlos y verlos mayorcitos a todos. Venimos de Pandiello, que cayó la nube y nos dejó sin cosechas este año y no tenemos qué comer, y los hijitos se nos mueren de hambre. Compadézcase, señora, que usted es rica y nosotras pobres, y no tenemos ni cama para dormir, ni pan que llevarnos a la boca...

Sus ojos, inmóviles, miraban al infinito, más allá de los de Pilar, que las contemplaba. Tenían torcido el gesto en un ademán de tristeza, y la cabeza ligeramente inclinada. Alfredo las miraba con atención también, y, a pesar de las palabras de antes, se adivinaba una cierta pesadumbre en su expresión. Pilar vino con el delantal repleto de patatas nuevas, pequeñas y rosadas, que fueron a parar a los sacos. Inmediatamente el disco volvió a girar, aunque ahora se entendía menos lo que hablaban, a medida que se perdían en el corral de la casa de al lado.

Alfredo pareció despertar.

—De todos modos, bastante desgracia es...

Anduvieron unos pasos, antes que la voz de Pilar les llamara a sus espaldas:

—¿No quieren entrar un poquito?

El médico dudó, pero ya Alfredo estaba dentro y no tuvo más remedio que darse por aludido y acompañarle. Pilar le decía desde la puerta:

—No sabía que íbamos a ser vecinos. Al fin se decidió a venirse a vivir a este lado. ¡Como que a este lado estamos los buenos! —se volvió a Alfredo—. ¿Verdad, Alfredo?

Alfredo alzó la mirada del vino que caía en su vaso y confirmó:

—Verdad, verdad, los buenos...

Pasaron a la bodega. Del techo pendían ristras de ajos, cecina y pimientos. Se estaba fresco allí, aunque en la pared del fondo el horno ardiese al rojo. Olía a vino y a la pez de los pellejos. Pilar trajo una silla para el médico, en tanto Alfredo, siempre con el vaso en la mano, sacó el envoltorio con la pistola y, colocándolo a un lado, se fue a sentar en el arca.

—¿Qué tal se dio? —Era la voz de Amparo, inmóvil, a la boca del horno.

—Mal...

—¿No estaba?

Pilar interrogaba al médico, pero éste no se dio por aludido, y respondió Alfredo otra vez:

—Sí, la vimos.

El médico alzó la vista y la mirada de Pilar le produjo desazón, porque también él, en aquel momento, pensaba en Socorro. Los ojos de la mujer le examinaban con atención, como antes la mujer de Manolo. Parecía como si procediera a una investigación, a una tasación impertinente de sus valores personales, y en vista de ello se levantó, acercándose a ver cómo cocían el pan.

—No vaya ahí, hace mucho calor.

Las raíces secas crepitaban en la lumbre, alzando un humo gris, de olor acre, que se filtraba por las junturas de los ladrillos. En el interior, las paredes brillaban de un barniz negro como carbón, teñido de reflejos rojos, cada vez que Amparo avivaba el fuego con el fuelle.

—Espere que encienda unas cimas, así no se ve nada.

Las hogazas, sin color aún, yacían en el suelo de barro.

—¿No ha visto nunca cocer el pan?

La voz pendía justo sobre su espalda; no quiso volverse por no encontrar la cara de Pilar tan cerca

—No.

Siguió mirando cómo el ramo se extinguía. Se incorporó, pero ya la mujer se hallaba de nuevo charlando con Alfredo.

—¿Podría ir usted un día a ver a su madre?

El horno estaba otra vez a oscuras. Amparo tuvo que repetir la pregunta.

—¿Cómo dices?

—Que si podría pasar por casa un día para que viera a mi madre. Es muy vieja ya, pero —dudó un momento— si le viera por allí se animaría.

—Bueno, iré un día de estos —repuso.

—Mire —prosiguió, animada por la actitud del médico—, a don Julián no me atreví a decirle nada porque ya sabe usted cómo era. Decía que no tenía arreglo, que el tiempo que durara, eso saldría ganando. Yo no creo que se pueda poner bien del todo —su voz adquirió matices sombríos—, pero una persona no es un animal para dejarla morir de esa manera.

No habló más. El médico le prometió de nuevo que iría en aquella semana, y ella se dedicó a cuidar las hogazas, avivando el fuego.

También Socorro se debía afanar en aquellos momentos ante un fuego semejante. Se despidió.

—¡Qué pronto se marcha! —protestó Pilar—. A ver si otro día tenemos más suerte y se queda usted más tiempo.

Prometió que volvería. Fuera se respiraba a gusto. Aunque el sol lucía ya en lo alto, el ambiente se había descargado. Se dirigió, sin prisas, a la casa nueva y, por curiosidad, levantó con la punta del pie un profundo guijarro clavado en el suelo. Vio su lecho amarillo donde la humedad no había calado; Alfredo había dicho a la vuelta que esa lluvia no era nada, que tendría que estar una semana entera lloviendo, y en verano nunca caía tan seguido. Subió la escalera sin llamar y encontró en la cocina a Socorro, que, al verle, se sobresaltó.

—¡Qué susto me diste!

—¿En qué pensabas?

Parecía no haberse movido desde que la dejó en el desayuno. Respondió:

—En nada.

Quizá fuese siempre así. De nuevo le preguntó:

—¿Qué te pasa?

—De veras que no tengo nada...

Ya el tono había vuelto a ser normal, casi alegre, y era el médico quien se mostraba taciturno.

Comieron en silencio; más tarde, durante la siesta, ella preguntó:

—¿Te dijeron algo?

—¿De qué? No, ¿y a ti?

—Aún no he salido.

—¿Era eso lo que te preocupaba antes?

No contestó. Tenía la mirada perdida en las maderas del techo. Dentro había vuelto el calor, más agobiante aún después del respiro de la lluvia. Las ventanas entornadas, la luz del sol pasaba rutilante, en delgadas franjas, a través de las rendijas.

—¿Y la casa?

—La casa está cerrada.

El médico giró sobre sí, y tomando entre sus manos el brazo de la muchacha lo fue besando a lo largo de la vena tibia y azul, y cuando, al final, apretó sus labios en la piel áspera y oscura de la palma, ésta se crispó un instante para abandonarse luego a la caricia de la boca.

El remanso reflejaba ondulados los cuerpos amarillos de los chicos. Desnudos, fláccido el buche encogido, sentados sobre los pies, como pálidos monos, contemplaban el agua metiendo, de cuando en cuando, un pie en ella, para tornar, inmóviles de nuevo, los brazos en torno al pecho, abrazados a sí mismos. Los compañeros, desde abajo, gritaban:

—¡Está muy buena, está muy buena!

Cruzaban de una orilla a otra, entre remolinos de espuma. Nadaban como perros, alzando la cabeza, vertical, sobre el agua, palmeándola con pies y manos. El mayor de todos lo hacía mejor y más rápidamente. Sólo su cabeza asomaba en el remolino y, un poco atrás, la pierna, alzándose con precisión de péndulo, hundiéndose con un golpe seco y profundo.

—¡Cógele, cógele!

La pierna subió más velozmente, y el cuerpo desapareció entre dos aguas. De pronto, del torbellino, surgieron dos largos brazos levantando en el aire a uno de los pequeños monos que tomaban el sol en la orilla.

—¡Ahora, ahora no se escapa!

Pataleaba, lloriqueando, y cuando se lo puso sobre los riñones se abrazó a su cuello desesperadamente.

—¡Que me ahogas, chico!

Otro de los pequeños, temiendo las bromas de los mayores, apretó a correr, desnudo, por la carretera, tapándose con una mano, y sujetando con la otra la ropa.

—¡Mirad, mirad!

—¡Ahí va, ahí va! ¡Cógele, cógele!

Se volvía a mirar cada vez que oía las voces tras de sí, y cuando los otros le amenazaban seguía corriendo y llorando hasta que, considerándose a salvo, se metió en la fragua. Olvidado éste, todos salieron del agua para contemplar al que cabalgaba a espaldas del mayor y reír a gusto. Tenían los ojos llenos de lágrimas. Gritaban:

—¡Que te ahogas, que te ahogas, chico, agárrate!

Y él se asía cada vez con más fuerza. En cuanto vio que podía hacer pie, saltó al agua y corrió, entre risas y salpicaduras, hasta la orilla. Igual que el otro, no paró hasta la carretera, y una vez allí se volvió para injuriar al que le había bañado, pero éste reía también, sin oír sus palabras. Entonces el pequeño mono chilló más fuerte, injuriando también a su padre y a su madre.

El grande miró a su alrededor y vio que los otros habían enmudecido.

—Oye, que está mentando a tu madre...

Trabajosamente, porque sabía que no llevaba razón, se fue a la carretera dispuesto a asustarle un poco para que se callase, pero allí el otro se sentía seguro sin el agua a sus pies, y le amenazó con una piedra. Le sujetó el brazo, empujándole a un lado, pero ya los compañeros le gritaban de nuevo:

—¡Déjale, déjale ya!

—¡Déjale! ¿No ves que es más pequeño?

Venía ruido de cascos por la carretera, y todos se asomaron. Aparecieron tres asturianos a caballo.

—¿Qué pueblo es éste?

Los chicos les miraron cazurradamente. Eran caballos pequeños y cabezones, del color de las cabras. No debían haber descansado en todo el día porque venían agotados. Los tres hombres preguntaron si había fonda en el pueblo, y, echando pie a tierra, ataron los animales y se asomaron al pretil del puente.

—¿Cuánto cubre?

—Dos o tres metros.

El mayor dijo:

—Más.

—Si te echo una perra ahí, ¿la coges?

Se encogió de hombros, sonriendo a medias. Los compañeros le animaban, tiritando como él.

—Bueno, tírela...

La moneda revoloteó en el aire, desapareciendo bajo el agua. La vieron descender en un lento vaivén hasta quedar inmóvil brillando en el fondo. Los chicos se apelotaron, señalándola vivamente; hasta los dos pequeños, que antes habían huido, estaban allí gritando:

—¡Mirala, mírala!

—¡Qué bien se la ve ahora!

El mayor se santiguó a toda velocidad, y desde la peña, inclinado sobre la superficie, miró la moneda, dejando que el cuerpo se venciese, por su propio peso, sobre la corriente.

Parecía clavado en el fondo, las piernas agitándose verticales, entre el limo desprendido del fondo. Por fin se dejó flotar y nadó hasta la orilla, pero antes de incorporarse sacó el puño.

—¡La cogió, la cogió, la tiene!

Se detuvo, anhelante, y la enseñó.

—¡Ahí va otra!

La segunda cayó plana, con un ligero chasquido al dar en el agua.

Se subió a la piedra de nuevo para ver con claridad dónde estaba, y la sacó también. Así sacó cerca de una peseta, en monedas grandes y chicas, hasta que los asturianos se cansaron, y uno bajo, de brazos musculosos y peludos, que sujetaba sus pantalones con una corbata mugrienta, dijo:

—Vamos, ya está bien.

—¿Qué hacemos; vamos a la fonda?

Los chicos les mostraron dónde estaba, y desatando los caballos se alejaron. El más viejo de los tres, entornando sus pequeños ojos azules, musitó:

—En este pueblo ha de haber buen vino.

Manolo lanzó una mirada, desde el mostrador, a los tres compadres, en tanto se apeaban, y esperó a que entrasen.

—Buenas tardes, jefe.

—Buenas tardes.

Antón levantó los ojos del periódico que leía, y también contestó al saludo. El que antes había hablado se acercó a Manolo.

—Qué, ¿no me recuerda, jefe?

—Sí —replicó Manolo sin gran entusiasmo—. De Felechosa, ¿no?

—Justo.

Dejaron las mantas y los sacos vacíos tras la puerta, sobre uno de los bancos.

—¿Qué hay de nuevo por aquí?

—Poca cosa…

—¿Nos saca unos vasines?

—¡Qué vasines, tú! ¡Un par de jarras! ¿Como cuánto hacen esas jarras, jefe?

—Unos dos litros.

—Está bien; valen ésas.

Llenaron la primera ronda, invitando a Antón y Pepe, que rehusó, entrando en la cocina.

—¿Vienen de Felechosa? —preguntó Antón.

—De más acá.

—De tanto ir y venir, como que somos de aquí —dijo el viejo.

El de los brazos peludos pasó un brazo por el cuello del tercero y, en voz muy baja, preludiaron una canción.

—La primera vez que pasé yo el puerto fue nada más empezar la guerra.

—¿Hizo la guerra allá en Asturias?

—Por allí estuve año y medio —Antón apuró su vaso—. Cuando salí de aquí hablaba en cristiano, pero según iba pasando pueblos se me iba pegando el deje, y cuando llegué al frente me entendía con todos, y eso que eran recién salidos de la mina.

—Tampoco hablaban tan mal —apuntó Manolo.

—¡Hombre, ya lo sé!; pero yo me entendía con ellos como si no hubiera estado en otro sitio en toda mi vida. Conmigo estaba uno de Villamayor que tiene ahora un negocio de transportes en Sama.

—Éste es de allí.

El que llamaba «jefe» a Manolo dio con el codo al de los olos azules.

—¿De Sama?
—De Villamayor.
Tenía una voz profunda y soñolienta. Hablaba con trabajo, con tono tolerante, alargando las sílabas primeras de las palabras.
—¿Conoces a este que te digo?
Continuó como si nadie le hubiese preguntado nada. Los demás prestaban poca atención; habían agotado la primera jarra y ya iban con la segunda. Pidieron dos latas de sardinas, y, mientras Manolo iba a buscarlas, Antón continuó:
—Empezó con un camión y ahora ya tiene cuatro o cinco.
El silencioso abrió la boca.
—Los tiene su primo.
—¿Pero le conoces o no?
—A su primo.
—¿Y a él?
—A él, no; se mató hace dos años, creo, bajando de Collanzo.
—¡Lástima!, porque era listo como un rayo. ¿Sabéis cómo empezó el negocio? En Oviedo le hirieron en una pierna y se tuvo que marchar a casa.
—¿Cuándo fue eso?
—Cuando la retirada...
Volvió Manolo con las latas en la mano y una hogaza bajo el brazo.
—¿Sirven éstas?
—Valen, valen. Ábralas, si tiene por ahí una llave.
—Cuando la retirada, todo lo que quedaba inútil lo iban dejando en la cuneta: camiones, coches pequeños, bicicletas, todo. Tal que una moto partía un piñón, pues ¡al río con ella! Después de la guerra sacaron mucha chatarra. Los camiones los quemaban, les da-

ban unos tiros en el depósito y prendían fuego a la gasolina —se detuvo a apurar su vaso—. ¡Bueno!, cuando era un camión grande le echaban unos bidones por encima.

Los tres compadres escuchaban, asintiendo cada vez que Antón les miraba. Manolo abrió las latas y las colocó sobre el mostrador, junto a la hogaza.

—Y los que tiraron al río…

—Sí, señor, también tiraron algunos al río —hizo una pausa y cruzó las piernas a una postura más cómoda, dando una chupada al cigarro—. Pues éste, Cecilio se llamaba, si no recuerdo mal, salió un día de su casa y se encontró a la puerta con uno nuevecito —se entusiasmó repentinamente—. ¡Pero nuevo del todo!

—¿Un qué?

—Un camión, hombre, un camión.

El viejo entreabrió los ojos y bostezó.

—Estaba casi nuevo; lo acababan de requisar, no hacía ni dos meses, a uno que lo tenía escondido. Este Cecilio salió y le dijo al chófer: «¡Eh, compañero! ¿Qué te pasa?», y el chófer le preguntó quién podría por allí hacerle una chapuza, pero ¡qué chapuza ni qué historias si tenía el *palier* roto! Le contestó: «Compañero, como no te traigan un *palier* nuevo te haces viejo en este pueblo». Entonces le preguntó a cuánto de allí estaba el control. Estaba a unos treinta kilómetros —estalló en un golpe de risa—. ¡No quieras saber cómo se puso el tío! Empezó a soltar injurias que no paraba. Creo que decía: «¿Y tú crees que me voy a andar treinta kilómetros con el *palier* a cuestas como un burro?», y sacó la pistola. Entonces, éste se dio cuenta de que iba a quemarlo y le ofreció la burra para que trajese el *palier* si quería.

—La burra por el carro, ¡menudo cambio! dijo Pepe, que, oyendo hablar de camiones, había salido de la cocina.

—El otro dudaba todavía y le tuvo que invitar a unos blancos. Total: que a la media hora el chófer se marchaba con la burra, y... ¡hasta ahora!

Los demás no le entendieron; miraron un instante y se volvieron a Antón.

—¿Cómo hasta ahora? —preguntó el velludo.

—Pues que se quedó con el coche. Él sabía que los nacionales venían apretando por abajo y que el control ya no estaba allí, y que si el chófer se andaba los treinta kilómetros no iba a pensar en volverse. Los nacionales pasaron de prisa, y cuando las cosas se fueron calmando, limó los números del motor y puso una chapa vieja en la matrícula, para que se lo hicieran matricular de nuevo —se incorporó en el asiento, estirando las piernas antes de ponerse en pie—. Y ahí le tenéis, ganando más dinero que un torero. Bueno..., lo ganaba, si es que dice éste que ha muerto.

Se estiró, bostezando ruidosamente. Manolo miró por la ventana y le hizo una seña con la cabeza. A poco apareció su mujer en la puerta.

—¿Ha venido Antón por aquí?

—Vino hace un poco, pero se marchó en seguida. Le miró con rencor. Siempre la misma historia. Se figuraba que estaba allí, pero no podía entrar a buscarle.

Los tres compadres la miraron divertidos.

—¿A quién buscas, paisana?

Ella no les contestó, retirándose.

—¿Buscaba al amigo?

Manolo asintió con la cabeza. En su cara se veía que aquella clase de asuntos no le gustaban; maquinalmente dio unos golpes en la puerta de la cocina, y volvió al mostrador sin mirar si salía Antón o no. Éste apareció en el quicio.

—¿Se fue?

—Por la carretera va.

El compadre más joven reía a sus anchas.

—¡Compañero, cómo le cuida su costilla; hasta a buscarle viene para que no se pierda!

Antón fingió no oírle.

—Ya ves —se dirigía a Manolo—, ahora mismo iba a acercarme hasta casa de don Prudencio.

—¿Para qué?

—Para que me dé una carta para su médico.

—¿La vas a llevar a que la vea?

—¡Claro, hombre! —hizo un gesto de pena—. Las cosas que yo haría si me dejara en paz!; pero anda siempre arreándome... —se asomó con cuidado a la puerta—. Bueno, voy a ver qué me dice el viejo.

—Mal día has ido a escoger.

—¿Por qué; por lo de Socorro? Veremos qué tal está. Hasta luego.

Los asturianos habían perdido interés por lo que los otros hablaban. La segunda jarra también había desaparecido, y el mundo se reducía al pan, al vino, y a Asturias. Tenían la cara congestionada, los nervios tensos con el esfuerzo de las canciones.

Fuera, oscurecía. Sólo una mancha leve de sol quedaba en lo alto de los montes, y por el puerto comenzaba a bajar el cierzo en rachas blancas. Manolo dio vuelta a la llave de la luz. «No hay», se dijo, y prendió el carburo.

Entró Baltasar.

—¿Terminaste?

—Terminé por hoy...

Parecía agotado. A la luz blanca de la mecha, su cara, en la que la nariz, afilada como una quilla, parecía ir a romper la piel tensa y fina, semejaba blanco mármol. Bebió un sorbo y preguntó por los asturianos.

—¿Quienes son?

—De Felechosa.

Las voces retumbaban:

El año sesenta y ocho
era nueva esta tonada;
la cantaban los vaqueros
de Caniella a Vegarada.

—Oiga, jefe —era el que más sereno estaba—, ¿no tendría por ahí tres camas para esta noche? —sabía en qué acabaría aquello y aprovechaba el momento para arreglar lo de la cama antes de la borrachera final.

El de los brazos peludos se encaró con Baltasar, los ojos brillantes y una afectada seriedad en los ademanes:

—Y usted, amigo, ¿no nos acompaña? —Señaló las nuevas jarras sobre la mesa.

—Estoy bebiendo. —Alzó el jarro.

—Una copa no hace daño a nadie.

Baltasar dijo:

—No.

Y continuó inmóvil.

—Hombre, no nos va a hacer ese desprecio.

—Iremos...

Manolo salió tras el mostrador y fue a sentarse también con ellos.

—Éste canta bien —dijo por Baltasar.

Baltasar tosió levemente y cantó. La voz subía suave hasta alcanzar el tono más alto, modulando las palabras, cortándolas cada vez que se ahogaba. La mujer de Manolo salió de la trastienda y escuchó en silencio, con respeto.

¡Adiós, mundo engañador;
de ti me voy despidiendo
pues la vida lo permite
y te voy aborreciendo...!

La bombilla se iluminó tenuemente y Manolo apagó el carburo. Quedó la habitación envuelta en una claridad amarillenta y triste. La ventana estaba negra ya, era noche cerrada y, aún por salir la luna, sólo la luz de la cantina iluminaba la carretera. Corría un hilo de aire fresco.

Baltasar quedó silencioso, recuperando la respiración anhelante. Le hicieron beber una copa de coñac y sus ojos se animaron.

Voy a llevarte a la mina
y a enseñarte el colaeru
y verás la triste vida
que arrastra el pobre mineru...

Apoyó la cabeza en la pared y miró el techo, serio y transido, como un Cristo en la agonía. En sus buenos tiempos fue el mejor cantor de los cinco Ayuntamientos; ni en Asturias ni en León hubo nadie que le aventajara, pero ahora le fallaban los pulmones y cada vez que se le quebraba la voz tenía que cambiar el tono.

—Ahora está malo —musitó Manolo al oído del más joven de los compadres—, pero había que oírle hace tres años.

...y después de haber entrau
y haber visto el colaeru

voy a enseñarte a tu amante,
ta picandu como un negru…

—¿De qué está malo?

Manolo señaló con el pulgar el pecho.

—¿Tiene mucho?

Afirmó lúgubre con la cabeza. La canción terminaba. La voz descendió lenta, profunda, hundida en el pecho, adornada al final con un suspiro, y Baltasar quedó inmóvil, su brazo en torno al cuello, la cara transparente y delicada como la de un muerto. Le llenaron nuevamente la copa y todos cantaron juntos.

Por la carretera, en sentido contrario, oyó pasos. Alzó la vista y vio lejano aún el resplandor de un cigarro. Reanudó su camino porque sabía que don Prudencio se acostaba pronto y quería encontrarle levantado. Los pasos cruzaron al otro lado y por un momento la brasa se hizo más viva alumbrando un rostro que no tuvo tiempo de reconocer.

—Buenas noches.

—Buenas noches…

Siguió andando. En lo alto, como una cicatriz, el camino de Santiago iluminaba el cielo negro.

—¡Eh, Antón! —reconoció la voz de Amador sobre los pasos que se habían detenido.

—¿Qué hay?

—Por ahí anda tu mujer buscándote. Me preguntó si te había visto.

—Ya, ya lo sé; gracias…

Los pasos se perdieron. Otra vez su mujer. ¿Qué sería su vida si no se hubiese casado? A veces le venían ganas de protestar como un chico pequeño. Junto a la fuente, entre el rumor del chorro, un coro de voces subía; un golpe de risa rompió la noche como un desafío a la oscuridad y al silencio. ¿Por qué cambiaría así el tiempo todo? Su mujer también reía cuando joven y tuvo un cuerpo tibio y lozano, cuando la cortejaba en otro pueblo, otras noches muy lejanas ya. Todo pasaba en un relámpago, en un par de años, en un día. Pensó en ella, buscándole llorosa por todas partes. Entró en el corral de don Prudencio. «Ahora verá que no me porto tan mal con ella, cuando la lleve al médico de la capital.» Sintió al perro del viejo oliéndole de cerca.

—Toma, toma, pequeño.

La casa se hallaba apagada y en silencio. Pisó a ciegas en el patio empedrado de cantos redondos, con el perro pegado a los talones. Encendió una cerilla y llamó a la puerta. Quizás estuviera ya dormido; si le despertaba se enfadaría y con razón. «Si esta vez no contesta, lo dejaré para mañana.» De nuevo los golpes se apagaron sin respuesta. Prendió una nueva cerilla y el perro surgió en el quicio, mirándole soñoliento. Socorro estaba con el médico, Pilar lo había dicho; pero don Prudencio, que conocía a tanta gente en tantos pueblos, no tardaría en sustituirla, y a buen seguro, por otra mejor. La luz se extinguió. «Está dormido.» Pero cuando empujó la puerta, la hoja cedió girando, dejándole cara a un nuevo misterio. Se estremeció. Por un momento pensó que el viejo estaba allí, en la oscuridad, mirándole.

—¡Don Prudencio!

La voz sonó en el portal y subió, retumbando en la escalera, hasta las habitaciones de arriba.

—¿Quién es?

De nuevo sintió miedo. El viejo no dormía. Aquélla no era la voz del que se despierta. «Me oyó antes y no quiso contestar.» Pero el paso estaba dado y era preciso continuar de todos modos.

—Soy yo, Antón, que quería hablar con usted, pero si no puede...

—Sube...

No había otro remedio. Dio vuelta a la llave de la luz y la casa que él conocía le rodeó, tranquilizándole un poco. Allí estaban los muros de siempre con sus toscas perchas corridas junto al techo, abarrotadas de hoces, herrajes y cuerdas; las tres viejas guadañas que los criados manejaban cuando don Prudencio aún no había arrendado sus tierras.

—¿Dónde está usted?

Don Prudencio se hallaba echado en la cama, vestido. Sólo se había quitado la chaqueta.

—¿Está usted malo?

—No, estoy bien; ¿qué querías?

Miró aquella cara nueva para él, macilenta, brotada de una barba canosa, los ojos hundidos en una apagada tristeza. El aire, en la habitación, se hallaba enrarecido; olía a sudor y a restos de comida.

—Voy a abrir un poco.

—Entonces apaga la luz.

Al cabo de unos minutos pudo respirar a gusto. Llegaba un vaho húmedo y el murmullo del agua.

—Usted está malo, don Prudencio... —el viejo no contestó—. ¿Quiere que llame a alguien? ¿Llamo a mi mujer?

Don Prudencio no se movía. Podía ver sus brazos enfundados hasta las muñecas en las blancas mangas de la camisa, reposar inmóviles a ambos lados del cuerpo, la cabeza desnuda, más blanca aún sin la boina, hundida en la almohada, la mirada en el techo, ajeno a sus palabras. Bajo el balcón pasaron dos hombres. Oyó sus pasos sin saber quienes eran; sus voces débiles y confusas tardaron en perderse, dejando tras sí un silencio más lúgubre y pesado. Por hacer algo cogió los restos de comida y los arrojó desde el balcón al río. Al otro lado sonó la esquila de una res que vagaba perdida. La puerta de Amador se abrió en un destello de luz y vinieron palabras en la brisa de la noche. A la claridad tenue de fuera don Prudencio parecía dormir. Antón se acercó con cuidado, poco a poco, hasta percibir el débil hálito que surgía de sus labios. Por un momento pensó si estaría muerto pero el viejo debió notar su rostro junto a él, el otro corazón latiendo junto al suyo, porque abrió los ojos lentamente y le miró, y Antón se sintió estremecer en todo su cuerpo: sólo un destello breve y lejano parecía vivir en la profundidad del globo azul, vidrioso, manchado como el agua, que se mantenía inmóvil frente a su horror, cara a sus propios ojos.

Tardó en cobrar conciencia de su desvelo. Recordaba el remolino de las sábanas en torno a su cuerpo. A la luz de la luna que entraba en el cuarto vio a Socorro asomada, hablando con alguien abajo, envuelta en el abrigo sobre el camisón.

—¿Quién es?

—Preguntan por ti.

Miró el cielo. Aún debían faltar casi dos horas para que amaneciese. Del patio surgió una voz masculina con un acento extraño al pueblo.

—Está muy malo.

—¿Queda lejos?

—Un poco. Traje dos caballerías.

—En seguida bajo.

Se vistió lo más aprisa que pudo. Recordando la pequeña sombra en el patio, envuelta hasta los ojos en la manta, se puso un jersey bajo la chaqueta. El relente de la noche le metió en el cuerpo un temblor. El otro le ofreció una manta alzándola del aparejo.

Los caballos, bajo la luna, parecían dormir, cubiertos hasta el cuello por los aparejos de piel blanca y sedosa. Partieron. El médico sentía al animal tantear el camino, la cabeza pegada al suelo, hasta llegar a la carretera. El pastor iba delante y al llegar al puente se detuvo, sacando una botella blanca, cuajada, que le ofreció.

—Eche un trago.

Era aguardiente y le templó el cuerpo; lo sintió bajar hasta el estómago con un sabor a hierbas y madera destilada. Aprovechó que el otro se acercaba a recoger la botella para preguntarle:

—¿Es junto al puerto?

—Está en el chozo. Tiene mucha fiebre. Yo digo si será pulmonía...

Subían una pendiente de grava y cascajo, y el ruido de los cascos era más espaciado y seco, retumbando en cada golpe toda la potencia de la pata. Pensó en Socorro. Se habría vuelto a acostar y tardaría en dormirse. Seguía en la ventana cuando salieron; no la veía; no dijo nada, pero allí debía estar porque la luz tardó en apagarse, y aún le alcanzó el resplandor hasta más allá del puente. «Pulmonía.» Nunca le habían venido a buscar de tan lejos. Antes de amanecer no llegarían al chozo. Ya no sentía el frío, aquel temblor de antes, aunque a veces una racha de viento helado le azotaba la cara. «Allá arriba ha de soplar más fuerte aún, no me extrañaría que fuera pulmonía.» En la cima de la cuesta volvió el eco del río, que se fue haciendo más fuerte y claro a medida que la carretera se acercaba.

—¿Tenemos que pasar el río?

—Sí... Nosotros estamos en Bustiambre.

El nombre no le dijo nada; lo recordaba de haberlo oído otras veces; era uno de los puertos.

—¿Cuántos?

—Dos: Pascual y yo.

El otro estaba en el chozo, bajo las mantas, solo y febril, esperando. Apareció el río. Después de todo, no sería la primera vez que caía enfermo, y en cuanto a la soledad, bien acostumbrado debía estar a ella.

—¿Por qué dices que será pulmonía?

El otro iba mirando el cielo y le contestó sin volverse:

—Por el calor, ya sabe. Y el pobre tiene mucha fatiga —se llevó la mano al costado—. Le duele aquí.

El primer caballo se detuvo al borde del agua, el río era allí ancho y tan poco profundo que se podía cruzar a pie por una hilera de grandes piedras que clareaban a través de la corriente. El caballo olfateó el agua y bebiendo un sorbo, como en un rito, se metió seguido del otro. Nada más salir en la orilla opuesta, el camino trepaba una brusca pendiente, y el médico tuvo que sujetar la cartera, agarrándose al aparejo doblando el cuerpo hacia delante para no resbalar, porque la amplitud de aquél le impedía afirmar las rodillas en torno a la cincha. Era una incómoda postura y los brazos le dolían, pero lo que más le molestaba era no saber cuánto podría durar aquello, no ver el camino ni el paisaje a su alrededor, sólo las sombras de las grandes rocas y el bulto del pastor y su caballo delante. A no ser por los balanceos del animal y sus tirones que parecían sacarle de bajo sus piernas se habría dormido, porque al abrigo de la montaña las rachas de viento eran más suaves y el cuerpo se amodorraba.

Se preguntó si el pastor, que formaba una sola sombra con su caballo, dormiría. Llevaba un buen rato sin hablar y ni siquiera arreaba al animal. Aún no había visto su cara, no sabía su nombre, lo único que conocía de él eran sus palabras y la botella de aguardiente que le había ofrecido. De improviso, el caballo se enderezó y atravesó a trote corto una pequeña vaguada donde sus cascos chapotearon en el barro y luego continuó subiendo. ¿Cuánto tiempo llevaría así? Arrimó el reloj a los ojos. Tendría que preguntar al otro si faltaba mucho aún. Quiso arrear el caballo, pero no tenía con qué, y desatando el ramal le fustigó, pero no podía ir más aprisa y solamente agitó rápido la cabeza, relinchando bajo. De nuevo miró la hora; eran las cuatro, y un leve resplandor comenzaba a iluminar el cielo, las nubes, sobre sus cabezas.

Era otro día. De nuevo vino el frío; se estremeció metiendo las manos en los bolsillos. Alfredo le había preguntado si se quedaría o si pensaba marchar como el otro. ¿Por qué se habría marchado el otro? Era evidente: la buena vida. Pensó en sus compañeros ayudando en las consultas; con el tiempo, la clientela de sus patrones pasaría a ellos, podrían casar con sus hijas para perpetuar la estirpe, la buena raza... El caballo tropezó doblando una mano, pero se alzó en un esfuerzo, antes que la rodilla tocara el suelo. Algunos quedarían en modestas consultas, según su habilidad o su suerte, o en seguros, o en sociedades, pero ¿quién pensaba en meterse en un pueblo?

—Hazme caso; tú no sabes lo que es eso; si eres de allí, todavía; pero a uno de fuera y joven como tú no le hacen maldito el caso. Mira que yo sé lo que es; te pagan mal y cuando quieren; siempre andan con el cuento de que no tienen dinero. Desengáñate, chico, los buenos médicos se ven en los hospitales.

¿Era él un buen médico?

—Por lo menos vete a un pueblo rico, un pueblo grande donde haya dinero. Tú tienes tu carrera y ya habrá alguna que ponga su capitalito. Te casas y en paz, a descansar. Que si un poquito de brisca por las tardes, que si las fiestas, que si la matanza; los congresos en Madrid… Ese amigo de tu padre no sabe lo que dice. ¿Que los buenos médicos están en Madrid? Yo me río de los buenos médicos.

Se preguntó qué pensarían de él unos y otros de haberle visto luchando por mantenerse sobre el caballo, barbudo, con el pantalón de pana y la vieja chaqueta, a la busca de un hombre enfermo, de un pobre y desconocido prójimo, en un lugar a horas de camino de un pueblo que ni siquiera figuraba en los mapas.

El sendero se hizo más llano; a la luz pálida que sobre sus cabezas amanecía vio un alto paredón surgiendo a su izquierda entre blancas hilachas de niebla. Un viento húmedo le azotó la cara, y el caballo, en un gran esfuerzo apresurado, adivinando que la carrera terminaba, trepó los últimos peldaños en roca viva de la cuesta y pasando a través de la enorme ventana fue a detenerse junto al pastor, al otro lado de la muralla. El médico vio que le estaba esperando.

—Esto ya es Asturias —dijo.

—Huele a humedad.

—Sí, Asturias es muy húmeda.

Bajo su mirada se extendía un valle poco profundo, solitario y en sombras aún. Las estribaciones de los montes que lo flanqueaban lo cortaban desde ambos lados alternativamente, como las decoraciones de un teatro, dándole formas angulosas o retorcidas, obligando a describir innumerables meandros al arroyo que en su fondo discurría.

—Ahora no se ve nada —reanudaron la marcha—; cuando volvamos estará mejor, si es de día.

En el lejano horizonte, más allá de las pequeñas lomas envueltas en penumbra, se alzaba una cadena de montañas, erizada de agudas cumbres, de igual altura, teñidas de una franja roja y amarillenta.

—¿Estamos cerca?

—Es allí —extendió el brazo como si con la uña del índice fuera a tocar el extremo opuesto del valle, y guió su cabalgadura de modo que lo bordeara.

—¿No sería mejor bajar?

—Abajo todo está encharcado. Además, por allí la subida es muy mala.

Con la nueva luz, el médico pudo contemplar al otro a su gusto. Vestía mono del ejército, chaqueta de pana y abarcas; parecía clavado en el aparejo; las sacudidas del caballo no le afectaban lo más mínimo.

—¿Cuánto tiempo llevan aquí?

—¿Eh? —Se volvió; le miraba desde unos ojos fruncidos sobre la cara negra, surcada por dos profundas arrugas a ambos lados de la boca.

—¿Cuánto tiempo lleváis aquí?

Los ojos castaños se movieron bajo la piel seca.

—Desde mayo. Todos los años venimos por mayo y nos vamos allá por San Miguel.

—¿Venís muchos?

—Entre todos los puertos seremos unos ocho o diez. Nos repartimos de dos en dos porque como siempre hay que andar bajando al pueblo, uno se tiene que quedar con las borregas.

—Tú eres extremeño, ¿no?

—No, señor; de junto a la Fregeneda.

—Eso está por Salamanca.

—Sí, señor; de la provincia de Salamanca.

—Mejor tierra que esta…

—¡Quite allá! ¿Dónde se va a comparar?

—Tú bajas mucho al pueblo.

—Es que los otros no saben amasar.

—¿Haces tú el pan para todos?

—Sí, pan blanco. Nosotros traemos la harina. Cuando el señorito ajusta los puertos, nos da la harina para el verano.

—¿Y el dinero?

—El dinero, a la vuelta.

—¿Con quién ajusta los puertos?

—Con los presidentes. Diez o doce mil reales y dos borregas.

—Y ¿para quién son las borregas?

—Para el pueblo, ¿para quién van a ser? Si está aquí para Nuestra Señora ya verá a los tíos hacer la chanfaina.

La ladera opuesta del valle apareció partida en dos por la niebla que fluía, cruzándolo, a sus pies.

—Ya levanta —dijo el otro, mostrándosela, cada vez más transparente, disuelta en el aire, alzándose en mechones dispersos cada vez que un golpe de viento la sacudía.

Abajo, los prados solitarios brotados de hierba corta, de un color verde acerado, aparecían cercados por restos de paredes.

—¿De quién son estos prados?

—Del pueblo.

—¿No los siegan?

—En los años escasos. Entra mal la guadaña ahí. Las vacas no la comen.

—¿Y quién hizo esas paredes?

—¿Qué paredes? ¿Las cercas? Son muy antiguas, hace mucho de eso.

Más arriba de las cercas surgía el pardo fluir del monte bajo, manchado por las quemas cenicientas que los pastores provocan para dar paso al ganado. Piornos retorcidos, rojizos y pelados; retamas, y en los cauces donde el agua se detiene, bosques de helechos, entre lávanas de cascajo.

Envuelto en la niebla apareció el chozo.

—Ya estamos.

Dos perros enormes, amarillos, de cabeza cuadrada, corrieron desde los corrales a su encuentro ladrando sordamente, pero los caballos, al parecer acostumbrados a ello, siguieron su paso sin apresurarse. Las ovejas se agitaron en el corral alzando las cabezas sobre las cercas para ver llegar a los dos jinetes. Fueron bajando, y a medida que se acercaban pudo el médico ver con toda claridad la pared circular de piedra caliza y pizarra tras la que el enfermo reposaba, bajo un techo cónico de ramas de abedul y retama. Sin saber por qué, le volvió a asaltar el recuerdo de sus antiguos compañeros. Hubiera querido en aquel momento saber qué género de vida habrían encontrado. ¿Dónde estarían?, ¿qué clase de destino les estaría reservado? Los caballos emprendieron un trote ligero al pisar terreno llano, en tanto los perros seguían aullando.

—¿Eres tú, Vidal? —preguntó una voz dentro del chozo.

¿Qué sería de ellos? ¿Habrían conseguido colocarse, según pretendían? Durante los últimos años bien se habían movido, halagando, trabajando el terreno de firme. Un sentimiento de disgusto hacia sí mismo le embargó. ¿Qué tenía él que reprocharles? Quizá los otros valían más que él; de todos modos, sus intrigas, su deseo de una vida mejor que les compensase de su trabajo carecía de importancia, no debía atañerle. ¿Qué culpa tenían de que él hubiera deseado ejercer allí?, ¿de sus tres horas a caballo? Manolo había dicho, refiriéndose a don Julián: «A ése tenían que traerle los enfermos aquí; si no, no se movía como no le mandaran el coche».

El chozo tenía una pequeña puerta hecha con madera de cajones; dentro, un hombre joven, de cara quemada como Vidal, respiraba anhelante, envuelto en una manta parda del ejército. El médico dejó su cartera en el saliente de pared que hacía de banco todo a lo largo del muro y le tomó el pulso.

—¿Cómo andamos?

El enfermo esbozó una sonrisa. Malamente; me duele aquí.

—¿Aquí?

—Sí, ahí mismo.

La temperatura andaba cerca de los 39. Vidal, en pie, miraba desde la puerta la cara brillante de sudor de su compañero, esperando la menor indicación para hacerse útil.

—¿Expectoras mucho?

—¿Cómo dice?

—¿Escupes?

—Algo.

—Con un poco de sangre…

El enfermo asintió, mudo. Pensó: «Va rápido». Tendría que quedarse a pasar la noche.

—¿Es pulmonía?

Se volvió, asintiendo a su vez, guardando el termómetro en el estuche. El enfermo le miraba un poco asustado; quería conocer su gravedad, pero no se atrevía a preguntar, prefiriendo que hablase por él su amigo. «Bien —se dijo el médico—, empecemos.»

—Hay que hacerle una buena cama.

Salieron con el petate y entre los dos lo mulleron colocándolo en el centro del chozo, limpio de brasas y tizones.

—El fuego lo haces fuera. Tiene que estar limpio el aire aquí.

Fuera, el sol había bajado al valle.

—¿No sacas las ovejas?

—Hay tiempo.

El enfermo les miraba atento y cuando estuvo en su nuevo lecho se dejó arropar dócilmente. El médico le administró una buena dosis de sulfamidas, que tragó sin rechistar.

—No tienes que moverte para nada —se volvió hacia Vidal—. ¿Hay alguna lata por ahí?

—Sí, aquí fuera habrá, creo.

Salieron.

—Pues llévasela. Le cambias de postura cada tres horas, que no se te olvide.

Vidal se alejó a lavarse.

—Venga usted, si quiere...

Bajaron hasta el arroyo, rodeando una serie de crestas rocosas, cuidando de no resbalar sobre la dura hierba.

—Aquí no tendréis nada de fruta.

El otro, sobre el arroyo, se le quedó mirando con aire contrito.

—No...

—Es igual le daremos leche hervida.

El agua bajaba helada. Era desagradable lavarse sin jabón, frotar la cara, la barba crecida, con las manos. Le dijo que pensaba pasar allí la noche, y Vidal puso cara de asombro. ¿Dónde iba a dormir?

Por una vez dormiría en el suelo.

—¿Es que está muy mal?

—Es mejor que me quede; en el pueblo no hay ningún enfermo grave.

Había huido de la ciudad al pueblo, y ahora huía del pueblo también. En aquel momento prefería estar allí. Miró a Vidal, que junto a él se estaba secando. Su prójimo estaba allí, a sus pies, abotonando la camisa caqui sobre el pecho, y en el chozo, enfermo, y en el pueblo, viejo y sólo, odiado por todos, encerrado a cal y canto en su casa. «El prójimo es odioso porque le odiamos; si amásemos a los demás los encontraríamos amables.» Pero él no le odiaba, ¡era tan fácil amar! Todo el rencor que pudiera ver en torno a sí, todas las suspicacias no le conmovían. Su suciedad, rudeza o mezquindad no podían rechazarle, y, sin embargo, cada vez que oía su voz, cuando el rumbo de sus pensamientos le rozaba, sentía cómo su alma se replegaba en sí mismo, encerrando al corazón en el frío límite de su propio ser.

—¿Por qué no sacas las ovejas? No tenemos nada que hacer ahora.

Las ovejas salieron de la cohorte impetuosamente, atropelladas, al galope, con un perrito lanudo aullando a sus talones, rodeadas por los cuatro costados de sus ladridos. Los grandes las miraban desde las cercas. Vidal explicó al médico que con el perrito lanudo podía guiar el rebaño por las laderas que desde allí se veían, sin moverse del chozo.

—¿Te llevó mucho enseñarle?

—No, es un perro fino; siempre estuvo conmigo.

Le silbaba y a gritos le iba enseñando el camino. El perrito se detenía a escuchar, subía y bajaba infatigablemente persiguiendo a las ovejas que se apartaban, o plantándose ante los machos cuando enfilaban una mala senda. Los dos mastines parecían soñar. No obstante su enhiesta cabeza, los ojos semicerrados parecían mirar un objeto lejano, y sólo una racha de viento les inquietó un instante trayendo, desvaído, el lúgubre mugir de una vaca perdida. Enderezaron las manos mirando más allá de la raya de Asturias y volvieron a tumbarse con un trueno ronco en la garganta. Lejos de ellos, junto a una cima de leña, vio el médico un tercero monstruosamente hinchado. En la cabeza abultada, dos ojos pardos, pequeños, huyeron su mirada.

—¿Qué le pasa a éste?

Vidal dejó de observar por un momento las evoluciones del rebaño para contestar:

—Tuvimos que calentarle.

El animal no se movia. Levantó mansamente la cabeza y le miró de nuevo.

—¿Por qué?

—Mató una borrega la otra noche —se acercó mirándole como a un malhechor o un enfermo incurable—, si le llegamos a dejar se la come. Tiene muy mala sangre; siempre anda mordiendo a los otros.

El rebaño se había detenido, llamó al perro pequeño, que acudió veloz, jadeante, con la lengua rosa como un colgajo latente. A pocos pasos del chozo un nuevo portillo se abría sobre un segundo valle.

—Ahora, con el sol, hay una buena vista desde aquí.

El reloj marcaba las diez; el médico pensó que el tiempo había transcurrido veloz aquella mañana.

—Vamos a tomar algo. ¿A usted le gusta la leche?

—Sí —seguramente no había allí otra cosa.

En la penumbra del chozo veía a Vidal hurgar en las alforjas y cómo el otro le contemplaba en silencio.

Comieron un pan tan blanco como el médico no recordaba. Se lo dijo y el otro no pareció extrañarse; sólo respondió:

—Sí, es buen pan.

El queso, blando y soso, no le gustó, ni la leche espumosa como cerveza, pero comió y bebió porque no quería andar con hambre todo el día.

El segundo valle era más amplio y llano, aunque a la bajada de la senda que llevaba a su fondo una cadena de agujas picudas se alzaba, abrazando a la montaña. Cruzando el paso, un nuevo hálito de humedad les dio en la cara y otra vez Vidal exclamó:

—Esto ya es Asturias.

Soplaba un cierzo fuerte, se sentaron frente al colosal laberinto de montañas calizas, grises; le tendió la petaca y el librillo:

—Hágase un cigarro.

Largos serrijones rompían, blancos, del color de los huesos al sol, la alfombra verde de hierba y liquen, de la falda a las cumbres, partidos en infinitos canchales y barrancas, brillantes de cascajo y pizarras. En aquella soledad el viento murmuraba empujando la niebla, rozando cada mata, cada brizna, la menor fisura de la piedra.

El médico luchaba por liar el cigarro.

—Aquí sopla el cierzo todo el día... —dijo Vidal para justificarle. Quedó luego en silencio, mirándole vagamente, y cuando le devolvió el tabaco añadió—: ¿Querrá usted creer que hay días que me siento aquí y empiezo a ver montes y más montes y se me pasa el tiempo en nada? —se detuvo chupando el cigarro—. Ya ve, yo no soy de aquí y, sin embargo, cuando voy a mi pueblo en invierno, no me encuentro. Para mí no hay cine ni teatros; a mí deme un sitio como éste, desde donde se abarque mucho terreno, y no quiero más. ¿Ve usted ese pozo?

Vio el médico a sus pies un lago que desde aquella altura le pareció pequeño. Sobre el agua bruñida, el agua dibujaba haces violentos, desgajados, que crecían en manchas redondas cada vez que la superficie se rizaba.

—¿Cómo se llama?

—Isoba. Tiene su misterio.

—¿Qué misterio?

—Su historia. ¿Bajamos?

—¿Cuánto tardaríamos?

—Usted no tiene costumbre. Casi hora y media.

—Es mejor que lo dejemos para luego —añadiendo para sí—: Cuando el otro duerma.

—Por aquí cayó mucha gente cuando la guerra. ¿Ve aquella raya blanca en la loma de enfrente? Es una carretera que empezaron a hacer entonces.

—¿Hubo frente aquí?

—No; estaba más abajo. Por estos montes venían los gallegos y los regulares.

—¿Pero tú estabas aquí entonces?

—A mi padre y a mí nos pilló la guerra en el pueblo y en el pueblo nos quedamos. Cuando subí la primera vez, después, aún quedaban muertos por estos sitios. Ahí, sin ir más lejos —señaló a su espalda—, a la puerta del chozo, había tres que los enterré yo.

Parecía extraño que aquellos parajes solos y mudos pudieran haber visto la guerra de que el pastor hablaba, el paso y la muerte de tantos hombres. Aquel silencio amarillo y susurrante no podía haber sido roto por una voz, un estruendo, un lamento; parecía tierra inmutable, indiferente, donde todas las cosas habrían de desaparecer irremisiblemente como la piedra, en polvo calcinado, sin dejar huella en su dormida nada.

—Ahí junto, en Peñagujas, quemamos con gasolina lo menos veinte. Estaban desnudos, como su madre los echó al mundo; yo era pequeño entonces, pero aún tengo en la nariz metido el olor aquél. Usted no se figura lo que es eso. Cuando los prendieron, ninguno de los que estábamos allí decíamos palabra, igual que si nos hubiésemos quedado mudos de repente, hasta que le oí a mi padre: «¡Y que en esto venga a parar un hombre…!»

—¿Subíais a enterrar a los muertos?

—Unos cuantos de cada pueblo. Y a recoger munición. La última vez que subí yo encontré un moro muerto junto al reguero, cogido entre dos lávanas. Le faltaban las piernas, pero estaba vestido, con correajes y todo, y la cara la tenía crecida… —se detuvo—. No sé si usted me entiende. La tenía cubierta de un vello suave como la piel de un ternero —hizo un silencio mirando cómo caía la ceniza al suelo barrida por el viento—. Es de lo que mejor me acuerdo; de eso y del olor que antes le decía —añadió sentencioso—: Es mala cosa la guerra; no quisiera ver otra vez las cosas que vi entonces.

Quedaron en silencio mirando las montañas de enfrente, chupando los cigarros. Vidal se levantó diciendo que iba a ver por dónde andaban las ovejas, y el médico quedó solo. El sol templado hacía despertar su sueño no dormido de la noche; llegaba a amodorrarle, pero siempre una racha de cierzo frío le volvía a la desagradable realidad del cuerpo. En media hora el valle quedó nublado, pleno del blanco resplandor de las nubes altas, y, en contraste, las cumbres de la lejana cordillera, amarillentas, casi blancas, aparecieron iluminadas de una luz viva como un país lejano.

«No se oye ni un pájaro», pensó.

Se levantó y fue al chozo. Vidal se hallaba lejos, en lo alto de la ladera, gritando al perrito que, más arriba, corría incansablemente a los lados del rebaño.

El enfermo sudaba; un ahogo continuo atenazaba su pecho y las palabras surgían con dificultad cuando respondió a las preguntas del médico. Sostuvo el termómetro en la boca con torpeza, con un respeto de instinto hacia el instrumento que podía condenarle, y se lo tendió sin dejar de observar su rostro. Marcaba 39,5.

—¿Qué tal el pecho; te duele?

—Todavía...

Un furioso golpe de tos estalló en la garganta, resonando en su pecho como un ladrido. Si a la noche seguía así, le pondría morfina para que pudiera dormir un poco. «Si es que la fiebre le deja...»

Tras la comida, se tumbaron a dormir, pero el médico tardó en conciliar el sueño; se entretuvo mirando en el cielo, de un azul casi violeta, cruzar las nubes. Pensaba en Socorro. Evocaba cada momento gozado junto a ella, esforzándose en recordarlo en toda su intensidad, aunque la mayoría de las veces la mente le fallaba, y las imágenes breves y desvaídas no le satisfacían. Sin embargo, no se exasperaba; recordaba el tiempo anterior, cuando no la conocía antes de llegar al pueblo. Ahora, al menos, tenía su recuerdo, y aunque aquel estado de cosas terminara —la imagen de don Prudencio fue y vino en su mente como un viento—, ya no seguiría en la insatisfecha, dolorosa soledad de antes.

Cuando despertó, el sol iba bajo y Vidal había desaparecido. Recogió su manta y fue al chozo a ver al enfermo. Los dos amigos se hallaban de charla, aunque Pascual seguía hablando con dificultad, tosiendo, los ojos brillantes. Hubo necesidad de ponerle unas cataplasmas porque el dolor del pecho no desaparecía. Vidal encendió lumbre fuera y colocando sobre dos piedras la sartén, trajo dos trozos de saco limpios de harina. La noche se echaba encima con rapidez, y a medida que la oscuridad avanzaba, las dos siluetas se iban recortando negras, rojas las caras, en torno a la hoguera. El enfermo aguantaba estoico, sin una queja, el pedazo de tela que le abrasaba el pecho, sobre la maraña de pelo.

—¿Qué tal? ¿Quema?

—Un poco…

Ya no sabía si era dolor lo que sentía; sólo le preocupaba aguantar lo más posible.

Hicieron una cena fuera, al aire libre, que sólo por la hora se distinguió de la comida. La misma leche, el mismo pan y pedazos de cecina salada y correosa. Mientras se extinguía el fuego surgió una luna redonda, pesada. Al médico le recordaba su color el suero de la leche; parecía que con sólo cruzar el valle, subiendo la otra vertiente, se la fuera a poder tocar, arriarla igual que la vela de un barco. A su luz se distinguían los senderos y bajaron al lago. A medida que iban acercándose, su brillo parecía abrirse, se hacía más complejo, formado de miles de pequeñas ondas sucesivas que la brisa levantaba en un oleaje diminuto de mar interior. Y también una pequeña playa cubierta de grandes rocas calizas apareció en un costado, batida por el agua azul, transparente. No era muy grande ni hermoso, pero en aquellos valles pelados y solos, sin un árbol ni una casa, sin algo viejo y vivo a que hacer referencia, donde los torrentes corrían su vida en gargantas de piedra, aquel ojo azul, acuoso, cristalino, debía atraer el respeto y las historias de todos los que cerca o lejos alentaban a su sombra.

—¿Hay mucha profundidad?

—No se sabe…

El médico sorprendió un tono de unción en sus palabras. Era algo más que respeto, era el miedo al rayo, al río, a la oscuridad de la iglesia, al agua negra que bajo las tapias del cementerio rezumaba cada vez que llovía en los meses del invierno.

—Una vez bajó Jesucristo a la tierra y andaba por el mundo, y llegó hasta aquí. Aquí antes había un pueblo que se llamaba Isoba, como el lago ahora. En el pueblo este nadie le quería dar posada, y si no llega a ser por una mujer que le dio cama, no hubiera tenido donde pasar la noche. Esta mujer llevaba muy mala vida y la llamaban «la Pecadora». Y al otro día Jesucristo se levantó y dijo: «Húndete, Isoba, que no quede en pie más que la casa del cura y la pecadora…».

Por el tono de las palabras comprendió que sabía de memoria lo que acababa de contar; hubiera deseado preguntarle si creía aquella historia, pero el otro miraba silencioso el fondo transparente de las ondas, la línea oscura donde la playa se hundía en un tajo profundo, y respetó su mutismo.

—Hace unos tres años vinieron unos turistas aquí y se bañaron.

—¿Y qué?

—Que ahí quedaron…

—¿No los sacaron?

—No —movió la cabeza lúgubremente.

Durmieron en el chozo los dos, con el enfermo. Hacía calor allí; a medianoche se despertó, y un rumor profundo, gangoso, surgía, en la oscuridad, de su garganta.

—Vidal…

—¿Qué hay?

Se hallaba despierto, pero no debía haberse atrevido a llamarle.

—¿Tienes una cerilla?

—Ahora enciendo.

El enfermo no hablaba, en tanto, ni se quejaba; sólo su garganta, a intervalos, seguía presa del sordo clamor. Tras varios tanteos en la oscuridad se oyó el raspar de un fósforo y su luz vacilante iluminó a Vidal y la pared redonda en torno. Pascual estaba incorporado en el petate, una mano en la frente, sobre el rostro congestionado; la otra, en el costado, cuando el rumor concluía escupía en la lata que mantenía junto a sí. El médico sacó el vaso de aluminio que guardaba en la cartera.

—Llénalo de agua.

Quedó a solas con el otro y ninguno de los dos supo qué decir hasta que Vidal volvió.

—Está hervida. ¡Qué buena noche hace!

Sacó un sobre de bicarbonato y le echó un poco en el agua para que hiciera gárgaras; luego, dejando a los dos compañeros solos, salió.

El viento se había calmado; la noche era más cálida que el día. El valle, las montañas eran blancos bajo el pálido cielo sin estrellas. Una paz singular se apoderó de su alma, y cogiendo sus dos mantas salió de nuevo.

—¿Va a dormir al raso?

—Sí.

—Las mañanas son muy frías.

Tardó en dormirse, pensando en Socorro, abajo, en la casa sola. Las nubes eran ahora oscuras, sucias, nimbadas de halos luminosos.

El frío le despertó; en pocos minutos las nubes que habían amanecido rojas se tornaron blancas y el cielo azul violeta. Siempre que aquella hora le sorprendía en pie, a la luz dudosa de la madrugada, se sentía extraño, extranjero, en cualquier lugar que se hallase, aún en la ciudad, en su propia casa, asomado a la ventana de su cuarto, sobre la calle que conocía desde niño.

El enfermo había conseguido conciliar el sueño y el sudor había desaparecido. Vidal se incorporó bajo la manta al verle entrar, pero él le hizo seña de que se estuviera quieto, y extendiendo la suya en el suelo se dispuso a reanudar el sueño. Cuando abrió los ojos de nuevo eran las diez en su reloj. Mientras almorzaban, una figura a caballo apareció en el extremo opuesto del valle. A medida que se acercaba podían distinguirle mejor, montando a mujeriegas una yegua y guiándola con un mimbre que llevaba en la mano.

—¿Quién es?

—Es un vaquero amigo de Pascual; nos vería subir ayer y vendrá a ver quién está enfermo.

—¿Asturiano?

—Sí.

El otro, cuando estuvo a poca distancia, alzó la mano derecha gritando:

—¿Qué fue?

Vidal le contestó:

—¡Pascual!

La yegua hizo un último esfuerzo y terminó de trepar. El médico pudo ver al vaquero: la piel quemada, el pelo ensortijado, negro, los ojos vivaces y pequeños.

—¿Qué pasó?

—Se enfrió; una pulmonía.

El vaquero entró en el chozo, y hasta los de fuera llegó el rumor de su conversación con el enfermo. Siguieron almorzando. El médico supo que aquellos vaqueros guardaban las reses todo el año en los prados de los puertos, excepto los meses de la nieve.

—Esos vienen aquí siempre.

—¿No vuelven a su casa los inviernos?

—¿Y a qué casa van a volver si no la tienen?

—¿Dónde duermen entonces?

—En verano, al raso.

—¿Y en invierno?

—En el caserío; allí tienen un cuarto sobre la cuadra. Echan la manta en el suelo y... ¡listos! Muchos de los que andan por estos montes son salidos del hospicio.

—¿Ése también?

Vidal miró también en dirección al chozo.

—Ése es de este Ayuntamiento. Son diez hermanos. Desde los siete años anda por aquí

La conversación continuaba dentro. El médico recordó su camisa caqui, los pantalones raídos, los negros dedos surgiendo de las alpargatas.

—¿Ése tampoco vuelve a casa nunca?

—¿Ése? —apagó la voz y alzó las cejas—. Si me apura un poco ni se acuerda de ellos ya —vio el gesto del médico no convencido del todo—. No crea que le exagero; es la pura verdad.

—Sí, lo creo —protestó.

—Cuando lleve aquí más tiempo ya verá cosas peores —y añadió, como si le alcanzase alguna culpa de lo que acababa de relatar—: Así es la vida...

El vaquero comió con ellos, y a los postres, el médico manifestó a Vidal que pensaba marcharse a la tarde. Podía bajar con el asturiano hasta encontrar la carretera; después no había mayor dificultad en encontrar el pueblo. Habían desaparecido los dolores del pecho del enfermo, y dejó sulfamidas en abundancia con la indicación de cómo era preciso administrarlas.

Vidal sujetó el aparejo.

—¿Qué hago con el caballo?

—No se preocupe de eso; ya mandaré yo alguien que lo suba.

Partieron cuando el sol comenzaba a declinar. Delante, el caballo desnudo con el vaquero encima, enjuto, ambas piernas a un mismo lado, golpeando rítmicamente la panza, y detrás el médico siguiéndole los pasos como antes tras Vidal.

La bajada era más lenta. Los animales describían infinitos rodeos buscando los pasos más seguros, abriendo las patas, clavándolas en el polvo al menor resbalón, arrimando la cabeza al suelo, aventando las matas con su aliento, haciendo crecer con todo ello el camino que parecía interminable. El vaquero hablaba poco, y aun las contadas palabras que salieron de sus labios el médico no las pudo entender. Al cruzar el portillo y aparecer la carretera, abajo, se despidió con un leve ademán y no anduvo más, quedando arriba inmóvil hasta perderse de vista.

Cruzó el río a la inversa, junto a las piedras, y ya entre dos luces entró en el camino. Una brisa templada soplaba a sus espaldas, y el caballo avivó la marcha hasta que el ruido de otros cascos le hizo detenerse y alzar en punta las orejas. A su relincho desvaído contestó otro apenas iniciado; apresuró el trote y a poco alcanzaron a ver un jinete seguido de otro hombre a pie. En la borrosa silueta de éste se preguntó el médico qué cosa llamaba su atención, y sólo cuando estuvo más cerca pudo reconocerle y darse cuenta de que iban sus manos atadas a la espalda. A pesar de que el crepúsculo había traído casi la oscuridad de la noche, reconoció los viejos zapatos cortados y polvorientos, la raída chaqueta, y, sin verle el rostro, adivinó las gafas metálicas, cuya montura dejaba en torno a los ojos tan roja huella.

—¡Eh! —gritó al jinete—. ¡Eh, tú!

El jinete se detuvo y miró en la oscuridad. El viajante alzó los ojos y aguardó también, pero el médico no hubiera podido decir si le reconocía.

—¿Qué hay?

—¿Va al pueblo?

—Sí.

—¿Qué pasó? —el jinete no contestaba, por lo que tuvo que darse a conocer—: Soy el médico, el médico de ese pueblo.

—Ya...

—¿No ve que lo lleva herido?

El jinete tampoco respondió. La cara del viajante, hinchada, sucia de sangre, su ropa destrozada, pregonaban bien a las claras que lo habían maltratado no hacía mucho. El médico preguntó de nuevo:

—¿Qué pasó?

—Es un pájaro de cuenta, un estafador.

—¿Cómo lo saben?

El otro se impacientaba ante tanta pregunta; no obstante, respondió:

—Dieron aviso a Asturias los guardias de abajo.

El médico recordó que la Guardia Civil del Ayuntamiento tenía una pequeña emisora. El jinete reanudó la marcha y el viajante dócilmente le siguió. El médico cabalgó al otro lado.

—¿Cuánto hay hasta el pueblo de los guardias?

—Veinticinco o treinta kilómetros.

Miró una vez más los astrosos zapatos, el pelo pegado a las sienes por la sangre. Ni una queja se oía, a pesar del esfuerzo que le era preciso para aguantar el paso del caballo.

—No va a llegar.

El otro no respondió; miró al preso. Cuando cayera lo levantaría; si era preciso lo terciaría delante sobre el aparejo, como un saco. El médico lo sabía y no era eso lo que le preocupaba, sino el hecho de que ya le hubieran pegado, y lo que seguramente le esperaba en los pueblos restantes. Pensó en Amador. ¿Sería capaz de apalear a un hombre indefenso? No, Amador no era capaz de una cosa semejante; ojalá apareciese él primero o llegasen los guardias.

La distancia al pueblo se iba acortando, pronto ladraría un perro, diez más; luciría una casa, hallarían alguno que estuviera al tanto de lo ocurrido, quizá todos le esperaban. Vio el rostro del reo, contraído, y pensando en Alfredo, en Antón, en Baltasar, en el hijo de Martín, recién casado, que había dado a aquel hombre todos sus ahorros, se estremeció. Aquella sombra amoratada y sangrienta que ahora empezaba a temblar, había aniquilado en un día todo lo que el sudor, las penas y fatigas de aquellos hombres consiguieron reunir en años.

—Espere un momento.

El otro se detuvo impaciente, envolviéndole en una mirada hosca.

—¿Qué quiere ahora?

El tono brusco, casi insolente, le forzó a seguir.

—Déjamelo a mí. Yo soy el médico de ese pueblo. Si me lo entregas, tú ya cumples. Yo lo llevaré a los guardias mañana.

El jinete meditaba. Debía entregarlo a alguien en el pueblo, y aunque no le habían dicho a quién, era evidente que debía buscar a Amador. El viajante permanecía inmóvil entre ambos; por fin, el otro se decidió:

—Bueno, usted se hace responsable… Usted es el médico, usted sabrá lo que hace…

Le miró con un gesto de extrañeza, como antes la víctima. Tiró de las riendas, haciendo girar el caballo y se perdió en la oscuridad, carretera arriba.

Los dos hombres quedaron en silencio; el otro parecía haberse llevado consigo toda posibilidad de relación entre ambos. El viajante, confuso, atemorizado aún, permanecía inmóvil esperando órdenes de su nuevo dueño. Ladró un perro cercano.

—Suba.

El viajante no pareció comprender; se le quedó mirando estúpidamente. Todo el fulgor sombrío de sus ojos había desaparecido; era un hombre derrotado; no había en su mirada ni un rayo de rencor; eran unos ojos cansados, sin expresión, que con un gran esfuerzo se fijaban en las cosas. Intentó varias veces montar, pero, con el pie en el estribo, las manos sujetas atrás se lo impedían.

—No puedo así...

El médico se había apeado y le ayudaba, y cuando le vio arriba arrimó el caballo a la cuneta y montó a su vez. El animal se puso en marcha despacio, y sus pisadas resonaron en la grava más profundamente que antes.

El cuerpo herido descansaba en su pecho; a veces bamboleante, parecía ir a deslizarse hasta el suelo, y tenía que sujetarle fuertemente por los costados, bajo los brazos, y él mismo apretar las piernas en torno a los ijares para no dejarse arrastrar. Olía a sudor y sangre; sufría, y por su causa otros muchos habrían de sufrir también en adelante.

Un nuevo ladrido. El mismo perro. Siempre parecía igualmente lejano. Maldijo el pueblo que no acababa de aparecer, metiéndole en el pecho una ansiedad penosa, parecida a la que el viajante debía sentir. «Sin embargo —se dijo—, yo hubiera preferido permanecer al margen en este asunto. Yo no soy más que un médico; sólo quiero curarle, pero para curarle se lo tengo que robar, y tampoco puedo consentir que le peguen de nuevo.»

Sin desearlo, estaba del lado del prójimo que más sufría, del que sufría ante él, sobre el caballo. Por más que excitaba su imaginación contra el reo pensando en Alfredo, en los demás que habían perdido su dinero, a fin de aborrecerle, el olor de la sangre, el peso muerto del cuerpo le sumergían en infinitas dudas y cavilaciones. De haber llegado un poco más tarde; con haberse demorado unos instantes en el chozo, nada de aquello existiría; lo que hubiera de suceder se habría consumado. Era una solución seguramente cobarde, egoísta, necia, pero él no era valiente, ni abnegado, sólo estaba seguro de tener un buen corazón y por ahí la vida le tenía cogido.

¡Su buen corazón! En la oscuridad, tras la cabeza de la víctima, su boca se torció en un rictus amargo. ¡Qué fácil era pensar en un buen corazón cuando no se había perdido nada en el asunto! ¿Qué había perdido él por causa de aquel hombre? Y en medio de sus dudas se repetía mentalmente con muda machaconería, para convencerse: «soy médico, sólo soy un médico, no soy nadie en ese pueblo; allá ellos con lo que hagan». Pero él sabía bien que a más de médico era un hombre, y que en ese pueblo o en otro cualquiera, por corazón o interés, por propia supervivencia, la vida no le iba a dejar permanecer al margen. Se imaginó qué fácil en teoría podía ser su cometido; lo que cualquiera podía interpretar como su obligación, como el cumplimiento de su deber: debía curar al herido y entregarlo a Amador o a los guardias o a cualquiera del pueblo que fuera a buscarlo; mantenerse estrictamente en su papel. Sí, la vida podía presentarse fácil en la letra de los libros, en el sí y el no de las gentes; pero para él no era tan sencilla, no era tan fácilmente justa o injusta y no sabía si alegrarse o maldecir de ello.

Simultáneamente, un destello de luz surgió a pocos pasos ante el caballo, y un rumor de palabras vino hasta los jinetes. El caballo hizo un extraño y fue acercándose despacio al grupo de hombres que hablaban. El médico reconoció la voz de Antón y poco después la de Baltasar, cansada y profunda. Varios de ellos fumaban. El viajante movió la cabeza. Vieron a Antón alzar el farol y venir hacia ellos abriendo mucho los ojos, devorando la oscuridad.

—Aquí está —gritó, y los demás se acercaron en un tumulto de sombras, pisadas y cigarros encendidos. Al momento descubrieron al médico detrás.

—¿Y usted?

Hubo un coro de voces extrañadas.

—Yo me he hecho cargo de él.

Al momento no comprendieron; todo era muy confuso para ellos, vino la voz de Antón:

—¿Por qué?

—Porque hay que curarle. Le pegaron arriba.

El farol subió hasta casi tocar la mejilla del reo que apartó la cara instintivamente. Una voz clamó en la oscuridad:

—¡Déjenos en paz!

El círculo de rostros se había estrechado en torno al farol, y de nuevo la voz de Antón, más dura e impersonal que antes, una voz que el médico apenas reconocía, espetó:

—Usted no es quién.

—¿Que no soy qué?

—Usted no es nadie aquí.

No se sorprendió; esperaba aquellas palabras. Dudó un minuto, una pausa en que los corazones latieron a un agudo compás, en el cuello, en el pecho, en la cabeza...

—Después que lo cure, lo entregaré a Amador.

Pero ellos supieron que les mentía y agarrando a la víctima por los brazos intentaron desmontarle.

—Venga; abajo con él.

El viajante se había encogido y parecía intentar desaparecer en sí mismo, cubrirse de la lluvia de denuestos que sobre él se abatía. Con un movimiento brusco, echó abajo las manos que le atenazaban, pero un relámpago amarillo cruzó el resplandor del farol y fue a chocar sordamente en su cabeza. Su nuca golpeó con violencia en la cara del médico, y éste, apenas vio el bastón por el aire, comprendió que por allí le cogía el mundo de nuevo. Eran las mismas palabras, las mismas injurias que los otros, las que ahora salían de su boca, un torrente de denuestos, de voces atropelladas por la ira; y los hombres le miraban entre asombrados y confusos sin acabar de explicarse lo que sucedía. Vio a Alfredo cerca de sí, preguntándole:

«¿Le dieron a usted?» Y leyó la verdadera pregunta: «¿Qué tiene que ver con él?, ¿por qué se mete en esto?» No; la vida no era tan sencilla como la gente suponía.

Dio al caballo un talonazo y los rostros se apartaron a su paso, de mala gana, con un gesto de resentimiento, y en tanto caminaba entre aquellas dos hileras de odio silencioso, fue su cuerpo en acecho, en brutal tensión expectante, donde su corazón y su cerebro aguardaron la primera herida, el primer vituperio, la negra inconsciencia de la muerte.

Quedaron atrás en un murmullo de voces agrias. Le llegó la de Baltasar, que gritaba:

—¡No se va a salir con la suya...!

Había desaparecido el estupor primero y le amenazaban; aún les siguió oyendo poco antes de apearse en el corral de su casa.

Socorro bajó con una luz y se asustó al ver el estado del viajante. Trajo agua caliente y vendas, y ayudó al médico a curar la herida de la cabeza.

—Ahora, estése quieto.

Descansaba en el suelo, sobre una manta, en una de las habitaciones que daba al río. El médico había apagado la luz y abierto la ventana.

—¿Dónde lo cogieron?

Tardó en contestar. Dijo el nombre de un pueblo que el médico no conocía. Sus palabras sonaban cansadas y vacías.

—¿Le pusieron así allí?

Tardaba en recuperarse. Había bebido una copa de coñac que le iba haciendo efecto lentamente. Continuó en el mismo tono soñoliento:

—No sé por qué ha hecho esto; de todos modos estoy listo.

—¿En cuántos pueblos?

—Tarde o temprano tenía que acabar; ya era mucho...

—¿En todo el Ayuntamiento?

—Va usted a cargar con la rabia de todos. Si ellos quieren le echan de aquí; tienen sus trucos; no los conoce.

—Usted tampoco es de aquí.

—Todos estos pueblos son iguales —se agitó sobre la manta y miró por la ventana—. Hace calor aquí... Estoy listo.

Durante unos minutos el médico creyó que dormía, tan lento y sonoro era su aliento, pero alzó la voz de nuevo:

—¿Tiene un cigarro?

Le dio fuego también.

—¿No iba dinero de usted, verdad?

—¿Dónde? No...

—Usted no se fiaba. Ni usted ni el hermano del de la fonda.

—Yo no tengo dinero.

—¡Ca!, usted no se fiaba, usted no es como ellos. En las capitales hilan más fino. Allí se pueden hacer buenos negocios.

—¿Qué negocios? ¿Como éste?

El viajante enmudeció. Llenaba la habitación el rumor del río. Repentinamente, rompió a hablar de nuevo:

—¿Me querría hacer un favor?

—¿Qué es?

—Es cosa fácil. Además, después de los trabajos que por mí se está tomando... tome esto —le tendió un sobre que examinó a la pálida luz que entraba por la ventana—. Ahí van las señas de mi mujer, el pueblo en que vive...

—No sabía que era casado.

—¿Le extraña?

—No.

—No lo soy... Tengo una cartilla de ahorros a su nombre, pero ella no lo sabe. Dígaselo usted y cuéntele lo que pasa.

—Le escribiré. ¿Tiene hijos?

—No. ¿Por qué?

—Por nada. —Volvió a leer las señas.

—No tengo más dinero que ése. Todo lo que llevaba encima me lo quitaron arriba, pero nadie sabe una palabra de la cartilla esta. Sólo usted y yo. Treinta mil pesetas.

—En un pueblo son algo.

—Ya puede estirarlas, dígaselo. Yo estoy listo para rato. Me fío de usted. A no ser por usted, ella no ve ni un céntimo y se hubiera tenido que ir a pedir, con treinta mil pesetas en el banco.

Se incorporó, quedando sentado en el suelo, y el médico hizo un involuntario gesto de prevención.

—No tenga miedo, que no me marcho —se arrimó a la ventana—. ¿Cree que no habrá por ahí más de uno que me esté esperando? No les voy a dar ese gusto.

Su voz era de nuevo apagada y triste. En unos minutos parecía haber olvidado las penalidades pasadas y lo que aún le restaba, pero la vista del pueblo le volvió a sumir en amargos cálculos.

—¡Si acabarán de venir…!

El médico supuso que se refería a los guardias. El cigarrillo, junto al suelo, se agotaba. Tuvo el presentimiento de que cuando la brasa se extinguiese, el viajante saltaría por la ventana. Era una idea absurda, pero no podía desecharla. Se preguntó si deseaba que el viajante pagara sus culpas. Dudó; ahora, sereno, sentía por él una vaga simpatía y nada más. Miró el cigarro, la única partícula viva de la sombra, que debió agotarse, porque describiendo una parábola luminosa cruzó la ventana y cayó fuera. Los minutos transcurrían en silencio; al fin cerró la ventana. Fue una torpe maniobra que intentó justificar.

—Se ha puesto frío…

Las palabras sonaron mezquinas, y él mismo juzgó que lo eran. Renegó de sí mismo y del viajante; desde que lo había encontrado no cometía sino torpezas. Ahora era el silencio más denso porque la voz del río había quedado fuera. Sonaron unos golpes en la puerta de la calle y ambos se sobresaltaron. El médico se levantó, y lanzando una rápida mirada a la ventana salió a abrir. Reconoció a Amparo en el umbral, con el chal sobre los hombros y un serillo en la mano.

—¿Está muy mal?

—No.

—¿Puedo entrar?

I.a condujo a la habitación y vio cómo el viajante se levantaba también y salía a su encuentro. El médico salió una vez más, y contempló desde el corral la luna, que aquella noche le pareció una grande y blanca madre velando por sus oscuros hijos dormidos en el valle. A su espalda oyó durante un tiempo rumor de palabras; luego todo quedó en silencio dentro y fuera de la casa.

Los guardias subieron de madrugada. Don Prudencio los vio marchar con el viajante en medio, las manos esposadas, una hora más tarde.

Había sacado su sillón de mimbre al huerto, tras la casa, y desde allí dominaba la carretera, oculto de las miradas del pueblo. Ya no aparecía en el balcón como antes; se escondía de sus vecinos dormitando todo el día cara a la montaña, entre las marchitas nabicoles. Algunos días, a la hora de la siesta, aparecía Antón.

—Vaya, don Prudencio —se quejaba—, de un tiempo a esta parte no es usted el mismo.

El viejo callaba, contentándose con mirarle, pero el ayudante del secretario no se intimidaba; seguía importunándole, aconsejándole.

—A usted lo que le hacía falta era olvidarse de Socorro y traerse una sustituta —remarcaba cómicamente esta última palabra—. A su edad yo no estaría solo tanto tiempo. ¡Cualquiera sabe lo que puede pasar!

Don Prudencio, viendo cómo le sentenciaba y aquellas libertades que en otros tiempos ni hubiera soñado siquiera, concebía por el ayudante un odio formidable, aunque, a diferencia de antes, no le costaba gran trabajo dominarse, y hasta se complacía en preguntar con voz tranquila y reposada:

—¿Pues qué años me echas tú?

Y el otro decía una cifra a la que ninguno concedía atención, porque ambos sabían que se trataba del corazón, de la enfermedad que lo iba agarrotando, y la edad no contaba.

Notaba la mirada atenta de Antón sobre su cuerpo, examinando sus manos y las piernas hinchadas, sus esfuerzos por moverse, y procuraba mantenerse inmóvil en el sillón. Había en sus ojos un afán investigador como una curiosidad científica que no se cuidaba en disimular, por seguir el curso de la enfermedad hasta el desenlace que, seguramentte, juzgaba próximo. Preguntaba por la enfermedad en general, por los síntomas, y el viejo podía ver cómo mentalmente los anotaba, sin duda, para facilitar el parte a la noche en la cantina. Y porque veía en aquel hombre al pueblo entero presenciando atento su agonía, procuraba bajar todos los días, aun a costa de grandes esfuerzos, a ocupar el sillón, contestando con calma a cuanto Antón o su mujer, que a veces le guisaba, le preguntaban acerca de su dolencia.

Según los días iban pasando, volvía diáfano a su memoria el tiempo de la infancia. Pasaba mañanas enteras intentando recordar la letra de un cantar que había escuchado de niño, o cómo era el pueblo hacía cincuenta años, esforzándose inútilmente en traer a su memoria la cara de algún pariente muerto, pero, al final, fatalmente, se aburría. Dejaba resbalar su vista sobre el huerto seco, por el corral sucio y la adusta montaña que sobre la casa se cernía, y si el eco rellejaba alguna conversación, risas o tan sólo un persistente ladrido lejano, su ánimo se llenaba de amargura, de sombrío mal humor que no le abandonaba hasta la noche. Fuera de Antón y su mujer no había vuelto a ver a nadie. Intentaba olvidar a Socorro, y, aunque los primeros días su angustia fue constante, poco a poco se iba acostumbrando a no pensar en ella, y sólo temía si alguna vez, por cualquier circunstancia, se encontrara a solas en su presencia; pero como esto no era probable, no le preocupaba mucho. La nota que para el médico le habían extendido no había salido de su cartera; a él sí le odiaba; no con el compasivo desprecio que Antón y sus compañeros le inspiraban, sino más profundamente, pleno de rencor, de un modo que en otro tiempo, sin la fatiga y el abandono actual, le hubiera arrastrado a tomar venganza.

Lentamente, la idea de la muerte iba entrando en sus horas de meditación, que eran ya todo su tiempo. Solía asustarse pensando en su hora postrera; luego, venía una leve calma, un cansancio que invitaba a dormir, y, despertándose, todo su miedo había desaparecido; un pequeño optimismo le embargaba, haciéndole olvidar sus penas, como si fuera imposible morir así, a plena luz del día; pero aun con eso no se hacía demasiadas ilusiones respecto a su actitud final, porque en cuanto el menor síntoma alarmante aparecía, se echaba a temblar sin poder pensar en nada, arrollando todas sus valerosas reflexiones.

Hacía dos días que los ataques no habían vuelto, pero el último le había asustado más que ninguno. Le empezó por un peso en el pecho izquierdo, sobre el corazón. Se cambiaba de postura, pero la opresión continuaba cada vez más fuerte en el pecho y la espalda; un invisible torniquete le hundía la carne dentro de la carne. Más tarde venía un dolor agudísimo y repentino, los ahogos y desmayos que le derribaban sobre la cama, exámine, luchando por vencer a su cuerpo, a la enfermedad, al orgullo que le impedía llamar a Antón o a su mujer, pedir auxilio, salir al balcón y gritar al pueblo que se moría, que tenía miedo, que llamaran a un médico, aunque fuera al que él más detestaba, al que le había herido, el único que podía aliviarle un poco.

En estos minutos angustiosos también pensaba en su hermano, en el hermano que había huido hasta el otoño sin dejar un aviso, una carta siquiera previniéndole, a pesar de saber que estaba enfermo, que pensaba ir a la capital por aquellos días. Hacía tiempo que creía ver en sus palabras, en su modo de proceder, un deseo de irle lentamente distanciando, pero siempre lo había atribuido a su propia suspicacia, a su desconfiado modo de pensar respecto de los demás. Ahora meditaba a menudo sobre el asunto y veía claro cómo aquel desaire iba encaminado a apartarle definitivamente de ellos, si es que le quedaba algo de orgullo, pues su hermano le conocía bien y siempre obraba con plena conciencia de lo que hacía. Podía descansar tranquilo dondequiera que se hallase: no volvería por su casa. Si su posición o clientela o el orgullo que la misma sangre alentaba le hacía desear la separación, no pisaría más su puerta, no le consultaría acerca de su dinero, y si los médicos le condenaban a morir, moriría sin pedir consuelo a nadie, ni a su hermano ni a sus vecinos.

Los desdenes de éste los volvía hacia los otros, tratando de dar salida, fuera de sí, a la ira, el despecho, la amargura de que su proceder y la huida de Socorro le habían colmado.

Oyó pisadas en el corral y la voz de Pepe.

—¡Don Prudencio!

—Estoy en el huerto, aquí detrás.

Apareció con una carta en la mano.

—Trajo el correo esto para usted.

De lejos reconoció el sobre azul del banco. Debía ser el balance trimestral de su cuenta corriente. Dio las gracias, y lo recogió sin molestarse en abrirlo. Pepe se interesó vagamente por su salud y desapareció.

El sol se hallaba en el vértice del cielo y el pueblo tan desierto como siempre a la hora de comer. Cerró la puerta tras sí, y al hacerlo el picaporte le quemó la mano como una advertencia. Se echó la boina sobre los ojos, porque la luz, tras la tiniebla del pasillo le cegaba, sumergiéndole en un mar de aire denso, en calma y ardiente.

Cruzó el puente; en la cantina, tres mujeres recogían el suministro. Los serillos sobre el mostrador iban guardando el arroz, el jabón y el aceite en media lata de gas-oil. Otros días, la mujer de Manolo charlaba con ellas, y hasta éste terciaba con bromas, pero aquella vez no se oían ni risas ni charla, todas andaban con el gesto adusto, procurando terminar cuanto antes. Cuando Pepe llegó hacía un buen rato que la comida esperaba, humeante, en la mesa de la cocina.

—Vaya, hombre; ya creíamos que no venías.

—No son más que las dos...

—Y media.

—¿Y media?

—La hora que sea. Tú anda con bromas y el mejor día te quedas sin comer.

Sonrió para sí. Justamente, porque todos esperaban sus chanzas a costa de la estafa del viajante, desde que se había sabido la verdad sobre el asunto, no había abierto la boca para mencionarlo. Nadie ignoraba que únicamente don Prudencio y él habían salido indemnes del fraude y gozaba con aquella admiración secreta, sin dar a los otros ocasión de desquitarse, sin concederles beligerancia, hiriéndoles con su ironía silenciosa. Ahora que todos se habían visto obligados a reconocer de buena o mala gana su razón, su golpe de vista, podía considerar legítimas sus pretensiones a salir fuera, al mundo, lejos del pueblo, del coche y los palurdos viajeros que se veía obligado a transportar todos los días. Un buen negocio en la capital, con el dinero que su hermano le prestaría, iba a llenar sus anhelos de siempre: anchos bulevares, dinero y sitios donde poder gastarlo, trato con gente fina, volver al pueblo por las fiestas con un traje nuevo y camisa de seda a holgar unos días relatando sus hazañas. Y al final, casarse y, a ser posible, enganchar un buen pico de fortuna propia. Casi le estaba agradecido al viajante porque a pesar de la pérdida que para su hermano suponía la estafa, con toda seguridad ahora se hallaba mucho más dispuesto a que quien había visto más claro que él marchara a la capital y saliera adelante con la ayuda de su dinero.

—Setecientas…

—Pues a nosotros se nos llevó mil.

—Dios… ¡Cómo habrá hombres así! Por mucho que le hagan no paga ni la mitad del daño que ha hecho.

—Pues, ¿y en los otros pueblos?

—¿También?

—¿Creías que sólo había venido a éste?

—¡Dios mío, Dios mío, qué plaga! Tengo que escribir a mi suegro.

Ganas tienes de amargarte; mejor es no saberlo.

—¿Y no nos van a devolver nada?

—¡Qué nos han de devolver, mujer!

—¡No sé a quién vas a reclamar!

—¿Y los papeles que nos dio?

—Ya puedes encender la lumbre con ellos...

—Señor, Señor... esto es un castigo.

Pepe oía las lamentaciones, mientras se servía en silencio. Anudó la servilleta en torno al cuello y vio cómo las mujeres recogían los serillos y salían tristemente al sol.

Caminaban por la carretera lamentándose, y antes de llegar a la fragua se cruzaron con el médico que iba por el otro lado, junto a la cuneta. Se abismaron en una apresurada palabrería para no saludarle, y el médico tampoco volvió la cabeza ni se extrañó, porque ya a la mañana, con Baltasar, le había sucedido otro tanto.

Se había levantado tarde tras una noche en vela, con los nervios en tensión, tratando de conciliar el sueño hasta la madrugada, y había salido al corral, bajo los ciruelos, al mismo tiempo que Baltasar volvía con el carro. Le había saludado sin rencor, dispuesto a explicar su arrebato de la noche, pero el otro se había metido en casa sin contestarle.

Se encogió de hombros y entró a contárselo a Socorro.

—Eso no es lo peor.

—¿Lo peor? ¿Qué es lo peor?

Al día siguiente lo supo. Socorro no pudo encontrar quien le vendiera manteca, ni fréjoles, ni garbanzos siquiera. Recordó las palabras del viajante, y pensó: «No es así como pueden echarme».

—¿Viste a Amparo?

—Sí. Me dijo que por su gusto nos daría todo lo que tiene, pero que le daba miedo.

—¿Miedo, de qué?

—De todos. Ella está sola; no tiene más que a su madre. Anoche se reunieron los hombres.

Todo era tan fantástico que el médico siguió interrogando, interesado a su pesar, como si fuera otro y no él precisamente la víctima de la conspiración que se tramaba.

—¡Se reunieron! ¿Y dónde se reunieron?

—En casa de Manolo.

—¿En la cantina?

—Sí.

—¿Y qué quieren? ¿Que me vaya?

—Quieren echarnos.

Se llamó bruto y egoísta porque en su frenesí la había olvidado. Aunque él hubiera pensado en marcharse, en acceder, ella quedaría allí desamparada un tiempo, sin un solo pariente, en situación más apurada que antes. Y aquel modo sumiso de hacerse culpable, de aceptar voluntariamente su pena, hizo revivir dentro de él, en toda su ternura, el amor que por ella sentía. La atrajo hacia él, y abrazándola estrechamente se sintió seguro.

—¿Y no saben lo que les puede pasar si yo me quejo al Ayuntamiento?

Socorro había enmudecido y tenía el mismo rostro grave de siempre.

No reclamó a nadie; lo juzgó poco digno. Ellos estaban equivocados y estaba dispuesto a demostrárselo. Cualquiera otro en tal situación, don Julián, el que se había marchado, hubiera protestado; él, por el contrario, al anochecer se presentó en la cantina.

Vio las mismas caras de siempre: Manolo, su mujer con el niño, y dos asturianos que le saludaron mirándole con curiosidad.

—¿Está Pepe? —Manolo y su mujer le miraban absortos, casi con asombro.

No comprendió del todo aquellas miradas medrosas y se sentó en uno de los bancos, porque también él necesitaba tranquilizar sus ánimos.

—¿Cuándo viene?

Manolo movió la cabeza.

—No sé.

—Necesito el coche mañana.

La mujer musitó estúpidamente:

—Sí, sí —y frunció el entrecejo.

Manolo respondió que se lo dirían cuando volviese, que estaba en la estación a recoger unos bidones de aceite.

Saludó y se fue tras detenerse un instante en la puerta. Tenía aún ante sí la cara de Manolo y le regocijaba la idea de meterle en un aprieto intentando comprar algo allí mismo, en su almacén. Podía hacer un experimento; averiguar a quién temía más, si a él o al resto del pueblo, pero continuó pensando que era absurdo gozarse en un necio capricho cuando al día siguiente pensaba traer de la estación provisiones en abundancia, lo menos para un mes.

La luna en cuarto menguante comenzaba a asomar apuntando los cuernos al vacío. Una tolvanera cruzó el río suspirando, y el médico, metiendo las manos en los bolsillos de la chaqueta, siguió su camino.

Se veía metido en un extraño empeño. Aquella gente creía odiarle; pensaba que les había perjudicado, y, sin embargo, nunca había estado su corazón más cerca de ellos. En la noche se imaginaba a Alfredo preguntándole de nuevo: «Y usted, ¿qué piensa hacer?». Y él contestaba: «Me quedo, me quedo para siempre». Y el otro: «¿Para siempre?».

En aquel momento se negaba a dejarlos. No iba su orgullo en ello. Podían huirlo, murmurar, vejarlo. Un amor animal le atraía a su vida como al río, a la tierra, a los vientos. Hasta entonces, su vida con ellos se había ido encadenando con suavidad y ligereza, siempre como algo exterior, ajeno, advenedizo; ahora venía la ocasión de irrumpir en su mundo, obligándoles a aceptarle de igual a igual entre sus hombres, entre las causas de sus penas o alegrías.

El río seguía clamando, mugiendo más abajo en los pozos, los álamos se estremecieron, un rosario de chispas surgió de la chimenea de Amador. Una sombra apresurada, con un perro a los talones, le adelantó cruzando el puente:

—Buenas noches…

El tono afectuoso del saludo le hizo comprender que no había sido reconocido. Le maldijo; en un momento le había hecho odiar el pueblo de nuevo. Miró dentro de sí, desalentado, su corazón, sus dudas; sintió la amargura de sus pensamientos. Sobre su cabeza, nubes blancas giraban incansables, sin avanzar un paso, nimbadas por la luna, siempre en el mismo lugar del firmamento.

Pepe esperaba abajo fumando; hizo un saludo con la mano respondiendo al del médico.

—Buenos días.

El auto se tambaleó sobre los guijarros y los cauces de agua que horadaban el terreno, flanqueó la pirámide terrosa de la iglesia y por uno de los puentes salió a la carretera. Aún el sol no había bajado al pueblo y la niebla cubría el río con bancos plomizos. El coche roncaba. El médico miró el espejo y vio los ojos de Pepe observándole.

—¿Hasta dónde vamos?

—A la estación.

El coche dio un bote y en el espejo se reflejaron fugitivos los gruesos labios fruncidos en un gesto de mal humor:

—¡Si se hundirá esta carretera de una vez...!

Apareció una negra figura que grotescamente, como corriendo hacia atrás, desapareció a sus espaldas. A poco rebasaron otras dos, también enlutadas, y a partir de entonces siguieron encontrando todo a lo largo de la carretera mujeres en ropa de domingo.

—¿Dónde van?

—Ahí cerca. —Volvió la cabeza a medias un instante.

—¿Algún entierro?

—No —los ojos se hallaban de nuevo en el espejo—. A pagar la contribución.

Llegaron a un pequeño pueblo que el médico no recordaba. La carretera lo cruzaba por medio y había tal aglomeración que fue preciso detenerse.

—¿Siempre hemos venido por aquí?

—Sí, siempre.

Había una pequeña casa recién enjalbegada y en rededor de ella un grupo numeroso de hombres y mujeres. Dos guardias aparecían sentados a la puerta.

—Aquí no se ve un alma en todo el año, pero como está en el centro del Ayuntamiento, cada vez que viene el de la contribución se pone que no hay quién dé un paso, ya ve.

El claxon iba apartando a ambos lados mujeres con serillos y brillantes pañuelos negros a la cabeza, hombres de tez color ladrillo arrastrando tras sí sus asnos color ceniza o pequeños caballos. El almacén rebosaba; dentro podían verse dos muchachas afanándose en servir a la extraordinaria clientela, sobre un fondo de jamones, botellas y latas de conserva. Alegres cánticos surgían de la cantina. A su puerta un viejo, con la gorra sobre los ojos, dormitaba tomando el sol sobre los escalones.

—Hoy, como que es fiesta para todos... —musitó Pepe, y pasada la aglomeración pisó el acelerador hasta el suelo y el pueblo desapareció.

Entraron en las primeras gargantas y a pesar del viento frío que se filtraba por las rendijas de las ventanillas, el médico descabezó un sueño. Le despertó repentinamente un brazo desnudo que depositó dos cartas en la valija a sus pies. Se habían detenido.

—Se ha dormido usted.

—Sí, un poco. ¿Falta mucho?

—Poco ya.

Antes de que hubiera podido echar un vistazo a su alrededor, el auto corría de nuevo con el río verde, encajonado y transparente abajo, junto a ellos.

—¿Vamos a estar mucho tiempo?

—¿Dónde?

—En la estación.

—No. ¿Por qué?

—Por nada. Quería recoger algunas cosas, si a usted no le importa.

—No, no tengo prisa ninguna.

—¿Va por los billetes?

—¿Qué billetes?

El otro calló, mirándole extrañamente.

—No, no me voy.

Cruzaron un puente de tablas, construido sobre los pilares del que destruyó la guerra. El médico se asomó a mirar el agua a sus pies y oyó la voz de Pepe:

—Aún no tuvieron tiempo de arreglarlo. El mejor día damos el salto.

Vino otro silencio; el humo de un nuevo cigarro surgía por la ventanilla.

—Así es la vida. Usted se queda y yo me voy...

—¿Te vas por fin?

—Ahora, seguro.

El médico recordó las visitas nocturnas a la hija de Alfredo.

—Pero ¿no te casas?

—No; eso ya veremos. Según me vaya.

—Convenciste a tu hermano...

—Eso es. Anoche mismo se decidió. Ya no paro aquí ni un día más.

—¿Te piensas establecer?

—Pondré un chigre; voy a ver si cojo algún traspaso barato junto a la estación. Ahí sí se gana dinero. Si me salen las cosas como yo pienso, en cinco años devuelvo el dinero.

El médico, por decir algo, repuso:

—Va a ser mucho correr, ¿no?

—¡Ca!, ya le digo que todo depende de cómo vayan las cosas.

El médico no parecía muy dispuesto a seguir hablando, y Pepe, dando un nuevo y brusco cambio a la conversación, se volvió a medias sin dejar de mirar la carretera, continuando en voz confidencial:

—Yo que usted me marchaba también.

El médico no contestó; se dejaba mecer por los vaivenes del coche.

—¿Qué le espera aquí? Disgustos nada más. Ya ve cómo están ahora.

—Ya…

—Aquí no va a salir de pobre en la vida.

—Sí, ya lo sé.

—¿Pues entonces? La verdad, que me maten si le entiendo a usted. ¿No espera nada?

—No.

Hizo un gesto malicioso:

—Bueno… ¿No tendrá cincuenta mil sitios mejores que este donde ir? Lo que es a mí, no me hacían eso…

—¿Qué?

—Eso. Bien lo sabe. Cuando me pidió el coche creí que se marchaba; luego que le he visto sin equipaje pensé que sólo iba a por los billetes.

El médico le dijo cuál era el motivo del viaje y Pepe se encogió de hombros.

—Usted sabrá lo que hace. Buena gana de aguantar a todos ésos —fue frenando poco a poco—. Bueno, ya estamos.

El coche paró frente al estanco, en el momento que César salía.

—¿Seguimos?

—No, yo me bajo aquí. Ya te avisaré cuando tengas que ir por los paquetes.

Se apeó y desapareció a buen paso. Llegó César, invitando a Pepe a unos blancos.

Había en la cantina dos tratantes de Mansilla, poco locuaces, con sus blusones negros hasta las rodillas, esperando el tren. Saludaron cortésmente cuando entraron los dos compadres. Un viajante que en el otro extremo del mostrador sorbía su café inclinó la cabeza llevándose la mano a la sien en un saludo militar.

El dueño del hotel se acercó al verlos entrar.

—¿Cómo tan temprano? —preguntó a Pepe.

—Hoy vengo por cuenta del médico.

—Buena os la jugó, ¿eh? —celebró César, dándole una palmada en la espalda mientras les servían.

—¿Blanco a los dos?

—Sí, blanco.

—A mí no me la juega nadie.

—Pues tiene agallas el médico ese para lo joven que es —afirmó Pedro, el dueño—. ¿Qué edad tiene?

—No sé —Pepe se encogió de hombros—. Seguramente no pasará de los treinta.

—Yo me juego el cuello a que no lo echan.

—¿Y quién dijo que le quieran echar?

César y Pedro se miraron.

—Pero, hombre, ¿tú crees que aquí no nos enteramos de lo que pasa arriba?

Pepe enmudeció y sorbió su vaso. Los otros continuaron:

—Y lo de la chica que le quitó a don Prudencio. Está bueno, hombre, que tengan que venir de fuera a enseñarnos cómo hay que hacer con el viejo. Un médico así nos hacía falta aquí, no el carcamal que nos mandaron.

—Y luego dicen que no sabe lo que hace —continuó Pedro—; ¡ése en un par de años se hace el dueño del pueblo.

—Y si no, al tiempo. Ahí le tenéis: se empeñó en que no le tocabais al otro un pelo de la ropa, y ni presidente, ni secretario, ni nada. ¿Quién le pudo?

César rió tan fuerte que el viajante del café volvió la cabeza.

—Lo que debió pensar: para presidente, yo; para secretario, yo.

—¡Y para don Prudencio, yo!

—Eso es. Ya puede morir tranquilo el viejo. Por cierto, ¿qué tal anda?

—Malamente.

César sonrió con malicia.

—Claro, esos disgustos a su edad son malos. ¿No sabéis a quién deja el dinero?

—No sé.

—A Socorro no será, digo yo.

—¡Yo qué sé! —replicó Pepe, molesto de tanta broma—. Se lo dejará a su hermano.

—Estaría bueno que le heredara la chica.

—¡Tan tonto no va a ser!

—Vete a saber... —César se interrumpió y quedó mirando vagamente la fila de botellas—. Ese médico debe ser zorro viejo... A mí no hay quien me saque de la cabeza que si no se mueve de ahí es porque espera algo.

—Yo sí que me voy —cortó Pepe, y acto seguido explicó sus planes. El préstamo y su deseo de vender el coche.

—Si tuviera dinero te lo compraba, pero ya sabes que aquí no se gana una cochina peseta que no se lleven las reparaciones.

Pepe afirmó que en la capital pensaba sacar todo su valor.

—¡Menuda suerte —exclamó César—, menuda suerte! Por algo dicen que quien la sigue la mata. Te empeñaste en marcharte y te vas.

Pepe había recobrado su aplomo tras las bromas de antes, y César, dándole un golpe amistoso en la espalda, mandó a Pedro llenar de nuevo los vasos.

—Aquí tienes uno que saldrá adelante; no nosotros, que pasamos la vida sin sacar la cabeza del hoyo.

—Hombre, esto no es como el pueblo de Pepe —protestó Pedro.

—¡Qué más da! Hay que salir, compañero; ver mundo mover las piernas.

Pedro movió la cabeza y fue a atender al viajante, que pedía una copa de orujo:

—¿Tú crees que allí no hay que trabajar como aquí? —exclamó.

—Ya sé que hay que trabajar, pero es distinto. Allí sabes que puedes salir de pobre; cada día es como si subieras un poco, mientras que aquí... No tienes más que mirarme a mí, arriba y abajo todo el día, ¿y qué saco?

—Algo ganas, no te hagas tan pobre.

—Nada, miserias.

El viajante se acercó, terciando en la disputa. Dio en el codo a Pedro, encarándose con Pepe:

—Aquí el amigo tiene razón. Según usted, en la capital todos van en coche.

Pepe le miró con extrañeza, pero César recogió sus palabras.

—Yo ya sé que no va todo el mundo en coche. Lo que hay que hacer es espabilar y ser más vivo que el vecino.

Pedro, de codos sobre el mostrador, observaba con ojos aturdidos cómo los tres hombres discutían. De vez en cuando posaba en las palmas de las manos sus mejillas rosadas, cruzadas de una tupida red de hilillos rojos como sangre coagulada. Por fin dijo a César, por el viajante:

—Te advierto que éste estuvo en la capital mucho tiempo.

César y Pedro le miraron.

—Sí, señor, cinco años, y tuve que marcharme.

—¿Por qué? —preguntó César.

—Pues porque me iba mal, ¿por qué iba a ser? No encontraba trabajo.

César no respondió, limitándose a sorber su vaso.

—¿Qué? ¿No me cree?

El otro se encogió de hombros.

—¿Y por qué no voy a creerle? No es el mismo asunto. Éste no va a buscar trabajo, va a establecerse.

Pepe no decía palabra, dejaba que su amigo hablara por él. Los tratantes habían salido porque la campana acababa de anunciar la llegada inminente del tren. Los rayos amarillentos del sol alumbraban una línea oblicua y polvorienta desde la puerta al mostrador.

—¿También estuvo usted establecido?

—No; nunca tuve dinero suficiente; pero un amigo mío, que aquí Pedro conoce —señaló al dueño con el dedo—, sí que anduvo en negocios.

—¿Quién?

—El sobrino de don Manuel.

—¿Y qué; le fue mal?

—Ése trabajaba negocios en grande. Tenía un almacén de frutas al por mayor.

—¿Y qué pasó?

El viajante miró a Pedro.

—Pasar, no pasó nada. Sólo que no le daban ni una partida importante. Los negociantes fuertes forman la rueda y se hacen las ofertas unos a otros, y no adjudican un vagón de nada a ninguno que no sea de sus amigos. No son más de cinco o seis y vendrán a salir por unos cincuenta mil duros al año. Y para los demás, las migas.

—¿Y no hay quién los eche? —preguntó César.

—¡Ay, compañero! —exclamó el viajante en un tono que molestó un poco al otro—, a ti te convenía dar una vuelta por allí. ¡Echarlos...! En mi vida vi gente con más agarraderas.

—Bueno —replicó Pepe—. Yo no pico tan alto.

—Es igual —remachó César—. Sólo digo que no me gustaría morir sin haber salido nunca de este pueblo...

Volvieron a mediodía con el sol en lo más alto, y el aire reverberando a ras de suelo. Antes de entrar en el pueblo vieron a Antón y su mujer sulfatando unos patatales. Pepe detuvo el coche. Antón iba delante con la máquina a la espalda, moviendo sin cesar la palanca del émbolo, sudoroso, acomodando el paso a su respiración entrecortada, regando con la manguera las hojas, que se tornaban blancas. Miraba al suelo, a los surcos grises entre sus alpargatas quemadas por el sulfato, y a no ser por la voz de Pepe no se hubiera molestado en mirar a la carretera. Sólo a veces volvía la cabeza atrás, donde su mujer, con una escoba vieja, iba regando las plantas, mojándola en el cubo que arrastraba consigo, poco a poco, bajo el gran sombrero de paja que la cubría.

—¿Te falta mucho?

Antón se detuvo, y enderezando los riñones se llevó la mano a los ojos, a modo de visera.

—Acabo dentro de un par de horas.

La mujer también se enderezó, abandonando la escoba en el cubo del sulfato, pero no dijo nada, contentándose con mirar. El médico vio cómo los ojos de ambos se dirigían hacia él un instante para saltar al punto al asiento de Pepe. Comprendió que para ellos se había convertido ahora en el ladrón de su dinero. El recuerdo del viajante acabaría amortiguándose y desapareciendo, y sólo él quedaría mientras viviese como causa de su daño, de un nuevo tiempo de trabajos y sacrificios. Miró los paquetes a sus pies, preguntándose cuánto tiempo aún podría resistir allí si se decidían a llevar sus medidas al último extremo. De nada hubiera servido hablarles. ¿Qué palabras hubieran podido explicar su pensamiento, sus razones? Era como en los amores de la adolescencia, cuando se lucha por decir lo que sólo a medias se vislumbra dentro de uno mismo. Sólo quedaba esperar, abandonarse al curso de los días, acechando la primera ocasión de acercarse un poco a la otra orilla.

Pepe agitó la mano a modo de saludo y los otros dos volvieron al trabajo.

—¿Es tuya la máquina?

—¿La sulfatadora? La compramos entre cinco. Por eso le meto prisa; esta tarde le toca el turno a mi hermano.

Socorro bajó al oír el ruido del motor y fue recogiendo los paquetes.

—Está arriba Baltasar esperando hace rato.

El médico se volvió y sólo entonces vio el rostro nublado de la muchacha.

—¿Qué quiere?

Socorro lanzó una ojeada a Pepe, que se hallaba enfrascado en el motor, y respondió en voz baja:

—Quiere hablar contigo.

Entró en la cocina. Baltasar se levantó al verle, dando a entender que pensaba marchar al instante. Hizo saber que necesitaba la casa. Puesto que habían pagado un mes de alquiler, por todo ese mes era suya; luego tendrían que buscar otra.

El médico no contestó; se sentó en el escaño y dejó que el otro se fuera.

La hija de Baltasar estaba en el río bañando a su hermanito. Cuando el sol declinaba, a la hora de iniciarse el crepúsculo, el agua venía cálida, templada en los remansos, como una caricia para el cuerpo. El niño lloraba, un poco por miedo y un poco por rutina. Le lavó primero los pies, metido en el río hasta las rodillas, luego las manos, frotándolas con arena del fondo, y, por fin, la cara y la cabeza, que ahora le estaba peinando.

Vieron acercarse al hombre, y el niño detuvo su llanto para otear su gesto preocupado. La niña lo reconoció en seguida, pero no supo qué decirle, y siguió frotando la sucia cabeza.

—¿Es hermano tuyo?

La niña agitó la cabeza.

—Y el otro, ¿dónde está?

—Está en casa...

—¿Le lavas todos los días?

—Casi todos —y añadió en un gesto que la hacía seis años mayor—: Siempre que puedo.

—¿Al otro también?

—Como está malo, no; además, es mayor...

Sacó al niño del río, secándole las piernas concienzudamente. Tiritaba, saltando sobre la hierba, envuelto en hipos y llantos. Una vez vestido, marchó a buen paso, renegando, malhumorado, volviéndose varias veces a amenazar a su hermana. Ésta lavaba ahora sus manos y la cabeza y seguía hablando con voz de niña y ademanes de mujer, cuidando de dejar siempre la toalla en lugar seco y el jabón donde no lo pudiera arrastrar la corriente.

Un golpe de viento estremeció el valle, inclinando paralelos hacia el sur los tres álamos de la bolera. La campana, al pie de la iglesia, dio un toque, y el médico se acordó de don Prudencio. Estaba muy mal según Antón había dicho en la cantina, y hasta para los que como él no hablaban con la gente, no era ningún secreto que el viejo duraría poco. Socorro también lo había comentado un día cenando, rompiendo uno de sus prolongados silencios. Sentado ahora en el muro, cerca de la niña, sobre el río, pensaba en ella.

Una noche le preguntó si toda su vida había sido así, y ella no le entendió porque no concebía otro modo de ser que su mutismo de siempre. Él le explicó que le gustaba oír su voz, saber cosas de su vida, de sus padres, del pueblo en que había nacido.

—¿Siempre fuiste así?

—Sí, sí...

Miraba el fuego. El médico posaba la mano en su hombro y proseguía:

—Dime algo:

—¿Qué quieres que te diga?

—Tienes razón.

Él sabía bien qué cosa eran en el pueblo las mujeres, a la huella del hombre siempre, en casa por las fiestas. Eran la descendencia, el placer y los hijos; un silencio prolongado hasta el fin de sus días.

Se estremeció. La campana dio un nuevo toque, movida por la brisa. La niña, a sus pies, se peinaba el hosco pelo castaño.

Socorro no comprendía sus deseos; quizá no los comprendiese nunca en tanto el recuerdo del viejo anduviera en su cabeza, vivo, a la vista de los cerrados ventanales donde las tolvaneras acumulaban polvo y suciedad día tras día. Era como si, al final, la agonía del viejo trajese en el aire una llamada, un reclamo que la muchacha percibía invariablemente cada día y que llenaba de angustia al médico viéndola tan callada, estremecida.

Desde donde se hallaba, contemplando un haz de juncos que el agua lamía, deseó ardientemente que el viejo muriera.

—Adiós...

La niña se alejaba andando gravemente. Ella también se convertiría con el tiempo en una de aquellas mujeres negras y mudas, y puede que cruzase aquel mismo camino, un día, a la sombra de un hombre cualquiera.

—Adiós —respondió.

El médico se incorporó; fue hundiendo los zapatos en el césped que bordeaba la fragua. Un caballo que sesteaba atado al fresno le miró agitando la cabeza. Pasó de largo, y empujando la puerta de Amador subió la escalera hasta el cuarto del enfermo.

El chico estaba dormido. Cuando despertó, tardó un rato en reconocerle.

—¿No me conoces?

El muchacho entornó los ojos, respirando hondamente.

—¿Te acuerdas de mí?

—Sí, sí, me acuerdo.

—¿Qué tal?

—Igual; ¿no has visto salir a mi padre?

—No.

—Salió hace un poco. Fue a llevar la yegua al veterinario.

Le ayudó a incorporarse y fue estudiando el cuerpo desnudo sentado en el lecho. Respiraba con trabajo, como siempre, pero aquel día algo debía agitarle interiormente.

—Esto va mejor.

El muchacho no pareció oírle. Le ayudó a meterse la camisa, sosteniéndole por los sobacos.

—Esto va bien —repitió—. Vamos a empezar con la gimnasia.

El muchacho continuaba mudo, mirándole ávidamente.

Sus ojos brillantes en la pálida cara le asaeteaban desde la cama; y, sin saber por qué, le recordaron los de Pilar, el último día.

—Es un método nuevo… gimnasia y masajes.

Se preguntó por qué decía aquello; al chico parecía hacerle tan poco efecto como a él mismo. Se acercó a la puerta y examinó los cuadros.

—¿Se va?

—Ya volveré mañana.

—¿Adónde va ahora?

Bajo las sábanas vio agitarse el pequeño cuerpo.

—La criada no está, ni mi padre tampoco. ¿Me ayuda?

Hizo ademán de incorporarse de nuevo.

El médico se sentó en el lecho. Ambos rostros frente a frente, cercanos, se iban oscureciendo en la tarde turbia de la ventana. El chico hizo un esfuerzo como si un gran dolor hiciera saltar a la penumbra sus palabras.

—¿Cómo lo hizo? ¿Cómo fue?

—¿Qué hice?

—Lo del asturiano, lo del viajante. Usted se lo quitó a todos —hablaba atropelladamente, mirándole de hito en hito, asido con ambas manos a sus brazos—. A Baltasar, a Alfredo, a Martín el de la fragua… Me lo dijo mi padre. Cuénteme lo de Antón… No se atrevieron con usted. Cuéntemelo… Se lo llevó a su casa, se lo llevó en el mismo caballo. Me lo dijo Carmen…

Al día siguiente fue Nuestra Señora. Amaneciendo bajaron dos pastores, con la borrega, de los puertos. Unos ratos andando, otros a rastras, llegó el animal maltrecho, ciego, azul de cardenales. Lo degollaron junto a la escuela. Amador compró la pelleja, y el cuerpo sangrante quedó prendido de un árbol, dispuesto para ser descuartizado.

Desde muy temprano humeaba una hoguera en la pradera, junto a la fragua. Los hombres iban llegando con cucharas y platos, haciéndolos sonar a modo de saludo para llamar a los que aún quedaban en las casas. Manolo prestó dos calderas, y al soplo de la lumbre se fue espesando en rica chanfaina la sangre coagulada de la oveja. Bajaron los pastores restantes con un saco repleto de tierno y blanco pan, y cuando llegó el vino, que a costa del pueblo había encargado el presidente, empezó la comida.

El último en llegar fue Amador, que preguntó si estaban todos. Tocaron la campana para avisar a los rezagados, y Baltasar empezó a servir.

—Echa un poco más, hombre, que no vas a quedar más pobre por eso.

—¡Que faltan muchos! El que quiera, que se apunte para la segunda vuelta.

A medida que las garrafas del vino se iban vaciando, los cánticos y las conversaciones se hacían más estrepitosos. Un grupo de niños, desde la carretera, también reía, mirándose unos a otros cada vez que alguno de los pastores más viejos, tan serios de ordinario, rompían en un chorro de palabras deshilvanadas.

Amador hizo seña a uno de los chicos para que se acercase:

—Tú, ven acá.

—¿Quién, yo?

—Sí, tú; ven acá.

Le dio un jarro para servir el vino.

—Y vosotros, largo de ahí; esto no es para críos. Pero los niños no se movieron. Al poco rato, ya nadie se acordaba de ellos, y Manolo, cuando la carne fue servida, les llenó un plato, acercándoselo con un jarro de tinto.

Amparo miraba desde la puerta cómo los hombres se divertían. Desde la cama su madre le preguntó:

—¿Están comiendo ya?

—Sí, hace ya un rato que empezaron.

—¿Llamaron al médico?

—Me parece que no está.

La tierra reverberaba. Un aguanieves planeó hasta los cantos redondos junto al río, y, posándose, metió la cabeza en el agua; las voces de los hombres le asustaron y se alzó en un vuelo hasta el tejado de la fragua.

—¿Qué hacen ahora?

—Seguir comiendo, ¿qué quiere que hagan?

—Y tú, ¿has comido ya?

—Sí.

—¿Por qué no comes? Te vas a poner mala.

—Con este calor no puedo. No tengo ganas.

—¿Por qué no llamaron al médico?

—Será por lo del tratante…

—¿Qué tratante?

—¡Sí ya se lo conté a usted!

—¡Ah, sí!

Sentada junto a la ventana, miraba a los hombres reír. Dejaba su cuerpo al sol, que lo quemaba hasta sumergirla en una sensación de aniquilamiento y vacío; sólo entonces se metía en la sombra del porche. Era como su vida: un pausado encaminarse hacia la nada, entre lejanos ecos de dolor, aburrimiento y deseo.

A aquella hora el viajante debía aguardar su condena en la cárcel del Ayuntamiento. ¿Qué importaba el viajante? En diez años no saldría; no volvería, ya era nada para ella, lo mismo que los otros. La vida valía poco; era preciso seguir el curso de la rueda: girar, girar…

—Y el médico, ¿se va?

—No sé…

—¿No dices que lo quieren echar?

—¿Por qué no va usted y se lo pregunta?

El rabadán, con los ojos brillantes, rojos, cantaba, y cada vez que la garganta se le agarrotaba, ahogándole la voz en un hilo, los niños de la carretera reían en silencio.

—Al año que viene serán dos ovejas —exclamó Alfredo—, la del ajuste y la que regale Pepe.

—Una oveja va a ser mucho, ya os contentaréis con que pague el vino —replicó el aludido.

—Bueno, el vino —gritaron los demás.

—Si van las cosas bien…

—Sí, van a ir…

—Ya veremos de aquí a un año.

Cuando la comida concluyó, los viejos se recostaron en la pared de la fragua para seguir charlando, y hacer más cómodamente la digestión. Los hombres más jóvenes y algún chico se tumbaron en el césped, a la sombra, lejos del humo de la hoguera, luego de lavar los platos y cucharas en la arena del río.

Manolo protestaba:

—¿Quién va a lavar las calderas?

—Ya las lavaremos.

—¿No hay quien eche una mano?

—Deja en paz la caldera y ven para acá.

Encendieron cigarros. Plácidamente subían las volutas en el aire sereno de la tarde. Cada hombre, envuelto su rostro en una nube de humo azul, las manos sobre la nuca, miraba al cielo.

—Ya verás; dentro de unos años tienes coche.

Pepe se levantó a medias sobre un codo y miró a Antón.

—¡Qué fácil se ven las cosas desde aquí!

En aquel momento sentía miedo. Veía aquellas mismas caras, burlonas a su vuelta. Había perdido todo su dinero en la capital; volvía derrotado. El mismo Antón le espetaba, riendo, en plena cara: «¡Pero, hombre! ¿Qué fue de la tienda? ¿Qué fue?». Todos reían palmeándole la espalda. La misma Isabel, a la noche: «¿Y ahora, qué?». Y en un nuevo coche, vuelta a la carretera, camino arriba, camino abajo, ni más allá de la estación, ni más lejos de los puertos. Allí, tumbado, oyendo hablar a Antón de la ciudad y la dichosa vida de los que en ella habitaban, se prometió a sí mismo no volver nunca si la fortuna le volvía la espalda.

Amador propuso tomar café en la cantina y todos acogieron con entusiasmo la idea. Manolo se adelantó a preparar el servicio, y a poco se fueron acomodando sobre banquetas, en sillas, y los que no encontraron, sobre el fogón o en el suelo.

Los niños quedaron fuera, espiando por las ventanas, escuchando los cánticos, añorando el día afortunado en que les fuera dado asistir al festín. Al declinar la tarde, aburridos, se acercaron al río, entreteniéndose en hacer saltar piedras en el agua. Una, lanzada con más fuerza, lamió un instante la superficie y alzándose en un salto fue a chocar contra la ventana de la cuadra, en casa de don Prudencio. Tras el ruido de los cristales rotos se hizo un silencio, en que el grupo se desbandó, ocultándose en el muro de la carretera, excepto dos chicos que, más atrevidos, cruzaron el río, corriendo sobre las piedras, y se pegaron a la pared de la casa esperando la inmediata bronca del viejo.

El río, a sus pies, gemía, alzándose las ondas en la corriente, cubierta la ribera de briznas y despojos y restos de las comidas de don Prudencio envueltos en burbujas brillantes.

—¿Estará dormido?

—¡Pues ya hizo ruido la piedra!

Dos cabezas asomaron en la otra orilla interrogando, y los de acá hicieron seña con la mano de que se acercasen. En un momento todo el grupo estaba reunido de nuevo mirando las ventanas de la casa.

—¿Qué pasa?

—No hay nadie.

—¡Cómo no va a haber!

—Ayer dijo mi padre en casa que no sale nunca.

—Pues es mentira.

—¡Qué va a ser mentira! Te apuesto lo que quieras a que está.

—No se oye nada. Estará dormido.

Un momento estuvieron indecisos; luego, el mayor de todos dijo:

—Venga, auparme, que entro por la ventana.

Al principio se opusieron, pero la curiosidad había prendido en ellos y pronto formaron una torre con sus cuerpos, por donde subió el hijo de Baltasar.

—¿Ves algo?

—¿Qué se oye?

—¿Qué va a ver, si es la cuadra?

—¡Callaos!

—¿Qué pasa?

—¡Qué os calléis!

El hijo de Baltasar estaba temblando; las piernas se estremecían sobre los hombros de los otros. Agarrado a los barrotes de la ventana se detuvo, mirando abajo para deslizarse al suelo completamente pálido, en silencio.

—¿Qué ha sido?

El muchacho no contestó, y todos guardaron silencio. Del fondo de la casa surgía un entrecortado lamento, una queja prolongada lúgubremente como el llanto de un animal moribundo. Se detenía y empezaba de nuevo en un jadeo, en un respirar penoso que subía de tono hasta concluir en un grito. Todos se miraron amedrentados. Partieron corriendo hacia la cantina.

Baltasar dijo:

—Se está muriendo.

Pero ninguno de los que allí estaban dio un paso hacia la puerta. Los cantos se interrumpieron; todos guardaron silencio, como si desde allí pudieran oír el estertor del enfermo.

—Era como los perros cuando se mueren, igual.

—Como ladran cuando se ha muerto alguien.

Los rostros se ensombrecieron y el tiempo transcurría sin que nadie se moviera, cuando la mujer de Manolo apareció en la puerta de la cocina.

—Pero ¿qué? ¿Es que no vais a ir ninguno? Estáis ahí oyendo las barbaridades que dicen esos críos... ¿No hay ninguno que vaya a buscar al médico?

Ninguno se movió. Tuvo que enviar a un chico.

—Le dices que venga, que don Prudencio se está muriendo.

—¿Que venga aquí?

—No, a su casa.

Alfredo se revolvió sentado en el suelo:

—Yo no tengo nada que ver con él. Si su familia no mira por él, suya es la culpa.

Los hombres fueron desfilando cada cual hacia su casa, sin decir palabra, lentamente, pensando en el último minuto de la fiesta truncada. La mujer, viendo marchar al último, se echó el mantón sobre los hombros y salió a su vez rumbo a casa del viejo.

—Todos los hombres estáis dejados de la mano de Dios.

—Ahí va mi mujer también —le respondió Antón.

—No tenéis respeto ni para un moribundo. Así os va a vosotros.

Al otro lado, la mujer de Antón la esperaba, y juntas entraron en la casa. Subieron precipitadamente la escalera, todo lo aprisa que la oscuridad les permitía.

—¿Quién hay?

La voz surgió de arriba. Se abrió la puerta de la alcoba y un haz de luz las deslumbró. Tras el farol que la mano sostenía reconocieron la silueta de Socorro. Entraron. La muchacha dejó el farol sobre la mesa de noche, y al resplandor vieron oscuras manchas en torno a los ojos, en su cara macilenta. No dijo nada. Las dos mujeres se sintieron cohibidas como si hubieran venido a romper brutalmente un silencio, una preciosa intimidad. A su espalda, don Prudencio agonizaba. Sentado sobre el lecho, enhiesto en las almohadas, miraba ante sí el rincón donde velaba Socorro.

—¿Avisaron al médico?

Era la mujer de Antón la que hablaba. Socorro se movió sin contestar y el viejo se agitó. Aspiró hondamente, en un esfuerzo por hablar, y musitó:

—No, no.

La mujer de Manolo puso un dedo en los labios. Se asomó a la ventana.

—¿Viene?

La otra rezaba en voz alta, con la cabeza inclinada hacia el suelo. Un murmullo vacilante, una sucesión de voces altas y bajas, como los destellos del farol que desde la mesilla les alumbraba.

De la oscuridad, junto a la bombilla de la iglesia, surgió la silueta del médico con la cartera en la mano. Sus pasos apresurados se fueron acercando, primero envueltos en la voz del río, luego sonoros en el patio.

Don Prudencio se estremeció.

—¡No, no…!

—¿Qué quiere?

Socorro no respondía. Vio abrirse la puerta bruscamente y en el umbral al médico secándose el sudor con la mano.

Los dos guardias se detuvieron ante Manolo y preguntaron, señalando al otro lado:

—¿Qué pasa ahí?

Se abrió la puerta de don Prudencio y un destello de luz amarilla trajo voces de mujeres. Manolo se acercó al muro, respondiendo:

—Se murió don Prudencio.

—¿El viejo?

—Sí.

—¿Hace mucho?

—Hará cosa de una hora.

—Pues cuando pasó en el coche por abajo no parecía tan malo.

—Fue una cosa del corazón.

El más viejo de los dos guardias musitó:

—Es malo eso.

Y entró en la cantina. El perro que les acompañaba fue a acurrucarse a sus pies cuando se sentó. Pidieron copas de orujo, y el más joven se quitó el capote colgándolo de un clavo junto a la puerta.

—¿Volvió el capitán? —les preguntó Manolo.

—Sí; ya hace.

—Tuvo a la mujer de parto.

La luz hizo un extraño y empezó a expirar.

—¿Cuándo es el entierro?

—¿El de don Prudencio? No sé; será mañana a la tarde, digo yo. Parece que tienen que avisar a un hermano.

Sopló el carburo, y una llama vivísima surgió de la espita.

—¡A ver si estalla eso!

El perro se revolvió, alzando la cabeza. La bombilla se apagó del todo.

—Así todo el verano —se quejó Manolo.

—No paguéis a la central...

El guardia rubio y viejo miró a la puerta, preguntando:

—¿No tiene familia aquí?

—No.

Bebieron las copas, y transcurrido un rato salieron, cruzándose en la puerta con Antón, que, seguido del guarda, les saludó:

—Buenas noches.

—Hola, buenas noches.

—Esta noche parece que esté aquí todo el Ayuntamiento.

El guarda rió brevemente y apagó el farol de la bicicleta, en tanto los civiles, bajo la luna, se iban tornando cenicientos, camino del puerto.

—¿Qué pasa hoy? —preguntó Antón.

Manolo se encogió de hombros.

—No sé.

—Lo digo por los guardias.

—Ya...

—Volvió el capitán y tienen que andar listos —contestó el guarda—. Por menos de nada se les presenta con el coche en el puesto.

—De todos modos, ¡vaya horas de subir...!

—¿Y a qué hora van a ir, si no?

La puerta se abrió violentamente y la mujer de Antón apareció en el umbral. Dudó un segundo y sin entrar le dijo a su hombre:

—Tienes que avisar a Amador.

Antón se volvió violentamente:

—¡Maldita sea, mujer; ni por la noche me puedes dejar en paz!

Pagó su vaso y el del guarda. Fuera no dijo palabra; las manos en los bolsillos y el mirar turbio y atormentado, anduvo aprisa hasta la casa del presidente, seguido un trecho por su mujer, que, luego de fatigarse inútilmente intentando acomodarse a su paso, se rindió a medio camino y volvió hacia la casa del muerto.

Amador escuchó en silencio la noticia.

—¿Avisaron al hermano?

—No sé...

—Yo voy para allá. Tú di a Antonio que baje en la bicicleta a la estación y ponga un telegrama.

—¿Y las señas?

—¿No las sabe?

—Por si acaso.

—Que se las pregunte a Pepe.

El hermano llegó al día siguiente, dos horas antes del entierro, sorprendido en un principio, grave en el sepelio. En la iglesia sonaban a la tarde las voces solemnes de Alfredo, Matías y tres viejos más que se prestaron a contestar al *Requiem*. El blanco ataúd, recién cortado, de madera fresca de abedul, descansaba en el suelo, ante el altar. Terminados los cánticos lo alzaron entre cuatro y lentamente emprendieron el camino al cementerio. Un niño hizo doblar la campana a muerto, y los hombres, en las eras, hicieron un alto en el trabajo para contemplar el pequeño cortejo que subía la ladera: tras la caja sólo el cura, Amador y el hermano.

Al día siguiente fueron subastados, aprisa, los bienes del viejo. El médico compró la casa. Cuando Amador se la adjudicó, no hubo comentarios, ni un solo rostro se volvió hacia él.

Un viento frío azotó el pueblo al alba. El río bajó crecido, arcilloso y las montañas amanecieron bajas, borradas por la niebla. El último pan entró en las casas, y Baltasar, con las grandes seras sobre el caballo, se dispuso a abonar las tierras bajas, en tanto Alfredo preparaba las redes en las torrenteras.

Un grupo de hombres y mujeres, frente a la cantina, despedían a Pepe. Se les veía entrar y salir, abrazarle. Salió Manolo y su mujer con el niño en los brazos; traían paquetes que fueron colocando en los asientos de atrás. Finalmente se apartaron y el coche arrancó. Sólo quedó Isabel hablando con Manolo en la puerta.

El médico salió al balcón. Colocó en él una silla y, sentándose, contempló el pueblo a sus pies: la iglesia hueca, la fragua y el río. Tres niños nadaban bajo el puente, en el postrer baño del verano.

Madrid, agosto de 1953

Pueblo pays doctor a fee, all have to contribute

El médico

Pepe

Antor Gomez ~~sec~~ represtative of local
government

Socorro ~~a~~ aburrida, grave

Amparo + su madre enferma
(female)

alfredo y su hija

Manolo Bodega - pepe
hermanos

Pilar

Forestero (zapatos)

Amador + su chico 57

Isabelle

antonio Blade smith